LA ÚLTIMA VEZ QUE TE VI

LA ÚLTIMA VEZ QUE TE VI

LIV CONSTANTINE

Editado por HarperCollins Ibérica, S.A.
Núñez de Balboa, 56
28001 Madrid

La última vez que te vi
Título original: The Last Time I Saw You
© 2019 by Lynne Constantine and Valerie Constantine
© 2021, para esta edición HarperCollins Ibérica, S.A.
Publicado por HarperCollins Publishers LLC, New York, U.S.A.
© Traducción del inglés, Carlos Ramos Malavé

Diseño de cubierta: James Iacobelli
Imagen de cubierta: Nigel Cox

ISBN: 978-84-9139-478-5
Depósito legal: M-27882-2020

A LAS DAMAS DEL MARTES:

Ginny
Ann
Angie
Babe
Fi
Mary
Santhe
Stella

Modelos incomparables de amistad y lealtad.
Os echamos de menos.

PRÓLOGO

Gritó y trató de levantarse, pero la habitación daba vueltas. Volvió a sentarse y respiró profundamente, tratando de centrarse. ¿Había manera de escapar? Piensa. Al levantarse, le temblaron las piernas. El fuego se estaba extendiendo, tragándose los libros y las fotografías. Se puso a cuatro patas cuando el humo denso empezó a inundar la habitación. Cuando el aire se volvió irrespirable, se cubrió la boca con la camisa, tosiendo mientras avanzaba por el suelo hacia el pasillo.

—¡Ayuda! —gritó, aunque sabía que no había nadie allí que pudiera ayudarla. Se dijo a sí misma que no debía asustarse. Debía intentar calmarse, conservar el oxígeno.

No podía morir de esa forma. El humo era ya tan denso que no veía más allá de unos cuantos centímetros. El calor de las llamas amenazaba con consumirla. «No voy a lograrlo», pensó. Sentía la garganta irritada y le ardía la nariz.

Con la poca fuerza que le quedaba, llegó gateando hasta la entrada del recibidor. Se quedó allí tumbada, jadeando por el agotamiento. La cabeza le daba vueltas, pero era agradable sentir el suelo de mármol frío contra su cuerpo, así que pegó la mejilla a su superficie. Ahora podría quedarse dormida. Cerró los ojos y sintió que se desvanecía hasta que todo quedó a oscuras.

1

Hacía solo unos días, Kate había estado pensando sobre qué comprarle a su madre por Navidad. No podía saber que, en lugar de elegir un regalo, estaría eligiendo su ataúd. Estaba sentada en silencio mientras los portadores del féretro recorrían el camino hasta las puertas de la iglesia abarrotada. Un movimiento súbito le hizo darse la vuelta, y fue entonces cuando la vio. Blaire. Había ido. ¡Había ido de verdad! De pronto fue como si su madre ya no estuviese metida en esa caja, víctima de un brutal asesinato. En su lugar, una nueva imagen llenó su cabeza. La imagen de su madre riéndose, con su melena dorada revuelta por el viento mientras las agarraba de la mano a Blaire y a ella, y las tres juntas corrían por la arena caliente hasta llegar al océano.

—¿Estás bien? —le susurró Simon. Kate sintió la mano de su marido en el codo.

La emoción le cerró la garganta cuando intentó hablar, así que se limitó a asentir, preguntándose si él también la habría visto.

Después de la misa, la larga comitiva de coches pareció tardar horas en llegar al cementerio y, una vez que estuvieron todos allí, a Kate no le sorprendió ver que la fila daba la vuelta. Kate, su padre y Simon ocuparon sus asientos mientras los asistentes se situaban alrededor de la tumba. Pese al cielo despejado, algunas ráfagas de nieve se agitaban por el aire, precursoras de los días de invierno que estaban por llegar. Tras sus gafas de sol, Kate observó cada cara, evaluando, preguntándose si el asesino podría estar entre ellos. Algunos eran desconocidos —o al menos desconocidos para ella— y otros viejos amigos a los que hacía años que no veía. Mientras escudriñaba la multitud, reparó en un hombre alto y en una mujer baja de pelo blanco de pie junto a él. Sintió el dolor en el pecho, una mano invisible que le apretaba el corazón. Los padres de Jake. No los había visto desde su funeral, que hasta aquella semana había sido el peor día de su vida. Estaban impertérritos, mirando al frente. Apretó los puños, se negaba a permitirse sentir de nuevo ese dolor y esa culpa. Pero cuánto deseaba poder hablar con Jake, llorar en su hombro mientras la abrazaba.

Por suerte, la misa junto a la tumba fue muy corta y, cuando bajaron el ataúd, Harrison, su padre, permaneció ahí parado, mirándolo. Kate le apretó la mano y él se quedó así unos segundos más, con una expresión indescifrable. De pronto le pareció mucho mayor de sesenta y ocho años, con las arrugas que tenía en torno a la boca mucho más pronunciadas que nunca. Se sintió embargada por la pena y tuvo que apoyarse en una de las sillas plegables para no perder el equilibrio.

La muerte de Lily dejaría un gran vacío en sus vidas. Había sido el núcleo en torno al que giraba toda la familia, y quien organizaba la vida de Harrison, la que gestionaba su ajetreada vida social. Una mujer elegante, producto de la gran riqueza de la familia Evans, a la que desde pequeña le habían enseñado que su buena suerte le obligaba a devolver algo a la comunidad. Lily había formado parte de diversas juntas filantrópicas y había dirigido su propia organización benéfica —el Fondo de la Familia Evans-Michaels—, que concedía subvenciones a organizaciones dedicadas a las víctimas de violencia doméstica y abuso infantil. Kate había observado a su madre durante los años en los que había presidido su junta, recaudaba fondos sin descanso e incluso se ofrecía voluntaria para ayudar personalmente a las mujeres que acudían al centro de acogida, y aun así Lily siempre había estado a su lado. Sí, había tenido niñeras, pero era Lily la que la arropaba cada noche, era Lily la que nunca se perdía una función escolar, la que le secaba las lágrimas y celebraba sus éxitos. En algunos aspectos, había sido abrumador ser la hija de Lily; ella parecía hacerlo todo con gran facilidad y elegancia. Pero en su interior había una fuerza de voluntad que era la que la mantenía activa, y a veces Kate se imaginaba que su madre solo relajaba su postura erguida y su actitud perfecta cuando cerraba la puerta de su dormitorio. Kate se había prometido a sí misma que, si alguna vez tenía hijos, sería esa misma clase de madre.

Entrelazó el brazo con el de su padre y lo apartó del cenador, donde el aire frío estaba cargado con el olor nauseabundo de las rosas y los lirios de invernadero. Con Simon a su otro lado, los tres caminaron hacia la limusina. Se introdujo con gran alivio en el acogedor interior del vehículo y miró por la ventanilla. Le dio un vuelco el corazón al ver a Blaire, de pie, sola, con las manos entrelazadas. Tuvo que hacer un esfuerzo por no bajar la ventanilla y llamarla. Hacía quince años que no hablaban, pero al verla tuvo la sensación de que se habían visto el día anterior.

La casa que Simon y Kate tenían en Worthington Valley no quedaba lejos del cementerio, pero en cualquier caso habían descartado la idea de celebrar la reunión posterior al entierro en casa de Lily y Harrison, donde había muerto. Su padre no había regresado allí desde la noche en que descubriera el cuerpo de su esposa.

Cuando llegaron, Kate se adelantó a los demás, pues quería ir a ver a su hija antes de que la gente empezara a entrar en la casa. Subió corriendo las escaleras hasta el segundo piso. Simon y ella habían acordado que sería mejor ahorrarle a su hija, de casi cinco años, el trauma del funeral, pero Kate deseaba ir a ver cómo estaba.

Lily se había emocionado mucho el día en que Kate le dijo que estaba embarazada. Había adorado a Annabelle desde que nació y la había colmado de atenciones sin ninguno de los límites que había puesto a Kate. Se reía cuando decía: «Podré malcriarla. A ti es a quien le toca educarla». Kate se preguntaba si Annabelle se acordaría de su abuela según pasaran los años. Aquella idea le hizo dar un traspié en el último escalón, se agarró a la barandilla al llegar al rellano y se dirigió hacia la habitación de su hija.

Cuando se asomó, Annabelle estaba jugando alegremente con su casa de muñecas, protegida en apariencia de los trágicos acontecimientos de los últimos días. Hilda, su niñera, levantó la mirada cuando entró.

—Mami. —Annabelle se puso en pie, corrió hacia ella y le rodeó la cintura con los brazos—. Te he echado de menos.

Kate tomó a su hija en brazos y le acarició el cuello con la nariz.

—Yo también te he echado de menos, cariño. —Se sentó en la mecedora y colocó a la niña sobre su regazo—. Quiero hablar contigo y luego iremos juntas al piso de abajo. ¿Recuerdas que te dije que la abuela se fue para estar en el cielo?

—Sí —respondió Annabelle mirándola con solemnidad, aunque con el labio tembloroso.

Kate le pasó los dedos por los rizos.

—Bueno, pues hay mucha gente abajo —le explicó—. Han venido porque quieren decirnos lo mucho que querían a la abuela. ¿A que es muy amable por su parte?

Annabelle asintió con los ojos muy abiertos, sin parpadear.

—Quieren que sepamos que nunca se olvidarán de ella. Y nosotros tampoco, ¿verdad?

—Quiero ver a la abuela. No quiero que esté en el cielo.

—Oh, cariño, volverás a verla, te lo prometo. Algún día volverás a verla. —Abrazó a la niña, tratando de que no se le cayeran las lágrimas—. Ahora vamos abajo a saludar a la gente. Han sido muy amables por venir a estar hoy con nosotros. Puedes bajar y saludar al abuelo y a nuestros amigos, y después vuelves aquí a jugar. ¿De acuerdo? —Se levantó, le estrechó la mano a Annabelle y le hizo un gesto a Hilda, que las siguió.

En la planta baja, se abrieron paso entre la multitud de asistentes, pero, pasados quince minutos, Kate le pidió a Hilda que se llevase a Annabelle a jugar a su habitación. Siguió avanzando ella sola, saludando a la gente, pero el dolor hacía que le temblaran las manos y le costara respirar, como si la multitud estuviera acaparando todo el aire. El salón estaba lleno de gente de un extremo al otro.

Al otro lado de la estancia vio a Selby Haywood con su madre, Georgina Hathaway, de pie al lado de Harrison. La invadió la nostalgia al verlas. Muchos buenos recuerdos; veranos en la playa cuando Selby y ella eran pequeñas, salpicándose en la orilla y haciendo castillos de arena mientras sus madres las miraban. Georgina había sido una de las amigas más cercanas de su madre y ambas estaban encantadas con que sus hijas fueran tan buenas amigas. Era un tipo de amistad diferente a la que Kate había mantenido con Blaire. A Selby y a ella las habían juntado sus madres; Kate y Blaire se habían elegido la una a la otra. Habían conectado desde el principio, como si hubiese un entendimiento especial entre ellas. A Blaire había podido abrirle su alma, algo que jamás había experimentado con Selby.

Se dio la vuelta al sentir una mano en el codo y se encontró cara a cara con la mujer que había sido como una hermana para ella durante tantos años. Se lanzó a los brazos de Blaire y lloró.

—Oh, Kate. Aún no me lo creo. —Notó el aliento caliente de Blaire en su oreja mientras se abrazaban—. La quería tanto…

Pasados unos segundos, Kate se apartó y le estrechó las manos a Blaire.

—Ella también te quería. Me alegra mucho que hayas venido. —Se le llenaron otra vez los ojos de lágrimas. Era surrealista ver a Blaire allí, en su casa, después de tantos años distanciadas. En otra época, habían significado mucho la una para la otra.

Blaire apenas había cambiado; la larga melena oscura le caía ondulada por la espalda, sus ojos verdes conservaban aquel brillo, las leves arrugas de expresión en torno a ellos eran la única prueba de que había pasado el tiempo. Siempre había tenido estilo, pero ahora parecía elegante y sofisticada, como si perteneciera a otro mundo mucho más glamuroso. Claro, ahora era una escritora famosa. Kate se sintió muy agradecida. Necesitaba que Blaire supiese lo mucho que significaba para ella que hubiera acudido, que era la parte de su pasado de la que conservaba muy buenos recuerdos y que entendía mejor que ninguna de sus amigas la angustia de aquella pérdida. De pronto le hizo sentir un poco menos sola.

—Que hayas venido significa mucho para mí. ¿Podemos ir a otra habitación para hablar en privado? —Su voz sonó vacilante. No sabía lo que le contestaría Blaire, o si estaría dispuesta a hablar del pasado, pero, al verla, Kate tuvo ganas de eso más que de ninguna otra cosa.

—Por supuesto —respondió Blaire sin dudar.

Kate la condujo hasta la biblioteca, donde se acomodaron en el sofá de cuero. Tras un breve silencio, empezó a hablar.

—Sé que debe de haber sido duro para ti venir, pero tenía que llamarte. Muchas gracias por venir.

—Claro. Tenía que venir. Por Lily. —Blaire hizo una breve pausa antes de añadir—: Y por ti.

—¿Ha venido tu marido? —le preguntó Kate.

—No, no ha podido. Está de viaje con el nuevo libro, pero comprende que yo tenía que venir.

—Me alegra mucho que estés aquí —insistió Kate—. Mi madre también se alegraría. Le entristecía que no hiciéramos las paces. —Toqueteó el pañuelo que tenía en la mano—. Pienso mucho en esa pelea. En las cosas tan horribles que dijimos. —Los recuerdos afloraron y la llenaron de arrepentimiento.

—Jamás debí haber puesto en duda tu decisión de casarte con Simon. Estuvo mal —le dijo Blaire.

—Éramos muy jóvenes…, fuimos tontas al dejar que eso estropeara nuestra amistad.

—No sabes la cantidad de veces que pensé en llamarte, en hablar las cosas, pero me daba miedo que me colgaras el teléfono —confesó Blaire.

Kate miró el pañuelo que tenía en las manos, y que ahora estaba hecho pedazos.

—Yo también pensé en llamarte, pero cuanto más esperaba más difícil se me hacía. No puedo creer que hayan tenido que matar a mi madre para que volviéramos a vernos. Pero se alegraría de vernos juntas. —Lily se había entristecido mucho por su pelea. Le había sacado el tema a Kate muchas veces a lo largo de los años, intentando siempre convencerla para que acudiera a Blaire con una ramita de olivo. Ahora Kate se arrepentía de su testarudez. Alzó la mirada—. No puedo creer que no vaya a volver a verla. Su muerte fue tan brutal. Me da náuseas solo pensarlo.

—Es horrible —dijo Blaire inclinándose hacia ella, y Kate percibió cierto tono inquisitivo en su voz.

—No sé hasta dónde sabes… No he querido leer los periódicos —le dijo Kate—. Pero mi padre llegó a casa el viernes por la noche y se la encontró. —Se le quebró la voz y tuvo que contener los sollozos antes de continuar.

Blaire negaba con la cabeza mientras ella hablaba.

—Estaba en el salón… tendida en el suelo, con la cabeza… Alguien le había golpeado la cabeza.

—¿Creen que fue allanamiento? —preguntó Blaire.

—Al parecer habían roto una ventana, pero no había ningún otro indicio.

—¿La policía tiene idea de quién ha podido ser?

—No. No encontraron el arma. Buscaron por todas partes. Hablaron con los vecinos, pero nadie oyó ni vio nada fuera de lo normal. Pero ya sabes lo aislada que está su casa; el vecino más cercano se encuentra casi a quinientos metros. El forense dijo que murió entre las cinco y las ocho. —Kate entrelazó las manos—.

No puedo soportar pensar que mientras mi madre era asesinada yo estaba aquí haciendo mis cosas.

—Era imposible que lo supieras, Kate.

Asintió. Sabía que Blaire tenía razón, pero eso no cambiaba sus sentimientos. Mientras ella se preparaba una taza de té o le leía un cuento a su hija, alguien le había quitado la vida a su madre.

Blaire frunció el ceño y le estrechó la mano.

—Ella no querría que pensaras así. Lo sabes, ¿verdad?

—Te he echado de menos —contestó Kate entre sollozos.

—Ahora estoy aquí.

—Gracias. —Volvieron a abrazarse; Kate se aferraba a Blaire como si fuera un chaleco salvavidas que le impedía hundirse en las profundidades de su dolor. Cuando abandonaban la biblioteca, Blaire se detuvo y le dirigió una mirada de incredulidad.

—¿Eran los padres de Jake los de la iglesia?

Kate asintió.

—A mí también me ha sorprendido verlos. Pero no creo que vengan aquí. Imagino que querían presentar sus respetos a mi madre y marcharse. —Sintió un nudo en la garganta—. No les culpo por no querer hablar conmigo.

Blaire se dispuso a hablar, pero entonces la miró con tristeza y volvió a abrazarla.

—Creo que debería volver con mis invitados —le dijo Kate.

Pasó el resto del día aturdida. Cuando todos se hubieron marchado, Simon se encerró en su despacho para gestionar una crisis de trabajo mientras ella vagaba inquieta de habitación en habitación. Había deseado que todos se fueran, que terminara de una vez el día del funeral de su madre, pero ahora la casa estaba demasiado tranquila. Allá donde mirase, parecía haber una tarjeta de condolencias o un ramo de flores.

Por fin se sentó en el sillón del estudio, apoyó la cabeza en el respaldo y cerró los ojos, triste y cansada. Casi se había quedado dormida cuando una vibración le hizo abrir los ojos. Su móvil. Lo llevaba en el bolsillo del vestido. Lo sacó, deslizó el pulgar por la pantalla para desbloquearlo y vio *Número oculto* donde debería haber aparecido el número. Leyó el mensaje.

Qué día tan bonito para un funeral. He disfrutado viéndote mientras enterraban a tu madre. Tu bonita cara estaba hinchada y roja por el llanto. Pero ha sido un placer ver cómo tu mundo se desmoronaba. Crees que ahora estás triste, pero espera y verás. Para cuando haya acabado contigo, desearás haber sido tú a la que han enterrado hoy.

¿Se trataba de una broma macabra?

¿Quién eres?, escribió y esperó una respuesta, pero no obtuvo ninguna. Se levantó del sillón con el corazón acelerado y salió corriendo de la habitación con la respiración entrecortada.

—¡Simon! —gritó mientras corría por el pasillo—. Llama a la policía.

2

Blaire se sintió invadida por una profunda tristeza mientras seguía la larga hilera de coches hacia la reunión en casa de Kate. Le parecía imposible que Lily hubiera muerto, y más imposible aún que hubiera sido asesinada. ¿Por qué iba alguien a querer hacer daño a una persona tan buena y cariñosa como Lily Michaels? Trató de contener las lágrimas que habían estado brotando toda la mañana. Aferrada al volante, tomó aliento y se obligó a mantener la calma. Siguió avanzando por el camino de la entrada, bordeado de árboles, hasta la elegante finca de Kate y Simon, donde la recibió un aparcacoches. Detuvo el Maserati, se bajó y le entregó las llaves al joven uniformado.

La casa de piedra se hallaba en un promontorio con vistas a un prado verde que descendía hacia grandes establos con un potrero. Estaban en terreno ecuestre, hogar del mundialmente famoso torneo de Maryland Hunt Cup. Blaire nunca olvidaría la primera vez que asistió a la carrera con Kate y sus padres un soleado día de abril. La multitud, emocionada, se había reunido en torno a los coches y a pequeñas carpas y charlaban bebiendo mimosas mientras esperaban a que empezara la carrera. Blaire, que era inexperta, había tomado clases de equitación en la Escuela Mayfield, pero Kate prácticamente había nacido en la silla de montar. Blaire había aprendido en sus clases que las carreras de obstáculos se parecían mucho a una carrera de vallas. Observó fascinada cómo los caballos y los jinetes superaban vallas de madera de casi metro y medio de altura. Lily estaba muy contenta aquel día mientras disponía el festín que había llevado en una cesta de mimbre sobre un bonito mantel de flores que había colocado en una mesa plegable. Siempre lo hacía todo con elegancia. Ahora había muerto y Blaire era una más en la multitud de dolientes que inundaban el hogar de Kate y Simon.

Estaba muy nerviosa por volver a ver a su vieja amiga, pero al acercarse a ella se acordó de muchas cosas. Kate incluso la llevó aparte para charlar en privado y pudieron compartir un momento para llorar juntas la pérdida de Lily. Mirando a su alrededor, pensó que la casa era tan señorial como aquella en la que se había criado Kate. Aún era difícil relacionar la imagen de la chica despreocupada de veintitrés años a la que había conocido en su juventud con la señora de aquella casa tan imponente. Había oído que Simon, arquitecto, la había diseñado y construido para darle un aire de época. Simon era una de las personas que no se alegraría de que hubiera vuelto. Aunque a ella le daba igual su opinión. Estaba preparada para volver a reencontrarse con las otras amigas a las que no había visto en años y sacárselo de la cabeza.

La biblioteca frente a la que había pasado cuando se dirigía hacia esa habitación le había dado ganas de pararse y mirar. Tenía dos pisos de alto, con una pared entera de ventanales. Las paredes de madera oscura y el techo resplandecían con la luz del sol y una escalera de madera ascendía en espiral hasta la galería, también llena de libros. La alfombra persa y los muebles de cuero aumentaban la atmósfera antigua de la habitación; un espacio donde un lector podría retroceder en el tiempo. Había sentido la necesidad de subir por esas escaleras y deslizar la mano por la barandilla de madera, perderse entre los libros.

Pero en su lugar había continuado hasta el enorme salón, donde los camareros estaban sirviendo canapés y vino blanco en bandejas. El lugar era inmenso y estaba lleno de luz, lo que le daba un aspecto alegre, si no acogedor. Se fijó en el techo alto, con una compleja moldura de corona, y en los cuadros originales en las paredes. Eran la misma clase de obras que había visto en casa de los padres de Kate, con la pátina de suavidad que conferían los años y la riqueza. El suelo de listones anchos estaba cubierto por una enorme alfombra oriental en tonos azul y bermellón. Advirtió el borde deshilachado en una esquina y algunas partes con un aspecto algo raído. Claro —sonrió para sus adentros—, debía de llevar años y años en la familia.

Miró hacia el otro extremo del salón y vio a un hombre desgarbado de pie junto a la barra; se fijó de inmediato en la pajarita que llevaba en el cuello. «¿Quién se pone pajarita para un funeral?», pensó. Nunca se había acostumbrado a la obsesión de Maryland con esa prenda. De acuerdo, tal vez en el instituto, pero, cuando uno era adulto, solo para eventos formales. Sabía que sus antiguos amigos no estarían de acuerdo, pero, en su opinión, solo le sentaban bien a Pee-wee Herman y a Bozo el payaso. Sin embargo, al fijarse en su cara, todo cobró sentido. Gordon Barton. Iba un curso o dos por delante de ellas en el colegio, siempre detrás de Kate como si fuera un perrito faldero cuando eran jóvenes. Había sido un crío bastante raro y siniestro, siempre mirándola durante largo rato en las conversaciones, haciendo que se preguntara qué se le estaría pasando por la cabeza.

Gordon la miró y se acercó.

—Hola, Gordon.

—Blaire. Blaire Norris. —Sus ojos entornados no transmitían ningún cariño.

—Ahora soy Barrington —le informó.

—Ah, es verdad —respondió él con las cejas enarcadas—. Estás casada. Debo decir que te has vuelto bastante conocida.

La verdad era que le daba igual, pero el hecho de que reconociera su éxito literario la complació. Siempre había sido un estirado, siempre con actitud de superioridad.

—Una pena lo de Lily —agregó negando con la cabeza—. Es terrible.

—Es horroroso —convino ella, de nuevo con lágrimas en los ojos—. Sigo sin creérmelo.

—Claro. Todos estamos muy sorprendidos, por supuesto. Un asesinato. Aquí. Impensable.

La sala estaba llena de gente que hacía cola para dar el pésame a Kate y a su padre, que estaban de pie junto a la repisa de la chimenea, ambos con apariencia de estar en trance. Harrison estaba pálido, miraba al frente sin fijarse en nada.

—Por favor, discúlpame —le dijo a Gordon—. Aún no he tenido ocasión de hablar con el padre de Kate. —Se dirigió hacia la chimenea. Kate se vio envuelta entre la multitud antes de que pudiera alcanzarlos, pero Harrison abrió mucho los ojos al verla aproximarse.

—Blaire —dijo con cariño.

Se acercó y él la abrazó con fuerza. Se vio transportada en el tiempo al respirar el aroma de su *aftershave* y sintió una tristeza desgarradora al pensar en todos los años que se habían perdido. Cuando se enderezó, Harrison sacó un pañuelo del bolsillo, se secó la cara y se aclaró la garganta varias veces antes de poder hablar.

—Mi preciosa Lily. ¿Quién podría hacer algo así? —Se le quebró la voz y torció el gesto, como si sintiera un dolor físico.

—Lo siento mucho, Harrison. No puedo expresar con palabras…

Se le nubló de nuevo la vista, le soltó la mano y retorció el pañuelo hasta convertirlo en una pelota. Antes de que Blaire pudiera decir nada más, se les acercó Georgina Hathaway.

El corazón le dio un vuelco. Nunca le habían caído bien ni la madre ni la hija. Había oído en alguna parte que Georgina se había quedado viuda, que Bishop Hathaway había muerto hacía algunos años por complicaciones de la enfermedad de Parkinson. La noticia la sorprendió. Bishop fue siempre un hombre muy enérgico, atlético y en buena forma, con cuerpo de corredor. Había sido el alma de la fiesta y el último en marcharse. Debió de ser para él una tortura ver cómo su cuerpo se marchitaba. A veces se preguntaba qué vería en Georgina, que era más egocéntrica que Narciso.

Cuando la mujer le puso una mano a Harrison en el hombro, este levantó la mirada y ella le entregó un vaso con un líquido ambarino que Blaire dio por hecho que sería *bourbon*, su favorito.

—Harrison, querido, esto te calmará los nervios.

Harrison agarró el vaso sin decir nada y dio un gran trago.

Hacía más de quince años que Blaire no veía a Georgina Hathaway, pero estaba prácticamente igual, sin una sola arruga en su aterciopelada piel, sin duda debido a los servicios de un experimentado cirujano plástico. Seguía llevando el pelo por encima de los hombros y estaba elegante con un traje negro de seda. Las únicas joyas que lucía aquel día eran un sencillo collar de perlas y el exquisito anillo de bodas, de esmeraldas y diamantes, que siempre llevaba encima.

Georgina le dedicó una sonrisa contenida.

—Blaire, qué sorpresa verte aquí. No sabía que Kate y tú siguierais en contacto. —Seguía hablando como el personaje de una película de los años 40, con un acento que era una mezcla de británico y escuela de élite.

Blaire abrió la boca para responder, pero Georgina se volvió hacia Harrison antes de que pudiera pronunciar una sola palabra.

—¿Por qué no vamos a sentarnos en la zona del comedor?

Era evidente que no perdía el tiempo para intentar quedarse con Harrison, pensó Blaire, aunque esperaba que él tuviera la sensatez de no mantener una relación sentimental con ella. La primera vez que Blaire fue a casa de Selby, era un caluroso día de junio a finales del octavo curso, cuando Kate insistió en llevarla consigo para sentarse junto a la piscina. Nunca antes había visto una piscina de tamaño olímpico en una casa. Parecía algo propio de un hotel, con palmeras, cataratas, un enorme *jacuzzi* y una casa de la piscina con cuatro habitaciones decoradas con más despilfarro que la casa de Blaire en Nuevo Hampshire. Blaire llevaba un bikini de color verde lima que acababa de comprarse en el centro comercial y que le sentaba de maravilla. Era agradable sentir el sol en la piel, e introdujo un dedo del pie en el agua azul y cristalina de la piscina.

Después de nadar durante casi toda la mañana, el ama de llaves les había servido la comida en el jardín. Se sentaron en torno a una mesa de cristal, aún mojadas de la piscina, dejando que el sol las secara mientras se servían sándwiches de una bandeja a rebosar. Blaire se decantó por un sándwich de rosbif y pan suizo, y acababa de extender el brazo para alcanzar las patatas fritas del cuenco que tenía delante cuando oyó la voz de Georgina.

—Chicas, aseguraos de comer también verduritas crudas, no solo patatas —les dijo mientras se acercaba, tan elegante con aquel bañador azul marino de una pieza y el pareo.

Selby le presentó sin mucho entusiasmo a Georgina, quien le dirigió una sonrisa sin interés antes de quedarse mirándola durante unos segundos. Ladeó la cabeza.

—Blaire, querida. Ese traje de baño enseña demasiado, ¿no te parece? Está bien dejar algo a la imaginación.

Blaire dejó caer la patata que tenía entre los dedos y miró al suelo, con la cara roja de vergüenza. Kate se quedó con la boca abierta, pero no dijo nada. Hasta Selby guardó silencio, para variar.

—Está bien, disfrutad de la comida. —Y, sin más, Georgina se dio la vuelta y volvió a entrar en casa. Ya entonces era una zorra, y Blaire apostaba a que seguía siéndolo.

Apartó ese desagradable recuerdo de su memoria al ver que Simon volvía a entrar en la habitación.

Se quedó mirándolo unos instantes antes de acercarse. Seguía tan guapo como hacía quince años, apoyado con disimulo en el marco de la puerta, con ese mechón de pelo rebelde acariciando su frente. Probablemente, las mujeres siguieran cayendo a sus pies.

Y se fijó en que ahora todo en él sugería riqueza, desde el traje negro hecho a medida hasta los zapatos italianos de cuero. La primera vez que Kate llevó a Simon a casa en las vacaciones de Semana Santa, le confesó a Blaire que se sentía fuera de lugar. Él había crecido en la costa este de Maryland, en una familia modesta. La muerte de su padre por un ataque al corazón cuando Simon tenía doce años había destrozado a la familia, tanto emocional como económicamente. Su madre nunca llegó a recuperarse y, de no haber sido por las becas que conseguía Simon, le habría resultado imposible estudiar en Yale. Cuando Kate y él se casaron, por fin tuvo la oportunidad de darle a su madre una vida algo más acomodada, hasta que esta murió poco después de nacer Annabelle. Y era evidente que él también disfrutaba ahora de una vida más acomodada, consideró Blaire.

Una mujer joven y morena estaba a su lado. Era guapa, pero lo que llamó la atención de Blaire era el modo en que miraba a Simon, con una mezcla de adoración y expectativa. Simon sonrió por algo que dijo ella mientras le tocaba el brazo. Su lenguaje corporal dejaba claro que se conocían muy bien el uno al otro. Se preguntó hasta qué punto. Pasados unos segundos, Simon pareció poner fin a su conversación, aunque Blaire no oía sus palabras. La mujer lo siguió con la mirada cuando se acercó a Kate. Después se dio la vuelta y se marchó, aunque se detuvo durante largo rato frente a un aparador de caoba. Después de que abandonara la estancia, Blaire se acercó para ver qué habría llamado la atención de la mujer. Era un marco plateado con una foto de boda de Kate y Simon, ambos sonrientes, como si no tuvieran nada de lo que preocuparse.

Sonó una campana y un hombre uniformado anunció que era el momento de la comida. Simon estaba de pie al otro extremo de la habitación, solo, y Blaire aprovechó la oportunidad. Al acercarse, él la miró con desconfianza.

—Simon, hola. Siento mucho tu pérdida —le dijo con toda la sinceridad que pudo.

—Qué sorpresa verte a ti aquí, Blaire —respondió él, rígido.

Sintió la rabia por dentro como si fuera ácido, empezando en el estómago para subirle después por la garganta. El recuerdo de lo que había sucedido la última vez que lo vio la golpeó con la fuerza de un maremoto, pero se mantuvo en pie. Tenía que estar tranquila, mantener la compostura.

—La muerte de Lily ha sido una tragedia terrible —comentó—. No es momento para mezquindades.

Él la miró con frialdad.

—Qué amable por tu parte volver corriendo —le dijo.

Se inclinó entonces hacia ella y le puso un brazo en el hombro, un gesto que cualquiera habría interpretado como amistoso, y le susurró con rabia:

—Ni se te ocurra volver a intentar meterte entre nosotros.

Blaire retrocedió, irritada porque hubiera tenido el descaro de hablarle de ese modo, y sobre todo aquel día. Estiró los hombros y le dedicó su mejor sonrisa de escritora.

—¿No deberías preocuparte más por cómo lleva tu esposa el asesinato de su madre que por mi relación con ella? —le preguntó, y borró la sonrisa de su cara—. Pero no te preocupes, no volveré a cometer el mismo error. —«Esta vez me aseguraré de que tú no te interpongas entre nosotras», pensó mientras se alejaba.

Se dirigía hacia el cuarto de baño del primer piso para lavarse antes de la comida cuando algo de fuera llamó su atención. Se acercó a la ventana y vio a un hombre uniformado de pie en la sombra, junto al camino de la entrada. Tardó un minuto en reconocerlo: era el chófer de Georgina. ¿Cómo se llamaba? Algo que empezaba por R... Randolph, eso era. Él las llevaba en coche cada vez que a Georgina le tocaba encargarse del transporte de las niñas. Le sorprendió un poco que siguiera vivo. Ya le parecía anciano tantos años atrás, pero viéndolo ahora se daba cuenta de que por entonces debía de tener cuarenta y pocos años. Entonces vio a Simon acercarse y estrecharle la mano antes de sacar un sobre del bolsillo del abrigo. Randolph miró nervioso a su alrededor, después aceptó el sobre con un gesto de cabeza y se metió en su coche.

Simon ya se dirigía hacia la entrada, de modo que Blaire se apresuró a entrar en el tocador antes de que pudiera verla. No imaginaba qué asuntos podría tener Simon con el chófer de Georgina, pero pensaba averiguarlo.

3

—El asesino estaba hoy en el cementerio, quizá incluso en nuestra casa. —A Kate se le quebró la voz al entregarle su móvil al detective Frank Anderson, del Departamento de Policía del condado de Baltimore. Su presencia la tranquilizaba, su actitud decidida y segura de sí misma, y de nuevo volvió a sorprenderle lo a salvo que se sentía con aquella apariencia de fuerza física.

Sentado frente a Simon y a ella en su salón, leyó el mensaje de texto con el ceño fruncido.

—No saquemos conclusiones precipitadas. Podría tratarse de un bicho raro que ha leído sobre la muerte de su madre y el funeral; se le ha dado mucha cobertura informativa.

Simon se quedó con la boca abierta.

—¿Qué clase de perturbado hace algo así?

—Pero se trata de mi móvil personal —objetó Kate—. ¿Cómo podría haber conseguido el número un desconocido?

—Por desgracia, en la actualidad es bastante sencillo conseguir un número de teléfono. La gente puede usar muchos servicios de terceras personas. Y había varios cientos de personas en el cementerio. ¿Las conocía a todas?

—No —respondió negando con la cabeza—. Pensamos en celebrar un funeral privado, pero mi madre estaba tan ligada a la comunidad que sentimos que habría querido que estuviese abierto a cualquiera que quisiera presentar sus condolencias.

El detective tomaba notas mientras hablaban.

—En circunstancias normales, daríamos por hecho que se trata de un chiflado, pero, dado que estamos ante un crimen sin resolver, nos lo tomaremos más en serio. Con su permiso, vamos a pedir que le pinchen el teléfono. También me gustaría hacerlo con su teléfono de casa y con sus ordenadores. Así podremos ver en tiempo real si recibe más amenazas, y podremos rastrear la dirección IP.

—Por supuesto —respondió Kate.

—Llevo encima un equipo que me permite hacer una réplica de su teléfono. Lo haré cuando hayamos terminado y veremos si puedo rastrear este mensaje y descubrir quién lo envió. Haga lo que haga, no responda si vuelve a saber algo de él. Si se trata de un acosador, querrá que haga justo eso. —Le dedicó a Kate una mirada compasiva—. Siento mucho que tenga que enfrentarse a esto aparte de a todo lo demás.

Kate sintió solo un ligero alivio cuando su marido acompañó a Anderson hasta la puerta. Pensó en la última vez que había recibido una noticia aterradora por teléfono, la noche en que Harrison había encontrado a Lily. Había visto el número de su padre en la pantalla y, al responder, había oído su voz frenética.

—Kate. Nos ha dejado. Nos ha dejado, Kate —sollozaba al otro lado de la línea.

—Papá, ¿de qué estás hablando? —preguntó ella sintiendo cómo el pánico se extendía por su cuerpo.

—Alguien ha entrado en la casa. La han matado. Dios mío, esto no puede ser verdad. No puede ser cierto.

Kate apenas había logrado entender sus palabras de tanto como lloraba.

—¿Quién ha entrado? ¿Mamá? ¿Mamá está muerta?

—Sangre. Sangre por todas partes.

—¿Qué ha ocurrido? ¿Has pedido una ambulancia? —le preguntó con tono agudo, a punto de dejarse sobrepasar por los nervios.

—¿Qué voy a hacer, Katie? ¿Qué voy a hacer?

—Papá, escúchame. ¿Has llamado al nueve uno uno? —Pero a través del teléfono solo había oído sus sollozos entrecortados.

Se había montado en el coche y había recorrido aturdida los veinticinco kilómetros hasta casa de sus padres tras escribir un mensaje a Simon para que se reuniese con ella allí lo antes posible. Vio las luces rojas y azules a dos manzanas de distancia. Al acercarse a la casa, una barrera policial le cortó el paso. Al bajarse del coche, vio el Porsche de Simon detenerse detrás de ella. Los del servicio de emergencia, la policía y los CSI entraban y salían de la casa. Con pánico creciente, se alejó corriendo del coche y se abrió paso entre la multitud, pero un agente se le puso delante con los brazos cruzados, las piernas separadas y el ceño fruncido.

—Lo siento, señora. Se trata de la escena de un crimen.

—Soy su hija —le dijo ella, tratando de pasar mientras Simon corría hacia ella—. Por favor.

El agente de policía negó con la cabeza y le puso una mano delante.

—Saldrá alguien para hablar con usted. Lo siento, pero voy a tener que pedirle que se aparte.

Y entonces observaron y esperaron juntos, aterrorizados, mientras los investigadores entraban y salían, con cámaras, bolsas y cajas, y colocaban cinta policial amarilla sin ni siquiera mirarlos. Los equipos de televisión no habían tardado en llegar, con sus cámaras apuntando a los reporteros sin aliento, micrófono en mano, mientras relataban hasta el último detalle macabro que pudieran obtener. Kate quiso taparse las orejas con las manos al oírles decir que a la víctima le habían reventado el cráneo.

Al fin, vio que sacaban a su padre de la casa. Sin pensarlo, corrió hacia él. Antes de haber podido dar unos pocos pasos, unas manos poderosas la agarraron para que no siguiera avanzando.

—Suélteme —gritó, retorciéndose contra el agente que la sujetaba. Las lágrimas resbalaban por su cara y, cuando el coche de policía se alejaba, gritó—: ¿Dónde se lo llevan? Suélteme, maldita sea. ¿Dónde está mi madre? Necesito ver a mi madre.

Entonces el hombre aligeró la fuerza, pero no suavizó su expresión.

—Lo siento, señora. No puedo dejarla entrar.

—Mi padre debería estar con ella —dijo Kate. Al ver a Simon junto a ella, tomó aliento y trató de calmarse. Aunque seguía enfadada con él, su presencia era tranquilizadora.

—¿Dónde se lo han llevado? Al doctor Michaels, el padre de mi esposa. ¿Dónde se lo han llevado? —preguntó Simon rodeándola con un brazo.

—A la comisaría para interrogarlo.

—¿Interrogarlo? —preguntó Kate.

Una mujer uniformada se le acercó.

—¿Es usted la hija de Lily Michaels?

—Sí. La doctora Kate English.

—Me temo que su madre ha fallecido. Siento mucho su pérdida. —La agente se quedó callada unos instantes—. Vamos a necesitar que venga a la comisaría para que responda a unas preguntas.

«¿Siento mucho su pérdida?» Qué superficial. Simplista, incluso. ¿Así era como la veían los familiares de los pacientes cuando les daba una mala noticia? Había seguido a la agente, pero solo podía pensar en su madre, muerta, siendo fotografiada y estudiada por los investigadores antes de ser trasladada al depósito para que le realizaran la autopsia. Ella había visto unas cuantas autopsias cuando estudiaba. No eran agradables.

—¿Has comido algo? —le preguntó Simon, devolviéndola al presente al entrar en la habitación.

—No tengo hambre.

—¿Y un poco de sopa? Tu padre dijo que Fleur había preparado arroz con pollo.

Kate lo ignoró, él suspiró y se sentó en una silla junto a un ramo de flores que le habían enviado sus compañeros del hospital; acarició la punta de una hoja mientras leía la tarjeta.

—Qué amables —comentó—. Deberías comer algo, aunque fuera poco.

—Simon, por favor, para, ¿quieres? —No quería que se comportase como un marido devoto y cariñoso después de la tensión de los últimos meses. Cuando las peleas y los reproches alcanzaron un punto en el que Kate ya no podía concentrarse en su trabajo ni en ninguna otra cosa, había acudido a Lily. Hacía solo pocas semanas que se habían sentado junto a la chimenea en el acogedor estudio de sus padres, reconfortadas por las llamas, Kate con el uniforme del hospital y Lily muy elegante con unos pantalones blancos de lana y un jersey de cachemir. Lily la había mirado con intensidad y gesto serio.

—¿Qué sucede, cielo? Parecías muy disgustada por teléfono.

—Es Simon. Ha… —Se detuvo, sin saber por dónde empezar—. Mamá, ¿te acuerdas de Sabrina?

Lily frunció el ceño y la miró confusa.

—Sí que te acuerdas. Su padre fue quien se ocupó de todo cuando murió el padre de Simon, se convirtió en un mentor para Simon. Sabrina fue dama de honor en nuestra boda.

—Ah, sí. Me acuerdo. No era más que una cría.

—Sí, tenía doce años en aquel momento. —Kate se inclinó hacia delante sobre su silla—. ¿Recuerdas que, la mañana de la boda, mientras estábamos todas aquí preparándonos, Sabrina desapareció? Fui a buscarla. Estaba en una de las habitaciones de invitados, sentada al borde de la cama, llorando. Me dispuse a entrar, pero entonces vi que su padre estaba con ella, de modo que me quedé fuera, oculta. Estaba muy disgustada porque Simon fuese a casarse. Le dijo a su padre que siempre había creído que Simon esperaría a que creciera para casarse con ella. Sonaba muy lastimera.

Lily se quedó con los ojos muy abiertos, pero mantuvo la misma expresión de calma.

—Se me había olvidado eso, pero fue hace años. Era joven y estaba encaprichada.

—Pero no ha cambiado nada —respondió Kate con la cara roja—. Intenté entenderlo y ser amable, de verdad. Su madre murió cuando tenía cinco años y pensé que yo podría ser una buena amiga, incluso una confidente. —Suspiró—. Pero rechazó mis esfuerzos. Nunca se mostró grosera delante de Simon, pero, cuando estábamos solas, dejaba claro que no quería tener nada que ver conmigo. Y ahora, desde que murió su padre, está más pesada que nunca, llama a todas horas, cada vez quiere pasar más y más tiempo con Simon.

—Kate, ¿qué tiene que ver todo esto contigo? Siempre y cuando Simon no le dé pie, no tienes por qué preocuparte. Y la pobre chica se ha quedado huérfana muy joven.

—Esa es la cuestión. Que sí que le da pie. Cada vez que llama con algún problema o algo que hay que arreglar, él va. Y cada vez llama más. Él pasa mucho tiempo allí. Más del que debería. —Kate hablaba cada vez más alto—. Dice que no es nada, que estoy exagerando, pero no es verdad. Ahora que trabaja con él, están juntos a todas horas. Cenan juntos, viene a casa a montar a caballo, me ignora por completo y babea por él. He llegado a un punto en que no puedo soportarlo más. Le he pedido a Simon que se vaya.

—Kate, escucha lo que estás diciendo. No puedes romper tu familia por algo así.

—Pues ya no lo soporto más. No debería haberla contratado, pero su padre le pidió en su lecho de muerte que cuidara de ella. Sabrina le pidió trabajo a Simon en cuanto su padre murió.

—No me parece que Simon tuviera alternativa —le dijo su madre—. Las cosas se arreglarán. Quizá solo sea por el duelo.

—Francamente, mamá, estoy cansada de ser la esposa compasiva y sufridora. Es ridículo que me traten así y que luego mi marido me diga que soy injusta.

Lily se puso en pie y comenzó a caminar de un lado a otro. Se acercó a donde estaba Kate, le puso las manos en los hombros y la miró a los ojos.

—Voy a hablar con Simon y arreglarlo todo.

—Mamá, no. Por favor, no hagas eso. —Lo último que deseaba era que su madre pusiera a caldo a Simon. Eso empeoraría las cosas. Pero no había vuelto a oír a su madre decir nada sobre el tema. Si Lily había hablado con él, ni Simon ni ella se lo habían dicho.

Miró ahora a Simon y lo vio inclinado hacia delante sobre la silla, con los codos apoyados en las rodillas.

—Por favor, no me rechaces —le dijo—. Sé que hemos tenido nuestros problemas, pero ahora es momento de estar juntos y apoyarnos mutuamente.

—¿Apoyarnos? Hace mucho tiempo que no me apoyas. No debería haber permitido que volvieras a instalarte aquí.

—Eso no es justo. —Simon frunció el ceño—. Me necesitas aquí y yo quiero estar con Annabelle y contigo. Me sentiría mucho mejor estando aquí para cuidar de las dos.

Sintió un escalofrío en los brazos y se apretó la chaqueta de punto al recordarlo: había un asesino suelto. La última frase del mensaje se repetía una y otra vez en su cabeza. *Para cuando haya acabado contigo, desearás haber sido tú a la que han enterrado hoy.* Eso sugería que aún había más por venir. ¿El asesino habría matado a su madre para castigarla a ella? Pensó en los padres desolados de los pacientes a los que no podía salvar y trató de identificar a alguno que pudiera haberla culpado. O que tal vez hubiera culpado a su padre, que había ejercido la medicina durante más de cuarenta años, tiempo suficiente para crearse enemigos.

—Kate. —La voz de Simon volvió a invadir sus pensamientos—. No pienso dejarte sola. No cuando estás amenazada.

Kate levantó lentamente la mirada hacia él. No podía pensar con claridad. Pero la idea de quedarse sola en aquella casa enorme le resultaba terrorífica.

Asintió.

—Por ahora puedes seguir en la *suite* de invitados azul —le dijo.

—Creo que debería volver al dormitorio principal.

Kate notó el calor que le subía por el cuello hasta las mejillas. ¿Su marido estaba usando la muerte de su madre para volver a ganarse su afecto?

—Desde luego que no.

—Está bien, de acuerdo. Pero no entiendo por qué no podemos dejar atrás el pasado.

—Porque no se ha resuelto nada. No puedo confiar en ti. —Se quedó mirándolo fijamente—. A lo mejor Blaire tenía razón.

Simon se dio la vuelta con expresión sombría.

—No tenía por qué venir hoy.

—Tenía todo el derecho —respondió ella, enfadada—. Era mi mejor amiga.

—¿Has olvidado que trató de acabar con nuestra relación?

—Y tú te estás encargando de terminar el trabajo.

Simon apretó los labios y se quedó callado unos segundos. Cuando por fin habló, su voz sonó fría.

—¿Cuántas veces tengo que decirte que no hay absolutamente nada? Nada.

Kate estaba demasiado cansada para discutir con él.

—Me voy arriba a acostar a Annabelle.

Annabelle estaba en el suelo con un puzle, con Hilda sentada en una silla cercana, cuando Kate entró en el dormitorio de la niña. ¿Qué habría hecho sin Hilda? Se portaba de maravilla con Annabelle; era cariñosa y paciente, y se mostraba tan entregada con Annabelle que Kate debía recordarle que el hecho de que viviera con ellos no significaba que estuviese de servicio en todo momento. Hilda había sido la niñera de los tres hijos de Selby. Cuando nació Annabelle, Selby le sugirió que la contratara, dado que su hijo pequeño iba a empezar a ir al colegio y ya no necesitaría una niñera a jornada completa. Kate se sintió aliviada y agradecida de tener a alguien de confianza que cuidara de su hija. Conocían a Hilda de toda la vida, y su hermano, Randolph, había sido el chófer de Georgina durante años, un empleado de confianza. Había salido a la perfección.

Kate se arrodilló junto a su hija.

—Qué gran trabajo has hecho.

Annabelle la miró con su carita de querubín y sus rizos rubios.

—Toma, mami —le dijo entregándole una pieza del puzle—. Hazlo tú.

—Mmm. Vamos a ver. ¿Va aquí? —preguntó Kate, y empezó a poner la pieza en el hueco equivocado.

—No, no —dijo la niña—. Va aquí. —Agarró la pieza y la puso en el lugar adecuado.

—Ya casi es hora de acostarse, cariño. ¿Quieres escoger un libro para que mamá te lo lea? —Se volvió hacia Hilda—. ¿Por qué no te vas a la cama? Yo me quedaré con ella.

—Gracias, Kate. —Hilda le revolvió el pelo a Annabelle—. Hoy ha sido una auténtica guerrera, ¿verdad, cielo? Ha sido un día muy largo.

—Sí —le dijo Kate con una sonrisa—. También ha sido un día largo para ti. Vete a descansar.

De la librería, Annabelle sacó *La telaraña de Carlota* y se lo llevó a Kate. Se sentó en la cama mientras su hija se metía bajo las sábanas. Le encantaba aquel ritual nocturno con Annabelle, pero las noches desde la muerte de Lily habían sido diferentes. Deseaba abrazar a su hija y protegerla de la trágica realidad.

En cuanto Annabelle se quedó dormida, Kate apartó el brazo y salió de la habitación de puntillas. Contempló la última habitación de invitados al final del pasillo, la que ocuparía Simon. Tenía la puerta abierta, la habitación estaba a oscuras, pero veía una luz encendida por debajo de la puerta de su cuarto de baño y oía el agua correr.

Apartó la mirada y pensó en Jake. Sus padres no habían acudido a la reunión en casa después del entierro, de modo que no había tenido oportunidad de hablar con ellos; lo que tal vez hubiera sido mejor, dados los malos recuerdos que debía de producirles. Jake y ella se habían criado en el mismo barrio y prácticamente se conocían desde siempre, pero fue en el instituto cuando se enamoraron. Kate aún recordaba su último año, cuando se sentaba en las gradas y Jake le sonreía desde el campo de *lacrosse*; daba igual el frío que hiciera aquellos días de partido de febrero o marzo, porque sentía aquel calor por dentro. Y él nunca se perdía una de sus carreras de atletismo y la animaba con su voz profunda. Ambos solicitaron plaza en Yale y parecía estar claro que iban a pasar juntos el resto de su vida; hasta la noche en que todo cambió. Con el paso de los años, Kate había revivido la noche de la fiesta una y otra vez en su cabeza, imaginando que todo acababa de un modo diferente. Si se hubieran marchado diez minutos antes, o si no hubieran bebido. Pero, claro, no podía cambiar la realidad. Lo había perdido en cuestión de unas pocas horas. Cuando fue a su casa pocos días después del funeral, se encontró con las persianas bajadas. Había periódicos atrasados en el porche de la entrada y el buzón estaba lleno. Al final, sus padres y sus dos hermanas acabaron mudándose.

Continuó por el pasillo hasta su dormitorio para prepararse para irse a la cama, aunque sabía que no podría dormir. Entró en el dormitorio, se desabrochó el vestido negro del funeral y lo tiró al suelo, sabiendo que nunca más podría volver a ponérselo. Cuando encendió la luz del cuarto de baño y se miró en el espejo, vio que tenía el pelo lacio y los ojos rojos e hinchados. Al acercarse para mirarse mejor, advirtió algo oscuro por el rabillo del ojo y se quedó helada. Empezó a sudar y a temblar sin control mientras retrocedía horrorizada. Iba a vomitar.

—¡Simon! ¡Simon! —gritó—. ¡Ven aquí, deprisa!

A los pocos segundos Simon apareció a su lado mientras ella seguía mirando los tres ratones muertos, colocados en fila en el lavabo, con los ojos arrancados. Y entonces vio la nota.

Tres ratones ciegos,
tres ratones ciegos.
Mira cómo corren,
mira cómo corren.
Buscaban una vida con dinero,
pero él les sacó los ojos con un cuchillo de carnicero.
¿Alguna vez habías visto algo tan maravilloso
como tres ratones ciegos?

4

Blaire había imaginado muchas veces su reencuentro con Kate a lo largo de los años; lo que le diría, cómo Kate le rogaría volver a ser su amiga, y su cara de desconsuelo cuando ella le dijera que era demasiado tarde. Entonces le tocaría a Kate sentir el dolor de la traición, igual que lo había sentido ella cuando la echó de su boda tras la terrible pelea de aquella mañana. Y después había ascendido a Selby de simple dama de honor a dama de honor principal para sustituirla. La verdad era que Blaire nunca se había olvidado de Kate a lo largo de los años; había oído noticias suyas a través de otras amigas y había podido ver retazos de su vida en las fotos de Facebook de estas. Pero, dado que Blaire consideraba que ella era la parte injuriada, no tenía ninguna intención de volver arrastrándose; o eso pensaba. La muerte de Lily había cambiado eso. Lo había sabido en cuanto Kate la llamó. Había ido a presentar sus respetos a Lily. Y, una vez allí, supo que tenía que hacer todo lo posible por ayudarles a encontrar al asesino.

Ahora que había vuelto, no solo se daba cuenta de que había estado en lo cierto con Simon, sino también de que ocurría algo entre Kate y él. Blaire siempre había estudiado a la gente; era una de las cosas que contribuía a su éxito como escritora. Los pequeños detalles contaban la historia; las miradas que se cruzaban dos personas, la elección de una frase, un sentimiento no correspondido.

Desde su posición en la comida del funeral, había podido verlos a los dos con claridad y había visto a Kate dar un respingo como si se hubiera quemado cuando Simon acercó la mano a la suya, apartándola antes de colocarla en su regazo. Y luego, por supuesto, estaba la morena de la falda corta.

Se situó junto a la ventana y contempló el puerto de Baltimore, el sol bajo de diciembre que brillaba en el agua y formaba un deslumbrante puzle geométrico. Cuando llamó para reservar en el Four Seasons, le dijeron que estaban completos, estando tan cerca de las vacaciones de Navidad. Pero, en cuanto preguntó por la *suite* presidencial y les dio su nombre, aquella voz plana del otro lado del teléfono se volvió animada, se disculpó de inmediato y le hizo la reserva. Había evolucionado mucho desde aquella chica joven que no encajaba en ninguna parte.

Blaire seguía en contacto con algunas de sus amigas del colegio en Maryland. Al principio había sido duro; se conocían todas desde el jardín de infancia y ella llegó en octavo curso. Su padre le había dicho que debería alegrarse por haber sido aceptada en una escuela tan maravillosa, que le abriría muchas puertas. Enid, su nueva esposa, decía que estaba perdiendo el tiempo en su colegio público, que tendría mejores oportunidades si asistía a una de las escuelas privadas más prestigiosas del país. Intentaron que pareciera que lo hacían por ella, pero Blaire sabía la verdad: Enid la quería lejos, estaba cansada de discutir con ella por cada pequeño detalle. Así fue como se marchó a Maryland, donde no conocía absolutamente a nadie, a diez horas de su casa en Nuevo Hampshire. Y, para colmo de males, Mayfield insistió en que repitiera octavo curso, dado que había faltado a muchas clases el año anterior cuando tuvo mononucleosis. Era ridículo.

Pero, cuando llegó a Mayfield, hubo de admitir que la escuela era preciosa; un césped tan verde que parecía de mentira, unos edificios de estilo georgiano que otorgaban al espacio un aspecto de universidad. Y las instalaciones eran asombrosas. Tenían una piscina enorme, establos, un gimnasio con todas las innovaciones y una residencia con habitaciones de lujo. Sin duda era un paso hacia delante. Además, su casa ya no era suya. El toque de Enid estaba por todas partes, con todas esas manualidades absurdas por la cocina y el salón.

Su primer día en Mayfield, la directora le mostró las instalaciones. Era una mujer de edad indeterminada que llevaba el pelo recogido en un moño apretado, pero tenía una cara amable y una voz suave, y de pronto Blaire deseó quedarse con ella.

La directora abrió la puerta de una clase y, cuando la profesora las invitó a pasar, la sala quedó en silencio y todas las chicas se giraron para mirarla. Llevaban uniforme: camisa blanca de botones, falda de cuadros, calcetines blancos, mocasines brillantes y chaquetas de lana azul marino. Al fijarse bien, apreció las diferencias sutiles; pendientes de plata o de oro, collares de cuentas, finas pulseras de oro. Blaire cerró los puños para ocultar sus uñas rosas descascarilladas. La directora ya le había informado de que solo se aceptaba el esmalte transparente, pero dijo que aquel día lo pasaría por alto.

Cuando se fijó en las demás chicas, vio a Kate por primera vez. Melena rubia y brillante recogida en una elegante coleta. Un sutil brillo de labios. Ojos azules del color del Caribe; o al menos del color que mostraba en las fotos. Se dio cuenta de inmediato de que Kate era la clase de chica que caía bien a todo el mundo.

—Bienvenida, Blaire —le dijo la profesora, y le señaló a aquella chica tan guapa—. Ve a sentarte junto a Kate Michaels. —Kate le dirigió una sonrisa y golpeó con la mano el escritorio vacío junto a ella.

Más tarde, durante la comida, le presentó a su círculo de amigas. Todas ellas imitaron a Kate y se mostraron amables y cercanas. Selby se mostró correcta, aunque lo primero que le dijo al presentarse fue: «Soy Selby, la mejor amiga de Kate». Blaire le sonrió. «No por mucho tiempo», pensó. Y así había sido. Al poco tiempo, Kate y ella se habían vuelto inseparables.

Las demás chicas de la escuela tardaron un poco más en aceptarla completamente. Al principio era tan ingenua como para creer que el dinero la convertiría en una igual. Su padre había ganado mucho, pero lo había hecho vendiendo neumáticos en un concesionario que había fundado veinte años antes. En Nuevo Hampshire, habían sido una de las familias más ricas de la ciudad, patrocinaban equipos de la liga infantil y el programa de mochilas de la escuela. Pero en Baltimore ya no era un pez gordo. Había tardado tiempo en entender que había una diferencia entre el dinero viejo y el dinero nuevo, entre la educación y la herencia. Pero Blaire aprendía rápido; a los pocos años, nadie que la conociera habría imaginado que no había nacido en aquel mundo.

Pese al trágico motivo de su regreso, no podía negar que se sentía bien, muy bien, al ver que todos la miraban de un modo distinto. Ya no era una doña nadie del quinto pino que no sabía lo que era un cotillón. Gracias a la serie de detectives de Megan Mahooney que había creado con Daniel, era más famosa de lo que jamás habría imaginado. Siempre había soñado con convertirse en escritora, de modo que se había licenciado en Inglés en Columbia y había sido becaria cada verano en diversas editoriales. Al graduarse, fue contratada como asistente de publicidad en una de las editoriales importantes; la misma que publicaba a Daniel Barrington. Con nueve superventas en su haber, Daniel no solo era muy conocido, sino también admirado. Había escrito doce *thrillers* del género de asesinos en serie. Blaire los había leído todos y había visto sus entrevistas en los programas de la tele. Nombrada asistente publicitaria de Daniel, se quedó encantada al darse cuenta de lo amable y humilde que era pese a su éxito. Pudo conocerlo mejor cuando su jefa se tomó la baja por maternidad y ella la reemplazó en dos de sus viajes de promoción.

Blaire había aprovechado la oportunidad y se había asegurado de quedar bien aquella segunda noche en Boston. Después de la firma, fueron a comer algo a un sitio cerca de la librería. Cuando pidió su hamburguesa con queso provolone, él le sonrió y le dijo que también le gustaba así la hamburguesa. Pasaron dos horas hablando sin parar. Descubrieron que a ambos les encantaban las historias oscuras de Poe y de Bram Stoker, y Blaire asintió cuando Daniel le dijo que su película favorita era *El cartero siempre llama dos veces*. Hablaron de sus años de universidad, cuando se sumergieron en las tragedias de Esquilo y Eurípides, la poesía de John Milton y de Edmund Spenser. Y cuando, hacia el final de la velada, Blaire hizo una referencia a Don Quijote, Daniel levantó la cabeza y sonrió. Eran perfectos el uno para el otro. Al cabo de un año, uno de los solteros más deseados del panorama literario se había convertido en su marido. No le había hecho falta una boda por todo lo alto como la de Kate. Daniel y ella lo habían hecho oficial en el ayuntamiento entre los viajes de promoción de él.

Fue idea de Blaire colaborar en la serie de Megan Mahooney. A la editorial de Daniel le encantó la idea, y el primero de la serie llegó a la lista del *New York Times* a la semana de su publicación y permaneció allí más de un año. Después de haber escrito cuatro libros juntos, firmaron un acuerdo para una serie de televisión basada en sus libros y Blaire por fin empezó a sentir que lo había conseguido.

Durante sus años en Mayfield, había creído que nunca llegaría a jugar en la misma liga social o económica que el resto de sus amigas. Había sido duro sentirse siempre un paso por detrás. Pero, cuando su primer millón se duplicó y empezaron a aparecer reseñas suyas en revistas y periódicos nacionales, por fin sintió que podía valerse sola.

Se acercó a la larga mesa del comedor, se sentó y revisó su correo electrónico. Borró los mensajes de rebajas de Barney's y Neiman's, pensando que tenía que empezar a eliminar su suscripción de todos los correos basura que inundaban su bandeja de entrada. Abrió un mensaje de su publicista sobre dos conferencias a las que los habían invitado a Daniel y a ella para hablar. Le reenvió el correo a Daniel con un signo de interrogación.

Después buscó en Google el nombre de Lily Michaels, algo que no se había atrevido a hacer desde que se enterase de la noticia. La página se llenó de resultados. Pinchó en un enlace del *Baltimore Sun* y vio una foto de la hermosa y sonriente Lily junto al titular, *Heredera de Baltimore golpeada hasta la muerte en su casa*. Ojeó el artículo, que incluía una declaración del Departamento de Policía. Decía que tenían un gran número de sospechosos. Gracias a la documentación que había hecho para sus libros, Blaire sabía que el marido siempre era el principal sospechoso. La policía husmearía en la vida de Harrison y, si encontraba el más mínimo indicio de que tuviera un motivo para matar a Lily, se lanzarían sobre él con la ferocidad de un perro de presa. Lily y él siempre le habían parecido felices, pero en quince años podían cambiar muchas cosas.

Siguió bajando por la página y llegó a la necrológica. Era un artículo grande. Destacado. Igual que Lily. Mencionaba sus colaboraciones benéficas, su fundación y lo mucho que había contribuido a su comunidad. Sintió una punzada en el corazón al leer que Lily dejaba una hija y una nieta. Pensó en su último año de universidad. Kate llevaba unos meses saliendo con Simon y de pronto tenía cada vez menos tiempo para ella. Un viernes por la noche recibió una llamada de Harrison preguntándole si sabía cómo localizar a Kate, que no estaba en su apartamento del campus ni respondía al móvil.

—¿Va todo bien? —le había preguntado ella.

—Lily ha tenido un pequeño accidente de coche —le había explicado Harrison.

—¡Oh, no! ¿Qué ha ocurrido?

—Alguien le dio por detrás. Tiene un latigazo cervical y una muñeca rota. Mañana estoy de guardia y esperaba que Kate pudiera volar aquí y echar una mano durante el fin de semana.

—Lo más probable es que Kate ya se haya marchado. Me dijo que se iba con Simon a esquiar a Stowe.

Había notado un suspiro al otro lado de la línea.

—Entiendo.

—¿Y si voy yo? —le había preguntado impulsivamente—. Puedo tomar un tren a primera hora desde Penn Station y estar allí a las nueve.

—Blaire, es muy amable por tu parte ofrecerte. Muchas gracias.

Había percibido el alivio en su voz. Había ido a ocuparse de Lily y resultó ser uno de los fines de semana más agradables que recordaba. Solas Lily y ella, charlando, viendo películas antiguas, jugando al Scrabble.

Lily la había abrazado con fuerza y le había sonreído con los ojos entornados.

—Blaire, cielo, no sabes lo mucho que te lo agradezco —le había dicho mientras le acariciaba la mejilla—. Qué afortunada soy de tener no una hija, sino dos.

Sí, Kate había perdido a su madre y era terrible. Pero Blaire la había perdido también; no una, sino dos veces.

5

Kate se estremeció, con los dientes apretados, cuando se levantó de la cama y contempló la puerta del cuarto de baño a la mañana siguiente. No podía entrar ahí. Aún no. No mientras el olor putrefacto de los ratones siguiera pegado a ella. Y esos horribles ojos; cada vez que cerraba los suyos, los veía, con las cuencas vacías devolviéndole la mirada. Le había pedido a Fleur, el ama de llaves, que trasladara sus cosas a uno de los baños de invitados por el momento. La policía se lo había llevado todo, los roedores muertos y la nota, y había rastreado la estancia en busca de pruebas. Si no estaban seguros de que corriera peligro después del mensaje, los ratones muertos los habían convencido, y la preocupación de Anderson resultaba evidente mientras contemplaba el lavabo. Les había aconsejado a Simon y a ella que se guardaran los detalles.

Primero el mensaje de texto y después eso; ¿quién estaría observándola, esperando para hacerle daño? Aquella cancioncilla infantil, con su melodía aburrida, no paraba de repetirse en su cabeza, una y otra vez, hasta darle ganas de gritar. ¿El asesino tendría un tercer objetivo en mente? De ser así, ¿quién sería? ¿Simon? ¿Su padre? ¿Annabelle? Se estremeció al pensarlo. ¿Y qué clase de vida con dinero buscaba ella? Había trabajado como loca para entrar en la escuela de medicina y bordar el examen de acceso. Después de eso, había pasado casi cinco años de residencia y otros dos

47

con una beca de cardiología. Había dedicado su vida a salvar la de los demás. Y su madre había sido una generosa filántropa y defensora de las mujeres, admirada por la comunidad; salvo, evidentemente, por quien fuera que estuviera enviando esas notas.

Como precaución, Simon había contratado seguridad privada. El año anterior había llevado a cabo una reforma arquitectónica para BCT Protection Services, una empresa de seguridad de Washington, DC. Había llamado a su contacto allí y ahora había dos guardias apostados frente a la casa y otros dos dentro; uno junto al pasillo, en el pequeño estudio, monitorizando la finca con ordenadores a través de las cámaras instaladas fuera, y el otro haciendo rondas de la primera planta cada hora. La policía se había ofrecido a colocar un coche frente a la casa, pero Simon había convencido a Kate de que estarían mejor con BCT, que podían hacer guardia las veinticuatro horas del día. Anderson les había dicho que el tamaño y la extensión de su propiedad harían que fuese un desafío protegerla, sobre todo con el enorme bosque adyacente a su finca de ocho hectáreas, pero BCT les había asegurado que estaban preparados para hacerlo.

Kate caminó nerviosa por el pasillo hasta el cuarto de baño de invitados, con la bata bien apretada en torno a su cuerpo. Le aterraba pensar que el asesino hubiese logrado colarse en su cuarto de baño sin ser visto en cuestión de unas pocas horas. Cierto, la casa había estado llena de gente durante la recepción, pero eso no mejoraba la situación. La policía y el equipo de seguridad habían registrado la casa al llegar, pero no lograba quitarse de encima la sensación de que habían pasado algo por alto, de que quien fuera que hubiera dejado los ratones estaba en su casa en ese preciso instante, escondido en alguna parte, acechando tras una puerta cerrada, escuchando.

Se había pasado la mañana en la cama y ahora solo le quedaban unos minutos para vestirse antes de la lectura del testamento de su madre, que estaba prevista para las diez de aquella mañana en el despacho de Gordon. Habían considerado la posibilidad de cancelarlo tras las amenazas, pero decidieron que era mejor quitárselo de encima. Cuando entró en la cocina con el sencillo vestido gris de tubo que había escogido, Simon estaba leyendo el periódico. Su padre estaba sentado a la mesa jugando a las cartas con Annabelle. No había vuelto a su casa desde aquella terrible noche y, en su lugar, se había instalado en el apartamento frente al río en el centro de Baltimore que Lily y él habían comprado el año anterior como retiro de fin de semana. Annabelle levantó la mirada de las cartas y se bajó de la silla de un salto.

—¡Mami!

Kate tomó a su hija en brazos y aspiró el aroma de su champú de fresa.

—Buenos días, cielo. ¿Quién va ganando?

—¡Yo! —gritó la niña, y volvió corriendo a la mesa.

Kate siguió a su hija hasta la mesa para agacharse a darle a su padre un beso en la mejilla y volvió a fijarse en el tono grisáceo de su piel y en la falta de brillo de sus ojos.

—Buenos días —dijo Simon, cerró el periódico, lo dejó en la mesa frente a él y se levantó—. ¿Cómo te encuentras?

—No muy bien.

—¿Café?

—Sí, gracias.

Le sirvió una taza y se la entregó, pero, al agarrarla, a Kate le temblaron tanto los dedos que cayó al suelo. Contempló el desastre a sus pies y se echó a llorar. Al ver el nerviosismo de su madre, Annabelle empezó a llorar también.

—Oh, cariño, no pasa nada. Mami está bien —le dijo Kate, abrazándola hasta que se calmó.

—Kate, necesitas comer algo —le dijo Simon, agachándose para recoger el café y los trozos de porcelana.

Kate se secó las mejillas con el dorso de la mano.

—No puedo.

Simon se puso en pie, con los trozos de porcelana rota en la mano, y le dirigió una mirada a Harrison, pero ninguno de los dos discutió con ella.

—¿Quieres ir a preguntarle a Hilda si está preparada? Y recuérdale que lleve algunas cosas para entretener a Annabelle mientras estamos donde Gordon.

—¿Estás segura de que quieres llevar a Annabelle? ¿No estaría mejor aquí? —le preguntó Simon con cautela. Kate advirtió la súplica en su mirada y se preguntó si estaría intentando otra vez parecer el protector, el marido con el que querría seguir casada después de todo. En cierto modo, le conmovían sus atenciones. Parecía casi como si las cosas volvieran a ser como antes.

Aunque sabía que lo más probable era que Simon llevase razón, que Annabelle estaría igual de segura, o más segura incluso, en casa con toda la protección que habían contratado, Kate necesitaba tener a su hija cerca por el momento. Se alejó para que la niña no pudiera oírla.

—Su abuela acaba de morir —susurró, aunque aquellas palabras seguían sin parecerle ciertas—. Annabelle está triste aunque no lo entienda del todo. Ve aquí a la policía, a los de seguridad. No es más que una niña, pero sabe que algo no va bien. Quiero tenerla conmigo.

—Supongo que no lo había pensado de ese modo —respondió él—. Le diré a Hilda que estamos listos para irnos.

Se montaron en el coche y Kate se dio cuenta de que se había cambiado de bolso. Se volvió hacia Simon.

—Espera. Tengo que ir a buscar mi inyección de epinefrina por si acaso decidimos ir a comer algo después. —Su alergia a los cacahuetes la obligaba a llevarla siempre encima. Cuando se pusieron en camino, Annabelle comenzó a hablar sin parar en el asiento de atrás. Cuando se metieron en el aparcamiento subterráneo, la niña se sorprendió y se rio de aquella oscuridad inesperada. Kate se volvió hacia ella y sonrió al ver aquella alegría tan inocente.

Se había quedado embarazada por accidente en su primer año de trabajo. Simon y ella estaban indecisos sobre la idea de tener hijos. Con dos carreras exigentes, no creían que fuese justo. En cambio, cuando descubrieron que estaba embarazada, ambos se sintieron felices. Recordaba estar tumbada en la camilla para hacerse una ecografía, con Simon sentado a su lado, mientras su doctora le extendía el gel por la tripa y movía la sonda por su abdomen. «Aquí está el latido», dijo la doctora, y ambos se miraron maravillados. Y, cuando Annabelle nació, ya no pudieron imaginar su vida sin ella.

Kate contempló el perfil de Simon mientras aparcaba y, pese a todo lo que había sucedido entre ellos, sintió la necesidad de extender el brazo y tocarlo. Amaba a Simon, o al menos hasta hacía unos meses. Lo había conocido en una clase de filosofía en el otoño del último curso, cuando ella aún estaba consumida por la pena. Había pasado aquel primer cuatrimestre tras la muerte de Jake aturdida y Simon había sido un buen amigo, ayudándola en su dolor. Y entonces, un día, se convirtió en algo más.

Simon era muy diferente a Jake. Era un rompecorazones moreno cuyo aspecto de estrella de cine le aseguraba poder tener a casi cualquier chica que deseara, mientras que Jake poseía una combinación de seguridad en sí mismo e inteligencia. Nunca le había gustado llamar la atención, mientras que con Simon era imposible no fijarse en él. Al principio Kate lo había catalogado como el típico chico guapo, pero después vio que había algo más en él además de su aspecto. Simon hacía que la clase fuese divertida. Su ingenio alentaba las discusiones con el punto justo de irreverencia para animar la charla, y cuando la invitó a unirse a su grupo de estudio, Kate se dio cuenta de que tenía ganas de verlo, de que sus sentimientos habían ido cambiando con mucha sutileza a medida que avanzaba el curso.

Se había sorprendido a sí misma al decir que sí a su declaración tras graduarse, la palabra le salió antes de darse cuenta, pero pensó que todo iría bien. Simon le hacía olvidar aquello que no podía tener. Juntos tendrían una buena vida, sus diferencias los complementarían. ¿Y no era eso mejor que estar con alguien que se pareciera demasiado a ella? Eso sería aburrido. A sus padres el compromiso les pareció demasiado precipitado al principio, pues llevaba saliendo con él menos de un año y, según le señalaron, aún le quedaban cuatro años de medicina en John Hopkins. Pero al final la apoyaron, probablemente porque se alegraban de volver a verla feliz.

En alguna ocasión, antes de que naciera Annabelle, Kate se preguntó si habría tomado la decisión correcta. El día de su boda, las palabras airadas de Blaire se repetían en su cabeza, y se preguntó si en efecto estaría casándose con Simon por despecho. Pero Jake había muerto. Se permitió a sí misma por un instante desear que fuera él quien la esperaba en el altar, pero después lo expulsó de su mente. Al fin y al cabo, sí que amaba a Simon.

El claxon de un coche le hizo levantar la mirada mientras caminaban los cinco por Pratt Street hacia las oficinas de Barton and Rothman, un punto de referencia del centro de Baltimore hecho de acero y cristal que se parecía a una pirámide construida con piezas de Lego. Barton and Rothman se remontaban a los tiempos en los que su tatarabuelo Evans fundó su agencia inmobiliaria, que se había convertido en un imperio, y el tatarabuelo de Gordon había invertido y gestionado el dinero. Desde entonces hasta ahora, sus familias habían estado entrelazadas, y el dinero de la familia de ella había estado en manos de la familia de él. Gordon, que ahora era socio, se mostraba un inversor astuto, pero por desgracia no había heredado ni el encanto ni el atractivo de sus antepasados.

Se estremeció cuando se levantó viento, acercó a Annabelle y le ajustó el gorro de lana. Las aceras estaban abarrotadas de gente; oficinistas, los hombres con traje y abrigo y las mujeres con parkas con capucha. Había turistas con chaquetas abultadas que paseaban por Inner Harbor, donde los adornos navideños brillaban en todos los escaparates. Kate se descubrió a sí misma otra vez examinando a la gente, buscando a cualquiera que le pareciera sospechoso, alguien que pudiera estar observándola. Sintió la tensión en los músculos de la cara y su cuerpo se puso alerta.

En cuanto entraron en el edificio, Annabelle salió corriendo hacia los ascensores.

—¿Puedo darle al botón? —preguntó dando saltos.

—Por supuesto —respondió Kate.

Al llegar al piso veinticuatro, las puertas del ascensor se abrieron a la recepción de Barton and Rothman, la empresa de planificación y asesoramiento financiero. Sylvia, que llevaba en la empresa desde que Kate recordaba, se levantó de su silla tras el escritorio para saludarlos.

—Doctor Michaels, Kate, Simon —dijo—. Gordon os está esperando.

—Gracias —respondió Harrison.

Kate se quedó atrás un momento.

—Sylvia, ¿tienes algún despacho o alguna sala de juntas vacía donde puedan quedarse mi hija y su niñera mientras nosotros hablamos?

—Desde luego. Yo me encargo. Ya sabes cuál es el despacho de Gordon —le dijo Sylvia, y condujo a Hilda y a Annabelle por el pasillo en la otra dirección.

Gordon estaba de pie junto a la puerta de su despacho.

—Buenos días. Adelante —dijo, le estrechó la mano a Harrison, le hizo un gesto con la cabeza a Simon y después fue a saludar a Kate. Sintió su mano hinchada y húmeda al estrechársela, pero, cuando intentó apartarla, él la apretó con más fuerza y se inclinó hacia delante para tratar de darle un abrazo. Kate tomó aliento, se apartó de él y se sentó en una de las tres sillas de cuero que había frente al escritorio.

—¿Queréis café o té? —les preguntó Gordon sin apartar los ojos de ella.

—No, gracias —respondió Harrison tras aclararse la garganta—. Vamos a acabar con esto cuanto antes.

Gordon regresó a su mesa, hizo una ligera reverencia y se tiró del dobladillo del chaleco antes de sentarse. Simon siempre había dicho que Gordon era pomposo, pero Kate sabía que también respetaba su astucia para la gestión económica.

—Es una tarea muy triste la que tenemos hoy entre manos —comenzó Gordon, y Kate suspiró, a la espera de que siguiera hablando. Hablaba siempre como si fuera un personaje de *Casa desolada*.

—Como seguro que sabes, Harrison, el testamento de tu esposa declara que la mitad de su herencia irá a parar a vuestra hija, y una parte de eso a un fideicomiso para vuestra nieta.

—Sí, por supuesto —respondió Harrison—. Estaba aquí con Lily cuando lo redactó.

Kate miró a su padre.

—No me parece bien —objetó—. Debería ser solo el fideicomiso para Annabelle. El resto deberías quedártelo tú. —Kate no pensaba que Simon y ella necesitaran el dinero. Tenían suficientes ingresos entre sus sueldos y el fideicomiso, y sus padres les habían dado un cheque muy generoso que les permitió comprarse el terreno y construirse la casa.

—No, Kate. Esto es lo que quería tu madre. La herencia de sus padres se gestionó de la misma forma. Me da igual el dinero. Solo querría que ella siguiera aquí… —Se le quebró la voz.

—Aun así… —dijo ella, pero Simon la interrumpió.

—Estoy de acuerdo con tu padre. Si es lo que ella quería, hemos de respetar eso.

Harrison adoptó una expresión extraña y Kate creyó ver fastidio en sus ojos. La interrupción de Simon también le había molestado a ella. En realidad, no le correspondía a él decir nada.

—Debo darle la razón a Simon en esto —dijo Gordon, y Kate ladeó la cabeza, sabiendo lo mucho que debía de fastidiarle darle la razón a Simon en cualquier asunto—. La herencia es bastante grande. Treinta millones para Harrison y treinta millones para ti, Kate, y diez de esos se apartarían para el fideicomiso de Annabelle. —Kate sabía que la cifra sería considerable, pero aun así se sorprendió. Aquella nueva herencia se sumaría a los millones que le había dejado su abuela al morir. Una parte importante de ese dinero se había utilizado para crear la Fundación Cardiovascular Infantil, que proporcionaba atención médica cardíaca a niños que no tenían seguro. La fundación corría con todos los gastos médicos de los niños, además del alojamiento de los padres mientras los niños estuvieran hospitalizados. Kate y Harrison, que también era cirujano cardiotorácico pediátrico, veían a pacientes de todo el país, y la fundación les permitía dedicar una cantidad significativa de su actividad al trabajo no remunerado.

Kate se inclinó hacia delante en su silla.

—Quiero meter parte del dinero en el fideicomiso de la fundación —le dijo a Gordon—. ¿Podrías concertar una reunión entre Charles Hammersmith, del fideicomiso, y nuestro abogado para hablar del tema?

—Por supuesto. Me pondré con ello —confirmó Gordon.

Simon se aclaró la garganta.

—Quizá deberíamos tomarnos algo de tiempo para decidir cuánto dinero debería ir a parar a la fundación antes de reunirnos con ellos —comentó.

Gordon miró a Kate, después a Simon, y volvió a fijarse en ella, a la espera de una respuesta.

—Concierta la reunión, Gordon —le dijo. Se volvió hacia Simon y le dedicó una sonrisa tensa—. Ya tendremos tiempo de hablarlo después.

Gordon juntó las manos y se inclinó hacia delante.

—No sé bien cómo deciros esto, así que lo mejor será hacerlo cuanto antes. —Hizo una pausa dramática y todos lo miraron expectantes.

—¿De qué se trata? —preguntó Harrison.

—Recibí una llamada telefónica de Lily. —Otra pausa—. Fue el día antes de… ejem… El caso es que me pidió confidencialidad, pero ahora que nos ha dejado…, bueno, quería venir y hacer algunos cambios en su testamento.

—¿Qué? —preguntaron Harrison y Kate al mismo tiempo.

Gordon asintió con expresión sombría.

—Deduzco, entonces, que no sabíais nada de esto.

Kate miró a su padre, que se había quedado pálido.

—No, nada. ¿Estás seguro de que esa era la razón por la que quería reunirse contigo?

—Bastante seguro. Especificó que quería que hubiese un notario. Tuve que mencionárselo a la policía, por supuesto. Quería que lo supierais.

Harrison se puso en pie y se acercó más a donde Gordon estaba sentado.

—¿Qué dijo exactamente mi esposa?

—Ya te lo he dicho —respondió Gordon con rubor en las mejillas—. Que quería cambiar el testamento. Lo último que me dijo antes de colgar fue: «Te agradecería que esto quedara entre nosotros».

Kate volvió a mirar a su padre, tratando de evaluar su reacción. Su expresión era inescrutable.

—¿Hay algo más, o podemos irnos? —preguntó Harrison con sequedad.

—Tenéis que firmar algunos documentos —respondió Gordon.

Tras firmar los papeles, terminó la reunión y Gordon salió de detrás de su mesa para volver a estrecharle las manos a Kate.

—Si hay algo, lo que sea, que pueda hacer por ti, por favor, llámame. —Le soltó las manos y la acercó para darle un abrazo rígido. Gordon siempre se había comportado con cierta torpeza, desde que eran pequeños.

De niño, tenía muy pocos amigos, y eso se prolongó durante su adolescencia. Kate no sabía si había tenido novia alguna vez, desde luego no cuando eran jóvenes. Siempre había sido extraño, evitaba los pantalones vaqueros en favor de los pantalones de golf estampados o de cuadros, camisas almidonadas y pajaritas cuando no llevaba el uniforme de la escuela. Aunque nunca se había sentido del todo cómoda con él, tampoco había dejado de defenderlo cuando los demás se burlaban de él, de modo que, pese a no haberlo considerado nunca como uno de sus amigos, teniendo en cuenta la estrecha relación de sus padres, de niños habían pasado mucho tiempo juntos.

Una vez, en la fiesta de Año Nuevo de los Barton, cuando Gordon acababa de cumplir catorce años y ella tenía casi trece, la había acorralado. La fiesta estaba ya muy avanzada cuando Gordon le dijo:

—Esto es un aburrimiento. Vamos. Voy a enseñarte algo interesante.

—Mejor no. Quizá en otra ocasión —le dijo ella. Pero, al alejarse, él se le acercó más.

—Venga. Te va a gustar. Te lo prometo.

—¿Qué es lo que me va a gustar?

—Mi nuevo proyecto de arte. Llevo meses trabajando en ello. Sígueme. —Intentó darle la mano, pero Kate juntó las suyas mientras él la guiaba.

Lo siguió hasta un ala de la casa en la que nunca había estado. Tras conducirla por un largo pasillo, Gordon se detuvo frente a una puerta cerrada y se volvió hacia ella.

—Mi madre me ha regalado esta habitación por Navidad —le dijo—. Para mis proyectos de arte.

Se sacó una llave del bolsillo y la introdujo en la cerradura. Kate se pasó la lengua por el labio superior y saboreó el sudor salado. La puerta se abrió y Gordon pulsó el interruptor. Una luz suave iluminó la estancia, dándole al pequeño espacio un aire cálido y acogedor. Las paredes estaban pintadas de rojo oscuro y cubiertas con enormes fotografías en blanco y negro de casas antiguas de la ciudad.

—¿Las has hecho tú? —le preguntó mientras se acercaba a una de las imágenes enmarcadas.

—Sí, hace tiempo. Pero quiero enseñarte en qué estoy trabajando ahora.

Apretó un botón de la pared y fue a colocarse tras un escritorio metálico sobre el que había un ordenador y un proyector. Kate se volvió para mirar cuando se desplegó una pantalla.

—Voy a bajar la luz —dijo él mientras encendía el proyector.

En la pantalla aparecieron imágenes de casas en blanco y negro cuando empezó la proyección, después la cámara se centró en una casa en concreto y fue acercándose hasta que pudo ver a los ocupantes. Una mujer rubia y delgada sentada en un sofá viendo la tele mientras dos niños pequeños jugaban en el suelo. La cámara se alejaba entonces y enfocaba otra casa. Volvía a acercarse y se veía a dos mujeres sentadas a la mesa de la cocina, mientras otra fregaba los platos en el fregadero. La proyección continuaba de casa en casa, grabando las actividades de los ocupantes. Cuando al fin terminó, Gordon apagó el proyector y encendió la luz.

Kate se quedó de piedra.

—Bueno, ¿qué te parece? Llevo meses trabajando en esto. Lo llamo «Mundano y contemporáneo» —dijo Gordon, que parecía encantado.

—¡Gordon, estás espiando a la gente!

—No estoy espiando. Es lo que vería cualquier persona si pasara por delante y mirase hacia dentro.

—No es verdad. Es como ser un mirón.

—Pensé que a ti te gustaría —le dijo él, claramente decepcionado.

—Eres un buen fotógrafo, pero creo que deberías buscar otro tema la próxima vez. Volvamos a la fiesta.

Abandonaron la habitación en silencio. Aunque aquello fuera una locura, había sentido pena por él. Le había parecido muy emocionado con su proyecto, y no le faltaba talento; pero tampoco parecía tener idea de lo inapropiado del proyecto, y eso le había molestado. Aún le molestaba, pero Gordon siempre había sido muy discreto en sus relaciones empresariales y jamás había vuelto a cruzar la línea con ella después de aquello, de modo que había continuado con la tradición familiar de que un Barton gestionase su dinero. Había intentado olvidarlo, y la única persona a la que le había contado el incidente era Blaire.

Simon le puso una mano en la espalda cuando salían del despacho de Gordon.

—Hemos terminado, Sylvia —dijo Kate.

—Annabelle y Hilda están al final del pasillo. Os llevaré con ellas —dijo Sylvia, y los tres la siguieron.

Abrió la puerta y, cuando Kate entró, el corazón le dio un vuelco. La habitación estaba vacía. Había una caja de ceras de colores sobre la mesa y un dibujo a medio colorear tirado en el suelo.

Se le aceleró el corazón y sintió que iba a desmayarse.

—¿Dónde está? —Apenas le salían las palabras—. ¿Dónde está mi hija?

—Yo… eh… —murmuró Sylvia.

Kate sintió que la sala empezaba a dar vueltas y notó la mano de su padre en el brazo.

—Kate, cariño, seguro que solo han ido al baño.

Sin pensárselo dos veces, salió corriendo de la habitación, atravesó el pasillo y abrió la puerta del baño de mujeres.

—¿Annabelle? ¿Hilda? —gritó. Pero no hubo respuesta. Se oyó la cisterna de un retrete, se abrió la puerta y salió de allí una mujer con traje y expresión confusa.

¿Dónde estaban? Volvió a salir corriendo al pasillo y vio a Gordon, que se había reunido con los demás.

—Kate… —empezó a decirle, pero, antes de poder terminar, sonó el ascensor y se abrieron las puertas.

—Mami, mira lo que me ha comprado la señorita Hilda.

Kate se dio la vuelta y vio a Annabelle de pie en el ascensor, sonriente y con una manzana y un bote de zumo.

Corrió hacia ella, se agachó, la tomó en brazos y hundió la cabeza en el hombro de su hija, temblando de alivio.

—Mami, que se me cae el zumo —le dijo Annabelle.

—Lo siento, cariño —respondió Kate apartándole los rizos de la frente.

—Papi, mira lo que tengo —dijo Annabelle, y Simon la tomó de brazos de Kate. La niña se rio encantada cuando empezó a darle vueltas.

Kate se volvió hacia Hilda.

—Me has dado un susto de muerte —le dijo—. ¿Por qué demonios os habéis ido así?

Hilda retrocedió como si la hubiese abofeteado.

—Lo siento, Kate. Tenía hambre y me acordé de que hay una tienda en la planta baja del edificio. Sabes que nunca permitiría que le pasara nada. La he vigilado como un halcón. —Parecía estar a punto de echarse a llorar.

Kate estaba furiosa. Le habían dicho a Hilda lo seria que era la situación y que debían estar todos en guardia. Kate seguía con la cara roja, pero se mordió la lengua. Sabía bien que soltar palabras de rabia en una situación tensa solo empeoraba las cosas; la calma era un elemento esencial en la mesa de operaciones. Todos estaban sometidos a mucha presión, pero hablaría con Hilda largo y tendido cuando llegaran a casa y Annabelle no estuviera delante.

—Todos estamos un poco nerviosos. No ha pasado nada. Ahora vámonos —dijo Simon, dirigiéndole a Kate una mirada tranquilizadora.

Cuando llegaron al aparcamiento, Kate le susurró algo a Simon y después llevó a su padre a un lado.

—¿De qué iba todo eso? ¿Por qué iba mamá a querer cambiar su testamento?

—No lo sé, pero yo no me preocuparía demasiado por ello. Quizá tenía algo que ver con la fundación.

Aquello no tenía sentido.

—Pero ¿por qué iba a pedirle a Gordon que lo mantuviese en secreto?

Advirtió un destello de rabia en sus ojos.

—Ya te lo he dicho, Kate, no lo sé.

—Mami, estoy cansada —le gritó Annabelle.

—Ya voy —respondió Kate, sin dejar de dar vueltas a aquella revelación sobre los deseos de su madre.

Caminaron hasta donde estaban esperando Simon, Hilda y Annabelle. Harrison se inclinó para darle un beso a Annabelle en la mejilla.

—Hasta luego, cocodrilo —le dijo.

—No pasaste de caimán —respondió Annabelle entre risas.

—Ojalá pudieras quedarte con nosotros —le dijo Kate a su padre poniéndole una mano en el brazo—. No quiero imaginarte solo en el piso.

—No pasará nada. Necesito estar con sus cosas. —Se quedó callado unos segundos y después volvió a hablar—. Mañana vuelvo a la consulta.

Kate había pasado a formar parte de la clínica de cardiología de su padre tras terminar la residencia y la beca. En esos momentos no podría concentrarse en sus pacientes.

—¿Tan pronto? —le preguntó, sorprendida—. ¿Estás seguro? —No sabía cuándo estaría preparada para volver al trabajo, pero no creía que fuese a ser en un futuro próximo. Sería incapaz de separarse de Annabelle mientras el asesino estuviera suelto.

—¿Qué otra cosa voy a hacer, Kate? Tengo que mantenerme ocupado o me volveré loco. Y mis pacientes me necesitan.

—Lo entiendo, supongo —le dijo ella—. Pero yo no puedo. Necesito tiempo. Le he dicho a Cathy que me cambie las citas de los pacientes de las próximas semanas.

—Está bien. Tómate todo el tiempo que necesites. Herb y Claire se han ofrecido a realizar tus operaciones hasta que te sientas preparada para volver.

—Por favor, dales las gracias de mi parte —le dijo, le dio un beso y se dirigió hacia el coche.

Mientras Simon salía del aparcamiento, Kate escuchó la voz dulce de Hilda leyéndole a Annabelle en el asiento de atrás. Antes de haber recorrido unos pocos kilómetros, tras pasar por Oriole Park en Camden Yards, Annabelle ya se había quedado dormida. Los tres adultos guardaron silencio durante el resto del trayecto hasta casa, perdidos en sus propios pensamientos. Kate se alegraba de que Blaire fuese a pasarse por casa esa tarde. Necesitaba hablar con alguien. Debía de haber alguna relación, o alguna pista que había pasado por alto, algo que se le escapaba.

6

Lo primero que vio Blaire al aparcar frente a casa de Kate fue a dos hombres con traje oscuro y abrigo de pie frente a la puerta. En cuanto salió del descapotable, uno de ellos se le acercó.

—¿La esperan, señora?

Parecía joven. Demasiado joven para saber que las mujeres de su edad no soportaban que las llamasen «señora».

—Sí. Soy amiga de Kate, Blaire Barrington.

El hombre levantó un dedo y abrió una libreta.

—Su nombre figura aquí, pero necesito algún tipo de identificación, por favor.

Era evidente que no leía sus libros. Aunque la verdad era que, pese a su fama, poca gente reconocía su cara. A veces, normalmente en algún restaurante, le pedían un autógrafo. Pero, en general, llevaba su vida en el anonimato. Las firmas de libros eran otra historia. Daniel y ella estaban acostumbrados a las largas colas y a las hordas de gente, que los dejaban agotados y con las manos doloridas. Blaire disfrutaba de aquello.

Sacó su carné de conducir, se lo entregó y vio como le sacaba una foto con el teléfono móvil antes de indicarle que podía pasar. La puerta se abrió antes de que llamase y apareció Kate, pálida y ojerosa.

—¿Quiénes son los hombres de negro? —le preguntó.

Kate fue a decir algo, pero entonces negó con la cabeza.

—Los ha contratado Simon. Por si acaso…

Después de que Kate cerrara la puerta y echara el pestillo, la condujo desde el recibidor hasta la cocina. Se volvió hacia ella y dijo:

—Selby está aquí. Vino antes a ver cómo estaba.

Blaire se lamentó en silencio. La última persona a la que tenía ganas de ver era Selby. Apenas se habían mirado durante la comida del funeral; Selby se había quedado sentada con su marido, Carter, y no con las mujeres. Ahora no le quedaría más remedio que hablar con ella.

Cuando entraron en la cocina, Blaire miró con asombro a su alrededor. Era fabulosa, algo que parecía sacado de una gran mansión antigua de la Toscana. Con unas bonitas baldosas de terracota que parecían tan auténticas que se preguntó si las habrían traído desde Italia. Un techo abuhardillado con claraboya y vigas de madera proyectaba un brillo dorado sobre las encimeras de madera y los armarios del suelo al techo. La estancia poseía la misma atmósfera refinada y antigua del resto de la casa, pero con el sabor añadido de la vieja Europa.

Selby estaba sentada a una mesa que parecía ser un grueso bloque de madera tallado de un único árbol, rugoso por los bordes y de una sencillez elegante. Tenía a Annabelle sentada en su regazo y le estaba leyendo un cuento. Levantó la mirada y su expresión se volvió amarga.

—Ah, hola, Blaire. —La miró con el mismo desdén de siempre, pero a Blaire ya no le importaba. Sabía que tenía buen aspecto. Si bien no estaba tan delgada como en el instituto, el tiempo que pasaba en el gimnasio y su cuidada dieta aseguraban que pudiera lucir unos pantalones vaqueros. Y la melena que, en otro tiempo, le había resultado imposible domar lucía ahora lisa y brillante gracias al milagro moderno conocido como queratina. Selby se fijó en el anillo de diamante de ocho quilates que llevaba en la mano izquierda.

Blaire le devolvió el favor y, a regañadientes, hubo de admitir que los años le habían sentado bien. En todo caso, era más atractiva ahora que en el instituto, con la melena ondulada y reflejos sutiles que suavizaban sus facciones. Sus joyas eran exquisitas; pendientes de perlas grandes, una pulsera de oro y un anillo de zafiro y diamante en la mano, que Blaire sabía que era una reliquia de familia. Carter se lo había enseñado hacía un millón de años, antes de ceder a la insistencia de sus padres de encontrar a una candidata «adecuada» con la que sentar la cabeza.

—Hola, Selby. ¿Cómo estás? —preguntó Blaire, le dio la espalda y sacó un unicornio morado de peluche de su bolso. Se lo ofreció a Annabelle—. Annabelle, soy Blaire, una vieja amiga de tu madre. Pensé que querrías conocer a Sunny.

Annabelle se bajó del regazo de Selby con los brazos extendidos y se llevó el animal de peluche al pecho.

—¿Puedo quedármela? —preguntó.

—Por supuesto. La he traído especialmente para ti.

Con una enorme sonrisa, la niña se abrazó con más fuerza al animal. A Blaire le alegró ver que había sido un éxito.

—¿Y tus modales, Annabelle? —la reprendió Kate con cariño—. Da las gracias.

Annabelle miró a Blaire con solemnidad unos instantes y después murmuró con timidez un «gracias».

—De nada, Annabelle. A la tía Blaire le encanta hacer regalos.

Selby parecía molesta.

—No sabía que ya te referías a ti misma como «tía», Blaire.

¿Selby era incapaz de dejar de lado su arrogancia aunque fuera durante un día? Pero Blaire no tenía intención de entrar al trapo y, en su lugar, se volvió hacia Kate.

—No te importa que me llame así, ¿verdad? —le preguntó.

Kate le agarró la mano y se la apretó.

—Por supuesto que no. Éramos como hermanas… Somos como hermanas —se corrigió.

—¿Recuerdas que fingíamos ser hermanas cuando salíamos de fiesta en la universidad? —le preguntó Blaire—. Y los nombres falsos. Anastasia y...

—¡Cordelia! —añadió Kate riéndose.

—Sí, es graciosísimo —comentó Selby poniendo los ojos en blanco.

Blaire pensó en aquellos años. Pese a su color de piel totalmente diferente, la gente las creía. Habían pasado tanto tiempo juntas que habían empezado a hablar de forma parecida. Habían adquirido la cadencia y el tempo del discurso de la otra e incluso tenían risas parecidas.

Antes de conocer a Kate, Blaire siempre se había preguntado cómo sería criarse en una familia normal, tener una madre que le preparase el desayuno y se asegurase de que llevara una comida saludable al colegio, que estuviera esperando cuando llegara a casa para ayudarla con los deberes, o preguntarle cómo le había ido el día. Blaire tenía solo ocho años cuando su madre se fue, y pronto se convirtió en el centro del universo de su padre. Para cuando llegó a quinto curso, había aprendido a cocinar mejor que su madre y disfrutaba preparándole comidas *gourmet* a su padre. Pasado un tiempo, incluso empezó a gustarle cuidar de sí misma y de él; le hacía sentir adulta y responsable. Pero entonces todo cambió con la llegada de Enid Turner.

Enid era una representante de ventas en la empresa de su padre que de pronto empezó a venir a cenar a su casa entre semana. Seis meses después, su padre se sentó frente a ella con una sonrisa y le preguntó:

—¿Qué te parecería tener una nueva madre?

Blaire había tardado solo un segundo en entenderlo.

—Si estás hablando de Enid, no, gracias.

—Sabes que le tengo mucho cariño —le dijo él estrechándole la mano.

—Supongo.

Su padre siguió hablando con esa sonrisa estúpida.

—Bueno, le he pedido que se case conmigo.

Blaire se levantó del sofá de un brinco y se plantó frente a él con lágrimas en los ojos.

—¡No puedes hacer eso!

—Pensé que te alegrarías. Tendrás una madre.

—¿Alegrarme? ¿Por qué iba a alegrarme? ¡Nunca será mi madre! —Su madre, Shaina, era preciosa y glamurosa, con la melena larga y pelirroja y los ojos deslumbrantes. A veces jugaban a disfrazarse. Su madre fingía ser una gran estrella y ella su ayudante. Le había prometido que algún día irían juntas a Hollywood y, aunque al final se fue sola, Blaire creía que su madre volvería a buscarla cuando se hubiese asentado.

Esperaba cada día una carta o una postal. Buscaba la cara de su madre en los carteles de cine y en los programas de televisión. Su padre no paraba de decirle que se olvidara de Shaina, que se había marchado para siempre. Pero Blaire no podía creerse que la hubiese abandonado. Tal vez estuviera esperando a triunfar antes de volver a por ella. Pasado un año sin saber de ella, empezó a preocuparse. Debía de haberle sucedido algo. Le rogó a su padre que la llevase a California a buscarla, pero él negó con la cabeza y una mirada de tristeza en la cara. Le dijo que su madre estaba viva.

—¿Sabes dónde está? —le preguntó sorprendida.

—No lo sé —respondió él tras una breve pausa—. Solo sé que cobra el cheque de la pensión todos los meses.

Blaire era demasiado joven para preguntarse por qué su padre seguía pagando las facturas después de divorciarse. En su lugar, le culpó, se dijo a sí misma que estaba mintiendo para mantenerlas separadas. Su madre no tardaría en ir a buscarla, o incluso si Hollywood no era lo que ella se esperaba, tal vez volviera a vivir en casa.

Así que, cuando su padre le dijo que había decidido casarse con Enid, Blaire se fue corriendo a su habitación y echó el pestillo. Le dijo que se negaría a comer, a dormir o a hablarle de nuevo si seguía adelante con eso. De ninguna manera la sosa de Enid Turner iba a mudarse a su casa para decirle lo que tenía que hacer. No permitiría que le arrebatase a su padre. ¿Cómo podía mirar a Enid después de haber estado casado con su madre? Shaina era animada y fascinante. Enid era vulgar y aburrida. Pero, en cualquier caso, un mes después se casaron en la iglesia metodista local con ella como testigo.

No tardaron en convertir el cuarto de estar, donde las amigas de Blaire solían ver la tele o jugar a los dardos, en una sala de manualidades para Enid. Enid la pintó de rosa y después colgó en las paredes su «arte», una colección de simples y horribles dibujos de perritos, mientras que todos los juguetes y juegos de Blaire acabaron en el sótano.

La primera noche tras la reconversión de la habitación, cuando Enid y su padre se quedaron dormidos, Blaire se coló en su antiguo cuarto de estar. Sacó un rotulador de la cómoda y le dibujó gafas al cocker spaniel, un bigote al golden retriever y un puro en la boca al labrador negro. Empezó a reírse en silencio, temblando con todo el cuerpo por el esfuerzo de contenerse.

A la mañana siguiente, los gritos de Enid llevaron a Blaire hasta la habitación. Tenía los ojos rojos e hinchados.

—¿Por qué has hecho esto? —le preguntó Enid, visiblemente herida.

Blaire abrió mucho los ojos y puso cara de inocencia.

—No he sido yo. A lo mejor eres sonámbula.

—No soy sonámbula. Sé que has sido tú. Has dejado muy claro que no me quieres aquí.

—Seguro que lo has hecho tú solo para poder echarme la culpa a mí —dijo Blaire levantando la barbilla.

—Escúchame, Blaire. Puede que a tu padre lo engañes, pero a mí no. No tengo por qué caerte bien, pero no toleraré faltas de respeto o mentiras. ¿Entendido?

Blaire no dijo nada y ambas se quedaron mirándose.

—Vete —dijo Enid al fin—. Fuera de aquí.

Cada vez que ocurría algo después de aquello, Enid la culpaba a ella. La devoción de su padre pasó de Blaire a su nueva esposa; no había hecho nada por defender a su hija, y Blaire no tardó en rechazar la idea de volver a casa, de modo que hacía cualquier cosa para evitarlo. Resultó ser una bendición que la hubieran enviado lejos; vivir con Enid durante más de un año había sido suficiente. Volvió a casa a pasar el verano después de octavo, pero en su segundo año en Mayfield, Lily la invitó a pasar el verano con ellos en su casa de la playa en Bethany, Delaware. Estaba segura de que su padre no lo permitiría, pero Lily hizo una llamada telefónica y quedó todo arreglado.

Blaire se enamoró de aquella casa la primera vez que la vio; la vivienda de tablas de cedro tenía porches y terrazas blancas que contrastaban con la madera oscura, igual que las molduras blancas en las puertas y ventanas. Era muy diferente de la aburrida casa colonial en la que se había criado ella, donde las habitaciones eran rectángulos sosos con todos los muebles a juego. La casa de la playa estaba llena de habitaciones espaciosas de paredes blancas y enormes ventanales que daban al océano. Los sofás y sillones floreados estaban estratégicamente situados para que la vista pudiera disfrutarse estando en pequeños grupos. Pero lo más embriagador de todo era el sonido de las olas al romper y el aire con olor a mar que entraba por las ventanas abiertas. Jamás había visto una casa tan asombrosa.

Kate le había dado la mano y la había llevado al piso de arriba. Tenía cinco dormitorios, y el de Kate, una habitación grande junto al dormitorio principal, estaba pintado de un verde mar pálido. Unas puertas de cristal daban acceso a un pequeño balcón con vistas a la playa. Toda la ropa de hogar era blanca —el dosel de la cama, las cortinas, los cojines del sillón— salvo la colcha, de un rosa intenso con sirenas bordadas. Las paredes habían sido decoradas con dibujos de sirenas y una de las estanterías rebosaba figuritas de sirena. El nombre de Kate aparecía escrito sobre su cama con un deslumbrante vidrio marino. Kate lo tenía todo; unos padres que le daban lo que deseaba, incluyendo esa casa de la playa. De pronto Blaire sintió que no podía respirar, la soledad y el vacío de su vida le robaban el aire.

—Tu habitación es genial —logró decir.

—No está mal —respondió Kate encogiéndose de hombros—. Bueno, soy ya un poco mayor para las sirenas. No paro de pedirle a mi madre una colcha nueva, pero a ella siempre se le olvida.

Blaire se quedó helada. ¿Kate tenía todo aquello a su alcance y se quejaba por una estúpida colcha? Antes de que pudiera decir nada, Kate le agarró la mano.

—Aún no has visto la tuya —le dijo. Sus ojos brillaban de emoción.

—¿La mía?

—Vamos. —La llevó hasta la habitación situada frente a la suya y señaló el nombre escrito sobre la cama con vidrio marino: *Blaire*.

Se quedó sin habla, sin saber qué pensar o qué sentir. Nadie había hecho nunca nada tan generoso y amable por ella.

—¿Te gusta? Mi madre vino la semana pasada y se ocupó de todo.

Corrió hacia la ventana, abrió la cortina y se quedó decepcionada. Claro, no podía tener vistas al océano; estaba en frente del cuarto de Kate, de modo que daba a la parte delantera. Disimuló su decepción y le dirigió a Kate una sonrisa forzada.

—Me encanta.

—Me alegro. Pero bueno, lo más probable es que durmamos las dos en la misma habitación, así que podremos hablar toda la noche.

Y estaba en lo cierto. Se turnaban para dormir en una habitación o en otra y se pasaban la noche a oscuras contándose sus secretos. En realidad, Blaire no necesitaba su propia habitación, pero Lily, mujer sabia como era, sabía que tenerla marcaría la diferencia. Blaire pasó el resto de los veranos con ellos en la playa; hasta el verano de la boda de Kate y Simon. Se preguntaba si aún tendrían la casa de la playa, si Kate mantendría la tradición con Annabelle.

Selby se levantó y le dio un beso a Kate en la mejilla.

—Creo que me voy a ir. Recuerda, cualquier cosa que necesites, aquí estoy. —Agarró su bolso y Blaire reconoció el diseño floral de Fendi. Pensó que aquellas flores alegres no pegaban nada con la personalidad de Selby. La habría encasillado más como una admiradora de la *Traviata*, vestida de negro o de verde oscuro, sujetando el bolso colgado del brazo como si fuera la Reina.

—Te acompaño a la puerta —le dijo Kate, y miró a Blaire—. ¿Te importa quedarte un segundo con Annabelle?

—Será un placer —respondió y se volvió hacia Annabelle—. ¿Quieres que termine de leerte el cuento?

La niña asintió y le entregó *El árbol generoso*.

—Es uno de mis favoritos —dijo Blaire. Se sentaron juntas a la mesa y empezó a leer. Annabelle tenía a Sunny el unicornio agarrado con un brazo. Era una niña adorable, con esos ojos grandes y marrones y una bonita sonrisa. Poseía una dulzura que le recordaba a Lily. Era una pena que su abuela no fuese a verla crecer.

—¡Tía Blaire, lee! —exigió Annabelle.

—Lo siento, cielo.

Selby entró corriendo en la habitación con el ceño fruncido.

—No sé qué está pasando, pero ocurre algo.

—¿De qué estás hablando? —preguntó Blaire mientras recolocaba a Annabelle en su regazo.

—Ha venido la policía con un paquete —dijo Selby—. Están con Kate y Simon. —Cruzó los brazos—. Me quedaría, pero tengo reservado un masaje.

—No querrás perdértelo —le dijo Blaire.

Selby la miró con rabia.

—Tal vez debería cancelarlo. Soy la mejor amiga de Kate. Me necesita.

¿Por qué no se relajaba un poco? Ya no estaban en el instituto. Blaire notó que se estaba enfadando, pero tomó aire, decidida a no decir nada de lo que pudiera arrepentirse. Enredó el dedo en uno de los bucles del pelo de Annabelle y siguió mirando a Selby antes de decir en tono neutral:

—Estoy yo aquí. Vete a tu cita. Kate estará bien.

—¿Por qué has vuelto? —preguntó Selby con la cara roja—. ¿No causaste ya suficientes problemas antes de su boda?

¿Hablaba en serio? ¿La madre de su amiga acababa de ser asesinada y ella solo podía remover el pasado? Blaire dejó que toda su rabia aflorase. Bajó a Annabelle de su regazo, se levantó y se acercó a Selby para susurrarle al oído y que la niña no la oyera.

—¿Qué es lo que te pasa? Lily ha muerto y Kate necesita toda nuestra ayuda. No es momento para tus inseguridades absurdas.

Obviamente alterada, Selby abrió la boca, pero no le salió nada.

—Quizá sea el momento de que te vayas —le dijo Blaire—. Es evidente que necesitas liberar parte de esa tensión.

Mirándola con odio, Selby agarró su bolso y se marchó enfurecida.

Kate llamó a la puerta del despacho de su marido, que estaba entreabierta.

—Simon, el detective quiere hablar con nosotros.

Simon levantó la mirada de su ordenador y se pasó una mano por el pelo cuando ella entró con el detective.

—¿De qué se trata? ¿Han arrestado a alguien?

—No, señor —respondió Anderson desde detrás de Kate—. Pero han enviado una caja.

—¿Desde dónde? —preguntó Simon con impaciencia—. ¿Qué contiene?

Anderson entró en el estudio mientras Kate contemplaba el paquete con pavor. Se llevó una mano a la tripa, sintiendo aquel ardor tan familiar en el estómago. Quería salir corriendo de la habitación incluso antes de que lo abrieran.

—Por favor —dijo Simon—. Sentaos.

Anderson dejó la caja sobre el escritorio y Kate se fijó en que habían cortado por la mitad la cinta de embalar.

—Yo ya he visto lo que hay dentro. Pero quiero que lo vean ustedes.

—Sí, por supuesto —dijo Simon levantándose de su silla.

—Solo mirar, sin tocar, por favor —ordenó el detective.

Al retirar la tapa, Kate soltó un grito ahogado y retrocedió asqueada con la mano en la boca. Tres pajaritos negros en fila; atravesados por un pincho metálico, todos ellos con el cuello cortado.

—¿Qué clase de cabrón retorcido está haciendo esto? —preguntó Simon acercando la caja al detective Anderson.

—Lo más probable es que compraran estos pájaros en una tienda de mascotas, igual que los ratones —explicó Anderson—. Son periquitos, pero los han pintado de negro con espray.

Kate sintió la sangre palpitándole en el cuello y se encogió. Todo su cuerpo temblaba mientras el terror se convertía en rabia, explotando en su interior. Miró a Anderson.

—¿Por qué no nos advirtió? ¿Para sorprendernos deliberadamente? ¿Para ver nuestra reacción? —De pronto se dio cuenta de algo más—. ¿Cree que le estamos ocultando algo?

—Es el procedimiento habitual —respondió Anderson sin arrepentimiento en la mirada, solo desconfianza—. ¿Tienen idea de quién podría estar haciendo esto?

—Desde luego que no.

Volvió a tapar la caja, sacó una funda de plástico de su carpeta y se la entregó a Kate.

—Esto estaba encima de los pájaros. —Dentro del plástico había una hoja de papel blanca con la misma tipografía que la nota anterior.

Una canción de seis peniques,
un bolsillo lleno de centeno,
tres pequeños mirlos
que tenían que morir.

Cuando la caja se abre,
los pájaros ya no cantan.
Qué regalo tan bonito
para traer hasta aquí.

—Esas malditas canciones infantiles —susurró Kate. Se la entregó a Simon, con las palabras reverberando en su cabeza como un soniquete. Se dobló hacia delante y las náuseas hicieron que tuviera que apoyarse sobre el escritorio.

El detective Anderson recuperó la nota y se la guardó en su cartera.

—Es evidente que el asesino quiere reírse de ustedes. Según mi experiencia, diría que lo más probable es que se trate de alguien a quien conocen, aunque quizá no demasiado. Alguien de la periferia de su vida.

—¿Por qué piensa eso? —preguntó Kate.

—Sabemos que no fue un robo. No se llevaron objetos de valor. Su padre verificó que lo único que faltaba era la pulsera que llevaba siempre su madre. Si alguien hubiera entrado para robar en la casa, se habría llevado muchas más cosas.

—¿Así que piensa que alguien, de forma deliberada, se fijó en ella para…? —preguntó Kate tras pensarlo unos segundos.

Antes de que pudiera responder, intervino Simon.

—¿En qué punto están con la investigación? ¿Se han centrado en algún sospechoso?

—Ahora mismo estamos investigando a todo el mundo.

—Agradecería un poco más de detalle —murmuró Simon—. Por ejemplo, una breve lista de sospechosos. Las coartadas de todos. Esa clase de cosas. —Harrison, Kate y él, además de los empleados de su casa, habían proporcionado a la policía coartadas detalladas en los días posteriores al asesinato.

—Señor English, no tenemos por costumbre compartir los detalles de nuestra investigación, porque puede poner en peligro nuestro trabajo. Le aseguro que estamos siendo muy exhaustivos.

Se hizo el silencio en la habitación hasta que el detective Anderson por fin continuó hablando.

—Les repito que, si hay algo más que puedan decirme, este es el momento.

Kate se volvió hacia Simon en busca de seguridad, pero su rostro, pálido y descompuesto, indicaba que estaba tan asustado como ella.

—¿Han podido rastrear el mensaje que recibió mi esposa? —preguntó.

—No —respondió Anderson negando con la cabeza—. Hay que hacerlo en tiempo real. Pero, si envían otro, podremos hacerlo. También me he puesto en contacto con la Unidad Conductual del FBI. Voy a rellenar los papeles para ver si pueden echar un vistazo a esto. Podría llevar su tiempo, pero ya veremos.

Caminaron juntos hasta la puerta de entrada. El detective Anderson apretó los labios de nuevo y negó con la cabeza.

—Sé que están asustados. Estamos haciendo todo lo posible por protegerles, pero, por favor, estén alerta. ¿Seguro que no se les ocurre nada fuera de lo corriente que haya sucedido recientemente? ¿Alguna llamada perdida? ¿Algún desconocido que se les haya acercado para pedirles indicaciones o preguntarles algo en apariencia insignificante? ¿Algo raro en el hospital, doctora English, o en su empresa, señor English?

Kate lo pensó durante unos segundos, pero no se le ocurrió nada. Negó con la cabeza.

—A mí tampoco se me ocurre nada —dijo Simon.

—Pónganse en contacto conmigo si les surge algo. Lo que sea. Prefiero tener información superflua a dejar pasar algo crucial.

—Por supuesto —dijeron Kate y Simon al unísono. Agotada de pronto, Kate se apoyó en él.

Antes de que Anderson se marchara, Blaire entró en el recibidor con Annabelle, que estaba llorando.

—Siento interrumpir, pero Annabelle quiere estar con su madre.

Cuando Kate extendió los brazos para tomar a su hija, Anderson le ofreció la mano a Blaire.

—Soy el detective Anderson. Y usted es...

—Esta es una de mis más antiguas amigas, Blaire Barrington —dijo Kate—. Vino desde Nueva York para el funeral.

—¿Le importaría responder a algunas preguntas? —le preguntó Anderson.

—Desde luego que no.

—Puede utilizar mi despacho —dijo Simon.

Blaire siguió a Anderson hasta el despacho.

Kate miró entonces a Simon.

—Estoy muy asustada —susurró—. ¿Quién podría estar haciendo esto?

Antes de que Simon pudiera contestar, le sonó el teléfono. Levantó un dedo y miró la pantalla.

—Perdona, tengo que responder.

Kate tensó la espalda ante aquel rechazo tan improvisado. Observó molesta como se alejaba por el pasillo. Tomó aliento y llevó a Annabelle de vuelta a la cocina, donde Hilda estaba preparándole algo de comer.

—¿Te importa llevar a Annabelle a la sala de juegos?

—Quiero estar contigo, mami.

—Yo iré enseguida, cielo. Pero tengo que hablar con la tía Blaire un momento. ¿Te apetece una barrita de chocolate? Un premio por ser una niña tan buena. —Kate se reprendió a sí misma por decir aquello, pero a veces el soborno era la única opción.

Annabelle seguía haciendo pucheros, pero asintió y le dio la mano a Hilda.

Diez minutos más tarde regresó Blaire.

—¿Qué quería saber Anderson? —le preguntó Kate.

—Solo quería verificar mi paradero la noche en que murió Lily. Le he dado el número de mi portero y los nombres de mis vecinos. También me ha preguntado si Simon y tú parecíais felices.

Kate arqueó las cejas. Se preguntó por un instante si Blaire le habría mencionado a Anderson su opinión sobre Simon.

—Le he dicho que hacía tiempo que no teníamos contacto, así que no lo sabía. Imagino que quiere verlo desde todas las perspectivas posibles. Pero ¿qué ha ocurrido antes? Parecía que habías visto un fantasma cuando he llegado al recibidor —le dijo Blaire con cariño.

Kate se dejó caer en una silla, agotada por el estrés.

—Imagino que Selby se marchó hace ya rato.

—Sí. No quería llegar tarde a su masaje. ¿Va todo bien? —La preocupación era evidente en la voz de Blaire.

Kate se tomó un minuto para pensar. ¿Podría contarle a Blaire lo que estaba pasando? Hubo un tiempo en el que no lo habría dudado. Cuando eran jóvenes, no tenía secretos para ella. Antes de Blaire, su confidente había sido su diario. El mal humor y los problemas estaban mal vistos en su casa cuando era pequeña. O al menos se mantenían en secreto. Siempre que Kate estaba triste, Lily la consolaba; al menos a su modo. Después de un abrazo y algunas palabras amables, le recordaba lo afortunada que era, que debía estar agradecida por todo lo que tenía, que quejarse o estar triste por sus pequeños problemas era señal de ingratitud. Cuando apareció Blaire, las cosas cambiaron. Blaire le contó lo de su madre ausente, su padre indiferente y su madrastra odiosa. Compartió con ella sus inseguridades y miedos, y muy poco a poco Kate también se abrió. Se sintió como un pájaro que al fin podía salir de su jaula, agradecida por tener al fin a alguien que le dijera que no pasaba nada por estar triste o enfadada, o lo que fuera que sintiera durante el tiempo que lo sintiera. Sería un gran alivio contárselo todo, dejarlo salir. Tardó solo unos segundos en decidir ignorar la orden de discreción impuesta por Anderson.

—Un fantasma no —dijo al fin—, pero algo igualmente aterrador. Un mensaje del asesino.

—¿El asesino de Lily se ha puesto en contacto contigo? —preguntó Blaire con los ojos muy abiertos.

Desde ahí, le salieron las palabras como un torrente. El mensaje amenazante la noche del funeral, los ratones en el lavabo del cuarto de baño.

—Y ahora acaba de enviar tres pájaros negros muertos ensartados en un pincho metálico con la canción infantil *Una Canción de Seis Peniques*.

Blaire se quedó mirándola sin parpadear durante unos instantes.

—¡Eso es horrible! ¿Qué creen que significa?

—Parece que no tienen ni idea —respondió.

—¿Y cuál es el plan?

—Han clonado mi teléfono y mis ordenadores para ver si pueden localizar a quien envió el mensaje. Nos han interrogado a todos, han recopilado los archivos de la fundación del despacho de mi madre y de la casa. Y han hablado con el personal del hospital y de la oficina de Simon. Solo había desaparecido una cosa de la casa: su pulsera de diamantes. Ya sabes, esa que llevaba siempre puesta. —Se frotó los ojos, sintiendo que el cansancio empezaba a hacerle mella—. Había una ventana rota junto a la puerta de entrada, pero podrían haberla roto después para que pareciera un robo que había salido mal. Ahora mismo el detective Anderson cree que es alguien a quien conocemos. O al menos alguien a quien mi madre conocía.

La piel de porcelana de Blaire estaba más pálida que de costumbre.

—Por desgracia, creo que tu detective tiene razón —dijo—. ¿Te ha hecho alguna actualización de los sospechosos?

—No quiere compartir los detalles, pero nos ha asegurado que está siendo exhaustivo.

—Bueno, eso parece. Cuando me ha interrogado a mí, me ha dicho que no solo iba a hablar con mi portero, sino también con un vecino que me vio. Creo que está haciendo un buen seguimiento. Vamos a repasarlo nosotras mismas. Tú estabas en casa cuando te llamó tu padre, ¿verdad? ¿Dónde había estado?

—Había pasado por casa aquel día y después había vuelto al hospital.

—Bien, de acuerdo. ¿Y Simon?

—Estaba en el trabajo. Era tarde, pero eso no es raro.

—¿Había alguien allí con él?

Kate hizo que su voz sonara neutral.

—Otra arquitecta. Sabrina Mitchell. —No le apetecía contarle el asunto de Sabrina en ese momento.

—¿Y si hacemos una lista? Piensa en todas las personas que conoces. Podría ser cualquiera. Compañero de trabajo, cliente, empleado, familia política.

De pronto, la idea de que aquel psicópata perverso fuese alguien cercano a ella le resultó demasiado escalofriante. Cerró los ojos y se quedó muy quieta, con la esperanza de poder mitigar el dolor que sentía en la tripa. Sintió una mano en la rodilla y, al abrir los ojos, Blaire estaba arrodillada a su lado.

—Voy a llamar a Daniel y a decirle que me quedo, que quiero estar aquí contigo.

—No, no. No puedo permitir que hagas eso. Seguro que te echa de menos. Y además es casi Navidad. Ya es bastante que vinieras para el funeral. Significa mucho para mí.

—Quiero estar contigo. Nos hemos perdido muchos años. —Blaire extendió una mano hacia ella.

—Pero ¿no tienes que seguir escribiendo?

—Estamos en diciembre. El mundo editorial está tranquilo y Daniel puede apañarse sin mí por ahora. Está terminando con nuestro último viaje de promoción, y después teníamos planeado parar hasta enero. Escribo una serie sobre detectives. Tal vez pueda aplicar mis conocimientos aquí. No quiero irme a ninguna parte hasta que encontremos a ese cabrón.

Kate sintió que el alivio invadía su cuerpo. Pese a lo que había dicho, deseaba que Blaire se quedara.

—¿Estás segura? Me encantaría, pero…

—Estoy segura. Intenta librarte de mí. —Le sonrió y se puso en pie—. Ahora me marcho. Deberías descansar. Llámame si necesitas algo. Me da igual la hora que sea. Estoy aquí por ti.

Kate le estrechó la mano y la mantuvo agarrada mientras caminaban juntas hasta la puerta.

—Gracias —le dijo mientras le daba un abrazo, después la vio bajar los escalones hacia su deportivo.

Arqueó la espalda, tratando de aliviar el dolor que sentía. Necesitaba salir a correr, liberar parte de la ansiedad acumulada que amenazaba con consumirla. Se fue a su dormitorio, se cambió de ropa y sacó las deportivas del armario. Después escribió a los de seguridad apostados fuera. Recibió un mensaje informándole de que Alan la acompañaría a correr. No le preocupaba que pudiera seguirle el ritmo o no. Simon le había asegurado que todos los guardias eran exmilitares o estaban entrenados en artes marciales y armamento.

Cuando bajó las escaleras, Alan estaba fuera esperándola. Aunque solo eran las cuatro y media de la tarde, el sol ya había empezado a bajar y el aire era frío. Se puso los auriculares, pero Alan se le acercó más.

—Lo siento, señora. Preferiría que no hiciera eso. Es necesario que pueda oírme por si tengo que advertirla de algo.

Kate se lamentó. ¿Cómo iba a correr sin música?

—Me dejaré uno puesto —dijo. Vio que Alan iba a oponerse, pero salió corriendo con *Sweet Child o' Mine* sonando en su oído izquierdo. Casi de inmediato comenzó a notar que la tensión disminuía según iba ganando velocidad. Solo pensaba en el suelo y en sus pies corriendo mientras el aire frío le quemaba las mejillas. Quería correr hasta olvidarse de todo, ir tan deprisa que pudiera dejar atrás el terror y la pena. El martilleo de su corazón era tan fuerte que parecía que se le iba a partir por la mitad, y sabía que iba demasiado deprisa. Era agradable dejarse volar, pero tenía que frenar. Poco a poco fue aminorando la velocidad, se llevó la mano al pecho y apretó contra el esternón.

Giró por una calle y se dirigió hacia el pequeño estanque rodeado por un sendero pavimentado. Había otros corredores aquel día, y miró hacia atrás para asegurarse de que Alan la seguía. La saludó con la mano. Antes de volver a mirar al frente, se fijó en un corredor que se aproximaba desde atrás, vestido todo de negro. Deprisa. Sabía que Alan estaba siguiéndola, pero ¿y si aquel hombre la alcanzaba primero? Empezó a ir más deprisa, acompasando su aliento a sus zancadas. Giró de nuevo la cabeza para mirar a Alan y vio que aquella mancha negra estaba más cerca que antes. Hacía mucho tiempo que no practicaba el *sprint*, pero de pronto eso era justo lo que estaba haciendo, esquivando a su paso a peatones y corredores. Sus pies golpeaban el suelo y sintió que estaba perdiendo el control al llegar a una esquina. Se detuvo en seco, se dio la vuelta y vio que el hombre que corría hacia ella la miraba fijamente. Ahora estaba entre Alan y ella; había ganado velocidad y corría hacia ella más deprisa que antes.

¿Lo conocía? Le resultaba familiar. Quizá lo hubiera visto en una de sus carreras. O quizá lo conociera de otra cosa. Por supuesto, tal vez fuera el asesino…

Levantó las manos para apartarlo y se sintió mareada. Para cuando Alan la alcanzara, ya sería demasiado tarde. Notó un grito que le subía por la garganta cuando el hombre pasó corriendo junto a ella. Su alivio fue tan fuerte que le temblaron las rodillas y tuvo que apoyar las manos en los muslos para intentar tomar aire.

Tenía que volver a la casa. Estaba demasiado expuesta.

Alan se acercó corriendo con cara de preocupación.

—Volvamos. ¿Puedes mantenerte a mi lado? —No soportaba sentirse tan débil.

—Por supuesto —respondió él sin alterar su expresión.

Cuando volvieron a casa, Kate subió corriendo las escaleras, abrió el grifo de la ducha y esperó a que se calentara. Lanzó su teléfono sobre la encimera. Se iluminó y sonó el tono de mensaje recibido.

Número oculto. La taquicardia en el pecho fue instantánea. Tomó aliento, agarró el móvil y leyó:

¿Te han gustado mis regalos? Ratones muertos. Pájaros muertos. ¿Kate muerta?

—¡Para! —le gritó al teléfono con lágrimas en los ojos. Corrió hasta el dormitorio, descolgó el teléfono fijo y llamó al detective Anderson. Descolgó al primer tono.

—Lo sé —dijo sin más preámbulos—. Hemos localizado la dirección IP y vamos hacia allá.

—¿Saben de dónde procede? —preguntó Kate, sin aliento.

—Del Starbucks de York Road. La llamaré en cuanto sepa algo.

Al menos sabía que el asesino estaba a kilómetros de distancia y no cerca de ella. Y ahora lo encontrarían. Se sintió aliviada. Atraparían a ese lunático y podría respirar tranquila otra vez. Mientras se duchaba, se dijo a sí misma que todo saldría bien. Anderson encontraría al responsable y lo encerraría. Estaba secándose el pelo cuando sonó su teléfono. Anderson.

—¿Lo han atrapado?

El hombre se aclaró la garganta.

—Para cuando llegamos, había apagado el teléfono y se había marchado. Sabemos que ha utilizado una aplicación de mensajería que funciona con wifi. Hemos podido vincular la dirección IP con ese Starbucks en particular. Pero, con el teléfono apagado, no podemos rastrearlo.

—¿Han interrogado a alguien? Quizá la persona seguía allí.

—Así es. El lugar estaba lleno, pero nadie parecía haber visto nada raro. Lo siento. Revisaremos las grabaciones de seguridad para ver si algo resulta sospechoso; hay cámaras por todas partes. Pero, claro, si lo hizo desde el baño, no servirá de nada.

El peso de la decepción fue aplastante. Colgó el teléfono, derrotada. Quien estuviera haciéndolo era listo. Quizá demasiado listo para dejarse atrapar.

8

Aquella debería haber sido una gran noche para Kate, pensaba Blaire; la recaudación de fondos anual para la Fundación Cardiovascular Infantil. En un principio iba a celebrarse en casa de Kate y Simon. Pero Kate no estaba con ánimo de organizar nada ni de ir a ninguna parte y, cuando Selby se ofreció para celebrar el evento en su casa, Kate le había pedido a Blaire que fuera en su lugar. Blaire estaba segura de que a Selby no le había sentado bien aquello, pero había aceptado sin dudar.

Bordeó la entrada circular que daba acceso a la inmensa casa de Selby y Carter en Greenspring Valley, sobre la que había leído en *Horse and Rider*. Habían comprado aquella mansión construida setenta y cinco años atrás poco después de casarse y habían dedicado cinco años a la reforma, invirtiendo cientos de miles de dólares en el proyecto. Se detuvo junto a la fuente situada en mitad del círculo y un aparcacoches le abrió la puerta y le ofreció una mano para ayudarla a salir. Envuelta en su chal de cachemir, subió corriendo los escalones hacia las puertas dobles de color negro, que fácilmente podrían tener tres metros de altura. Al entrar, admiró la elegancia y la sofisticación del recibidor, con papel de seda color pastel en las paredes y lámparas de araña deslumbrantes. Hubo de admitir que Selby tenía un gusto impecable.

Le entregó el chal a un mayordomo uniformado. Al pasar frente a un inmenso comedor, con una larguísima mesa de caoba dispuesta con candelabros de plata y fuentes para la comida, vio a Selby acercarse a ella, acompañada de Carter. Lo había visto al otro lado de la sala durante la recepción del funeral y volvió a preguntarse cómo aquel hombre de mediana edad con sobrepeso podía ser el mismo hombre atractivo con el que había estado a punto de casarse.

Selby asintió con la cabeza al acercarse.

—Hola, Blaire. Bienvenida a nuestra casa. Qué amable por tu parte sustituir a Kate. —Se encogió de hombros—. A mí me habría encantado hacerlo, pero imagino que tu nombre recaudará más dinero, dado que ahora eres famosa.

—Bueno, seguro que a Kate ya le pareció demasiado que te ofrecieras a abrir tu casa. Quizá no quería centrar todas las miradas en ti al tener que dar un discurso. Recuerda lo nerviosa que te ponías cuando tenías que exponer en clase. Hubo una vez que...

—Sí, bueno —la interrumpió Selby—. No hace falta entrar en eso ahora. Ahora mismo no me importa que la gente me mire —respondió con tono cortante.

Carter no pareció darse cuenta de la tensión que había entre ellas. Se inclinó y le dio un beso a Blaire en la mejilla.

—Blaire, me alegro de verte. —La miró de arriba abajo—. Estás estupenda.

Blaire disfrutó con aquella mirada de admiración. El vestido de seda rojo que había escogido en Octavia Boutique le quedaba como un guante. No tenía tirantes y su larga melena oscura le acariciaba los hombros desnudos.

—Gracias. —Le dedicó una sonrisa segura de sí misma, decidida a demostrarle que ya no tenía ningún efecto en ella. Hacía muchos años que no lo veía, pero el recuerdo de su humillación la arrolló como un tren sin frenos. Tomó aliento, expulsó el pasado de su mente y se recompuso.

—A todo el mundo le encantará que estés aquí. Una invitada famosa. ¡Qué emocionante! Mi madre es una de tus mayores admiradoras —explicó Carter—. Se muere por verte.

Blaire arqueó las cejas. ¿En serio? Años atrás, su madre había deseado que Blaire saliese de la vida de su querido hijo. ¿Y ahora se moría por verla?

—Y yo he leído todos tus libros —continuó Carter.

—Carter —le interrumpió Selby—. Están llegando otros invitados.

Carter le soltó la mano a Blaire y Selby se la agarró.

—Si nos disculpas, seguro que te sientes como en casa.

Blaire divisó a Gordon y se dirigió hacia él, aliviada por ver a alguien a quien conocía. Incluso con esmoquin, Gordon hacía que una pajarita le quedase mal; probablemente porque la suya era de un azul claro con un estampado de toros y osos. ¿Se suponía que era una ocurrencia sobre el mercado de valores? No era de extrañar que siguiera soltero.

—Hola —le dijo al alcanzarlo.

—Blaire —respondió él con un leve movimiento de cabeza.

—¿Te lo estás pasando bien?

—Estas cosas no son lo mío —dijo Gordon encogiéndose de hombros—. He venido a apoyar a Kate y a su fundación. Claro, es comprensible que no haya venido.

—Me aseguraré de decirle que pensabas en ella —le dijo Blaire—. Escucha, Gordon, tenía la esperanza de poder hablar contigo sobre unas inversiones. Me gustaría diversificar mi cartera de valores y no estoy muy satisfecha con mi asesor financiero.

Gordon pareció animarse. Ya había captado su interés.

—¿De verdad? Me encantaría echar un vistazo a tu cartera. Te darás cuenta de que nuestra empresa sabe encontrar el equilibrio justo entre riesgo y seguridad…

Bla, bla, bla. Desconectó del resto, impaciente por que terminara con el asunto. Cuando por fin lo hizo, asintió.

—Estupendo. ¿Y si me paso el martes por la noche? ¿Sobre las ocho?

—¿Por la noche? —preguntó él con el ceño fruncido—. No suelo estar en la oficina hasta tan tarde. ¿No puedes quedar durante el día?

Blaire hizo todo lo posible por parecer arrepentida.

—Lo siento, pero tengo entrevistas y eventos de relaciones públicas casi toda la semana durante las horas de trabajo. Supongo que estoy malcriada, pero el tipo que me lleva las finanzas actualmente siempre se adapta a mis horarios. Es una de las pocas cosas que me gustan de él.

Gordon levantó una mano.

—No es que me importe, pero es complicado con el sistema de seguridad de la oficina a esas horas.

—¿Y si nos vemos en tu casa entonces? Al fin y al cabo, somos viejos amigos. —Gordon levantó un hombro, y ella no supo si se trataba de un tic o de una reacción a su sugerencia.

—Bueno, sí, supongo que podría estar bien. —Pareció dudar, y Blaire se preguntó si tendría algo que ocultar o si simplemente no estaba acostumbrado a tener invitados.

—Fantástico —le dijo ofreciéndole una tarjeta—. Mándame la dirección por *mail* y nos veremos allí.

Sonrió. En su lista de sospechosos, gracias a su extraña fijación con Kate, Gordon era el número dos; justo después de Simon, con su coartada de mierda.

Miró a su alrededor y vio a la mujer a quien había visto en la comida del funeral, que charlaba ahora con un hombre mayor. Ataviada con un vestido negro con la espalda al aire que envolvía su figura esbelta, estaba deslumbrante y parecía sentirse cómoda. Se preguntó quién la habría invitado. Cuando el hombre se alejó, ella se acercó y, con su mejor sonrisa, le ofreció la mano a la mujer.

—Hola, soy Blaire Barrington.

La mujer se quedó mirándola durante varios segundos antes de responder con frialdad:

—Encantada de conocerte. Sabrina Mitchell. —Si reconoció el nombre de Blaire, lo disimuló bien.

—¿Eres amiga de Kate? —le preguntó.

Con un golpe de melena, Sabrina le devolvió la mirada.

—No. De hecho, soy una vieja amiga de la familia de Simon. Esperaba verlo esta noche, pero acaba de decirme que Kate no se encontraba con ganas de venir. Yo también pensaba rajarme, pero ya me había comprado un vestido, así que…

Blaire la miró asombrada.

—Su madre acaba de ser asesinada. Casi nadie se «encontraría con ganas» después de algo así.

—Bueno —respondió Sabrina encogiéndose de hombros—. Es un acto benéfico y la gente ha comprado entradas para oírla hablar.

—Esta noche voy a sustituirla yo.

La mujer se quedó mirándola con cautela.

—¿Y quién dices que eres?

—Soy una de las más antiguas amigas de Kate —le dijo Blaire, con ganas de abofetearla.

—¿En serio? No te he visto en ninguna de sus fiestas.

—Vivo en Nueva York. Soy escritora.

Sabrina le dirigió una mirada de hastío.

—¿Algo de lo que haya oído hablar?

—Los libros de Megan Mahooney. También hay una serie de televisión.

—Ah, sí —dijo Sabrina tras quedarse mirándola durante unos segundos—. Sí que he oído hablar de eso. En realidad, no veo la tele. Me parece una pérdida de tiempo. Y generalmente leo ficción literaria.

Estaba claro que era un mal bicho. Blaire la miró con una ceja levantada.

—A mí también me encanta la ficción literaria. ¿Cuáles son tus autores favoritos?

—Oh, bueno, muchos.

—¿Como quién? —insistió Blaire.

—Eh… Virginia Woolf, por ejemplo.

—¿De verdad? ¿Y cuál es tu libro favorito suyo? A mí me encanta *La señora Calloway* —le dijo Blaire.

—Sí, a mí también —respondió Sabrina—. Bueno, si me disculpas… —Se alejó antes de que Blaire se echara a reír. Menuda impostora. La señora «Calloway», desde luego. Tendría que vigilarla de cerca.

Decidió ir a buscar su mesa y repasar sus notas para el discurso, pero, antes de poder moverse, Carter la acorraló. Se fijó en sus ojos azules y vidriosos, en su cara hinchada y en los botones apretados de la camisa. Costaba creer que en otra época hubiera querido casarse con él. Más difícil de creer era que él hubiera logrado hacerle sentir inferior cuando puso fin a su relación.

—Esperaba que pudiéramos hablar un momento para ponernos al día —le dijo—. Ha pasado mucho tiempo, pero estás igual.

«Tú no», le dieron ganas de responder. Cuando le sonrió, sus ojos prácticamente desaparecieron.

—Muy amable —le dijo—. Selby y tú habéis convertido esta casa en algo maravilloso.

—Gracias —respondió Carter con una sonrisa—. Es un hogar. —Le puso una mano en el brazo y continuó—. He de admitir que estoy algo asombrado. Me encantó tu entrevista en *Ellen*. ¿Quién habría imaginado que un día aparecerías en la revista *People* y concederías entrevistas por televisión?

«Yo lo habría imaginado», quiso decir. En su lugar, respondió:

—Gracias. Es un trabajo.

—Yo diría que es algo más que un trabajo. Eres como una superestrella. Mi pequeña Blaire, famosa.

¿Su pequeña Blaire? Ya le gustaría. No había comparación entre Daniel y él, y quería que se diera cuenta.

—Mi marido es la auténtica superestrella. —Sacó el teléfono, encontró una foto de Daniel y ella en Florencia y se la mostró; los dos juntos en el Ponte Vecchio, Daniel con su melena negra y sus ojos azules y ella con una sonrisa, acurrucada junto a él.

—Podría ser una estrella de cine —comentó Carter—. Los dos, en realidad. —La segunda parte estaba destinada a centrar la conversación en ella, pero Blaire no pensaba librarlo tan fácilmente.

—Y es tan talentoso como guapo —le dijo—. Parece que ambos tenemos lo que merecíamos. —Se preguntaba si de verdad querría a Selby o si el suyo sería un matrimonio de conveniencia.

—¿Tenéis hijos? —le preguntó Carter.

—Aún no —respondió con una sonrisa forzada.

Por el rabillo del ojo vio que Selby los miraba con rabia. Le dedicó a Carter una sonrisa cálida, se inclinó hacia él y le agarró la mano.

—Creo que ha llegado el momento de dar la bienvenida a los invitados. ¿Vamos?

—Eh, sí —respondió él, le apretó la mano con más fuerza y la guio hasta la parte delantera de la sala, donde habían colocado un escenario y un micrófono—. Un momento de atención, por favor.

La estancia quedó en silencio.

—Tengo el placer de presentarles a Blaire Barrington, escritora superventas internacional y buena amiga. —Su voz adquirió entonces un tono sombrío—. Como saben, la doctora English ha tenido una muerte en su familia y no ha podido asistir. La señorita Barrington ha accedido a hablar esta noche en su lugar.

Blaire le dio las gracias y agarró el micrófono.

—Es un honor estar aquí esta noche. Kate me ha pedido que transmita su más profundo agradecimiento a todos ustedes por su generosa contribución. —Recitó todos los agradecimientos que Kate le había dado y terminó su discurso con algunas anécdotas que elogiaban a Kate y a su trabajo por los niños enfermos. Veinte minutos más tarde, ocupó su asiento junto a Elise, una vieja amiga de Mayfield que ahora había enviado a sus cuatro hijas a esa escuela. Aún conservaba un aspecto estudiantil gracias a su encanto y a su rostro juvenil, pensó Blaire con una sonrisa.

—¿Lo estás pasando bien? —le preguntó.

—Sí, es un evento precioso. Una pena que Kate se lo haya perdido. ¿Tienes pensado pujar por algo?

Blaire agarró el folleto y le echó un vistazo.

—Aún no lo sé. Veré qué me llama la atención cuando empiece la subasta. ¿Y tú?

—Quizá por el crucero por Alaska. A Whit y a mí nos vendría bien una escapadita.

Al poco rato empezaron las pujas y los viajes, cuadros y demás artículos llegaron a alcanzar el doble o el triple de su valor. Por fin llegó el artículo más codiciado: un viaje de golf a St. Andrews, en Escocia. Blaire se recostó y observó entretenida como Selby y un caballero mayor pujaban por él. Cuando Selby subió otros quinientos dólares, el hombre pareció a punto de retirarse, pero entonces alzó su número una vez más y gritó:

—Dieciséis mil.

Selby no se lo pensó dos veces, alzó la mano y gritó:

—¡Diecisiete mil!

El hombre levantó una ceja y negó con la cabeza, resignado.

Llegó entonces el momento de Blaire. Le guiñó un ojo a Elise y levantó su pala.

—Veinte mil.

Hubo un murmullo general de sorpresa y después la sala quedó en silencio.

Selby apretó los labios y volvió a levantar el brazo.

—Veintiún mil.

—Veinticinco —contraatacó Blaire. Podría pasarse el día entero jugando a eso.

Selby negó con la cabeza y le lanzó una mirada asesina.

—¡Treinta!

Blaire se puso en pie. Había llegado el momento de poner fin a aquello.

—Cincuenta mil dólares.

La sala quedó en silencio. Carter le puso una mano en el brazo a Selby y le susurró algo. Ella apartó el brazo y dejó su pala sobre la mesa.

El subastador las miró alternativamente, se aclaró la garganta y dijo:

—Cincuenta mil a la una…, cincuenta mil a las dos…, vendido.

Qué bien se sintió. Recordó aquellos tiempos del instituto cuando regresaban de las vacaciones de Semana Santa y se contaban dónde habían ido; Gstaad, Tokio o San Bartolomé. El padre de Blaire las llevaba a Florida o a cualquier otro destino igualmente aburrido, mientras que sus amigas disfrutaban de viajes de lujo por todo el mundo.

Elise le puso una mano en el brazo y se rio.

—Vas a pagar mucho más de cincuenta mil por esa pequeña jugarreta —le dijo.

—No me preocupa —respondió Blaire. Daba igual lo que hiciera, porque Selby no estaría de acuerdo, así que ¿por qué no divertirse un poco?

—¿Daniel juega al golf?

Blaire levantó una ceja y sonrió.

—Siempre puede aprender.

Carter anunció que la subasta silenciosa terminaría en media hora y todos empezaron a moverse de nuevo. Blaire se levantó, con intención de echar un vistazo a unos pendientes de perlas y una litografía enmarcada por los que había pujado. Miró a su alrededor y vio a Selby susurrándole algo a Carter. Parecía furiosa. Bien, pensó Blaire. Mientras escudriñaba la estancia, se preguntó si el asesino podría estar allí. Sintió un escalofrío por la espalda. Sabía tan bien como cualquier policía que algunos psicópatas disfrutaban observando a sus víctimas. Si el asesino había acudido esa noche, podría haberse marchado al ver que Kate no estaba allí. Le diría a Kate que le pidiera a Selby una lista de todos los que no habían pujado en la subasta silenciosa o que se habían marchado antes de recoger sus ganancias. O quizá siguiera allí. En realidad, podía ser cualquiera. La idea de que un asesino a sangre fría pudiera estar a pocos centímetros de ella hizo que volviera a estremecerse.

9

Kate se despertó empapada en sudor. Aquella sensación de miedo que le resultaba tan familiar la inundó al abrir los ojos, y tuvo que hacer un esfuerzo hercúleo por incorporarse y salir de la cama. Las náuseas le hicieron volver a sentarse. Tomó aire varias veces, tratando de calmarse. Al levantarse, se arrastró hasta el cuarto de baño de invitados, abrió el grifo de la ducha y se cepilló los dientes. Apenas había dormido en toda la noche, temiendo oír el pitido de su teléfono anunciando la llegada de otro mensaje amenazante. Simon había tratado de convencerla para que dejase el teléfono abajo, pero ella quería tenerlo cerca por si acaso tenía que llamar al 911. ¿Y si alguien cortaba el cable del teléfono fijo? La última y enfermiza canción infantil se repetía en su cabeza, e intentó buscar alguna pista en las palabras. No tenía ningún sentido. Quizá alguien buscaba venganza. La policía estaba revisando las solicitudes de pacientes a los que la Fundación Cardiovascular Infantil no había podido ayudar, pero, hasta el momento, no le habían mencionado a nadie.

Tras darse una ducha rápida en el baño de invitados, volvió a su dormitorio y se puso una camisa blanca de algodón y unos vaqueros. Blaire iba de camino y Kate albergaba la esperanza de que pudieran hacer algún progreso. Estaba bajando las escaleras justo cuando llegó Blaire, y se llevó a su amiga directa al salón.

—¿Has podido dormir algo? —le preguntó Blaire.

—No —respondió negando con la cabeza—. No puedo dejar de pensar en esos horribles mensajes… y los animales muertos. —Bajó la voz cuando Fleur, una mujer delgada con el pelo prematuramente gris, entró con una cafetera francesa y dos tazas. Habían pedido a los empleados que estuvieran alerta, pero no quería que Fleur oyese los detalles más sórdidos.

—Gracias, Fleur —le dijo, llenó una taza y se la entregó a Blaire.

—Mmm. Gracias. —Dio un sorbo—. Al menos la policía los tiene controlados.

—Para lo que sirve —respondió Kate con un suspiro—. Esta persona es astuta. Es como esos acosadores que se ven en televisión. Siento que me estoy volviendo loca.

—Lo siento —le dijo Blaire apretándole la mano.

—Hablemos de otra cosa. —Kate dobló una pierna y se sentó encima—. ¿Qué tal fue todo anoche?

—Fue un éxito. Aunque todos te echaron de menos.

—Seguro que se alegraron de que estuvieras tú allí.

—Todos se portaron bien, en su mayor parte. Aunque sí que conocí a alguien que me dio que pensar —dijo Blaire—. ¿Cuál es la historia de Sabrina, la mujer que trabaja para Simon?

—¿Por qué lo preguntas?

Blaire arqueó una ceja.

—No me gustó cómo miraba a Simon durante la comida del funeral. Y cuando me presenté anoche, hizo un comentario muy inapropiado al decir que estabas eludiendo tus compromisos, o algo así.

—¿Me tomas el pelo?

—No —respondió Blaire—. Y, cuando le dije que acabas de perder a tu madre, lo pasó por encima como si no tuviera importancia. Dijo que esperaba poder ver a Simon, pero que había tenido que quedarse calmándote a ti, o algo parecido.

Kate sintió el calor en las mejillas. ¿Por qué había acudido Sabrina a la fiesta?

—Esa mujer supone un problema. La verdad es que Simon y yo estábamos separados antes de que asesinaran a mi madre —admitió—. De hecho, acababa de marcharse de casa.

Blaire enarcó las cejas.

—Lo siento. No tenía ni idea. ¿Qué sucede?

—Discutíamos mucho por Sabrina —contestó Kate—. Él jura que no hay nada entre ellos, pero es que esa mujer es tan… descarada. Tienen un pasado común. Simon siente lealtad hacia ella porque su padre lo acogió bajo su protección cuando él perdió a su padre. —Suspiró—. Insiste en que estoy sacando las cosas de quicio.

Blaire le puso una mano en el brazo.

—Bueno, será mejor que estés atenta.

—Créeme, lo estoy. —Le agradó saber que Blaire no solo cuidaba de ella, sino que además confirmaba sus impresiones sobre Sabrina. Le hizo recordar lo fuerte que había sido su amistad en otra época, lo compenetradas que estaban.

—Salvo ella, muchas personas me pidieron que te transmitiera su felicitación por el trabajo que estás haciendo. Tienes muchos admiradores.

Kate trató de sacarse a Sabrina de la cabeza.

—Me alegra oírlo. Bueno, gracias de nuevo por ocupar mi lugar. No habría sido capaz de estar con toda esa gente. Me habría sentido demasiado expuesta.

—Oh, Kate. Van a atrapar a esa persona. Y, mientras tanto, aquí estás a salvo.

—Pero ¿y si no lo estoy? ¿Y si soy la siguiente? Y entonces Annabelle perderá a su madre…, o peor, ¿y si van a por ella? No puedo perderla. Quizá esto trate de mí; primero mi madre y después mi hija. —De pronto sintió que no podía respirar.

Blaire levantó una mano y dijo:

—Las conjeturas no son buenas, recuerda.

—Lo sé, lo sé, pero no puedo evitarlo. Hay alguien ahí fuera. Esperando. Alguien que ya ha matado a mi madre.

—Mírame —le dijo Blaire agarrándole los antebrazos—. Venga. A los ojos.

Kate se obligó a inspirar y a espirar antes de mirarla a los ojos.

—¿Qué es lo que solíamos hacer?

—Uno, dos, tres, cuatro, solo tengo que esperar un rato.

—Cinco, seis y siete, así se acaba este brete —concluyó Blaire.

—Gracias —respondió Kate con una sonrisa débil. Era un método que se le había ocurrido a Blaire para ayudarla cuando eran adolescentes.

—Nos vamos a encargar de esto —dijo Blaire apretándole la mano.

Justo entonces oyeron un alboroto en la entrada y gente alzando la voz.

Se miraron, asustadas, se levantaron al mismo tiempo y fueron corriendo al recibidor, donde estuvieron a punto de chocarse con Simon.

—Han detenido a alguien en nuestra propiedad. ¡Venía del bosque!

—¿Has llamado a la policía? —preguntó Kate con el corazón acelerado.

Simon asintió.

—Los ha llamado el equipo de seguridad. Me han dicho que esperásemos todos aquí.

Quizá aquello estuviera a punto de terminar, pensó Kate con gran alivio.

Blaire la miraba preocupada.

—Kate, estás blanca como un fantasma. Ven, siéntate. —La llevó hasta una silla que había junto a la escalera.

Cuando al fin se abrió la puerta de la entrada, Brian, el jefe de seguridad, entró con alguien a rastras.

—Están cometiendo un error —gritó el joven, tratando de zafarse, pero Brian lo tenía bien agarrado y el guardia de detrás empuñaba una pistola apuntándole a la espalda.

Kate y Simon se acercaron un poco más.

—¡Es Mack! Es uno de nuestros mozos de cuadra —dijo Kate, desanimada, como si se hubiera quedado sin aire.

—Lo siento, doctora English —dijo Mack mirando de un lado a otro—. No sabía que tuvieran seguridad. He venido atravesando el bosque, como hago siempre. —Mack llevaba más de un año trabajando con los caballos. Era el hijo de unos amigos cuya casa daba al mismo bosque. La semana anterior había estado de vacaciones.

—Soltadlo —ordenó Simon. Brian lo soltó y Mack entró dando tumbos en la casa—. Lo siento mucho, Mack. Ven a mi despacho y te contaré lo que está pasando.

Blaire arqueó las cejas.

—Menudo susto —dijo.

Kate asintió. Debería haber sabido que era demasiado bueno para ser cierto.

—¿Estarás bien? Tengo una llamada con mi editora esta tarde; la semana que viene está de vacaciones y tenemos que pulir algunos detalles hoy. Puedo volver esta noche.

Kate asintió distraídamente y respondió:

—Te llamaré más tarde.

Dio vueltas por la casa después de que Blaire se marchara. Se había vuelto más introvertida, más callada, debido en parte al Valium que le había recetado su médico. Pero necesitaba algo que le ayudase a calmarse.

¿Cuánto tiempo más tendría que estar prisionera en su propia casa? Miró por la ventana. Hacía sol aquel día; de momento estaban teniendo un invierno suave.

—Voy a salir a dar un paseo —le dijo a Simon.

—Estaré en mi despacho. Tengo que hacer una llamada.

—¿Un sábado?

—Tengo que ver cómo va un trabajo.

«Menuda excusa», pensó Kate. Se puso las botas y pasó por delante de la habitación de Annabelle antes de bajar las escaleras.

Hacía un par de días había solicitado que hubiera un guardia vigilando a su hija en todo momento, y le alegró ver que Alan estaba montando guardia frente a la habitación de la niña. Le preocupaba el aislamiento de Annabelle, pero, mientras hubiera alguien al acecho, quería que estuviese en casa, aunque hubiese quedado claro que no había ningún lugar seguro.

Era maravilloso sentir el sol en la cara, y respiró profundamente mientras atravesaba el campo situado detrás de la casa. Agradecía que Brian fuera el guardia que estaba de servicio aquel día, pues siempre mantenía una distancia discreta y silenciosa. Era casi como si estuviera sola, el único sonido era el canto de los pájaros y las ramitas que crujían bajo sus botas. Caminó durante más de una hora y se detuvo para mirar a un petirrojo posado en una rama. La naturaleza siempre había sido un bálsamo para ella.

Al aproximarse a la casa, vio a Simon acercarse a ella.

—¿Has disfrutado del paseo?

—Sí. Creo que lo necesitaba.

—Es agradable estar fuera —respondió él con una sonrisa—. ¿Por qué no salimos a montar? Será bueno para los caballos hacer un poco de ejercicio. ¿Qué opinas?

Kate no había vuelto a los establos desde la muerte de su madre. Montar a caballo había sido uno de sus pasatiempos favoritos y, cuando era pequeña, montaban juntas dos veces a la semana. Quizá le fuese bien volver a subirse a un caballo. Preferiría no ir acompañada de Simon, pero estaba demasiado cansada para explicárselo.

—De acuerdo —dijo—. Iré a cambiarme las botas.

—No te molestes —le dijo él agitando la mano—. Vas bien así. Iremos despacio.

Bajaron por la colina hasta los establos y ensillaron a Napoleón y a Rembrandt. Había empezado a levantarse viento cuando llevaron a los caballos al redil grande, se montaron y estuvieron trotando durante un rato.

—¿Nos acercamos a la senda? —le preguntó Simon.

—No sé. ¿Brian podrá seguirnos?

—Nos quedaremos dentro de nuestra propiedad —le aseguró Simon—. Solo durante un rato. Hace un día estupendo. No hay muchos así en diciembre.

—De acuerdo —respondió ella con un suspiro.

Se dirigieron hacia el sendero que bordeaba la propiedad, de catorce hectáreas. La luz acuosa del invierno se filtraba entre las ramas sin hojas mientras montaban.

Llevaban cabalgando unos veinte minutos en un silencio tenso cuando llegaron a un claro. El viento soplaba en campo abierto y agitaba una bolsa de plástico blanca como si fuera una cometa fantasma. Kate se preguntó de dónde habría salido. La bolsa debió de llamar la atención de Napoleón. Asustado, relinchó, retrocedió y se agitó, lanzándola a ella por los aires. El pie izquierdo se le enganchó en el estribo cuando el caballo siguió galopando. Se golpeó la cabeza contra el suelo mientras la arrastraba, y la tierra y las piedras se le clavaban en la espalda y en la cabellera. Se había hecho daño en la pierna. Había empezado a llorar, el dolor era horrible y se le estaba metiendo la tierra en la boca. Gritaba, temiendo romperse el cuello. Se le nubló la vista con las lágrimas y la tierra. Agotado, Napoleón al fin se calmó y poco a poco se detuvo, dándole tiempo a Simon para alcanzarlos, soltarle el pie a Kate y atar al caballo. Se arrodilló junto a ella.

—¡Kate! ¡Kate! ¿Estás bien?

Notaba el dolor en la espalda y en el costado.

—Me duele todo. Me palpita el tobillo —dijo entre lágrimas al intentar incorporarse—. Quizá solo sea una torcedura. —Estaba enfadada consigo misma por no haberse cambiado las botas.

—No te levantes. Iré al establo y volveré con el *quad*.

—No —respondió ella al incorporarse del todo—. Solo está dolorido. Puedo volver a caballo.

—¿Y si te has roto algo? No querrás empeorarlo. Te va a costar volver a subirte al caballo.

Kate suspiró. Tal vez Simon tuviera razón, pero no quería que la dejara sola en mitad del bosque.

—Llama a Mack y pídele que lo traiga.

Su marido se llevó la mano al bolsillo, pero la sacó sin nada. Se palpó también los bolsillos del chaleco.

—No llevo el móvil encima.

—¿Qué? Siempre llevas el teléfono.

—Debo de habérmelo dejado en el establo. —Se inclinó hacia delante y le puso las manos en los hombros—. No te muevas. Volveré enseguida con Mack y el *quad*. —Se montó en su caballo y se alejó al galope.

Kate se incorporó de todos modos y sintió el dolor al apoyar el pie. Levantó la pierna. Se le estaba hinchando el tobillo. Debía de ser un esguince. ¿Simon había planeado asustar a su caballo? Dio un respingo al oír una rama caer al suelo.

—¿Quién anda ahí? —preguntó con la voz temblorosa, pero nadie respondió.

Estaba poniéndose el sol y sintió frío. ¿Por qué Simon tardaba tanto? Cojeó hacia Napoleón y le acarició la crin. Quizá debiera intentar montarlo. No le gustaba estar sola en el bosque. Estaba a punto de intentar montarse cuando Simon y Mack regresaron con el *quad*.

—Deja que te ayude —le dijo Simon extendiendo el brazo para darle la mano.

Ella la apartó.

—Seguro que quieres ayudar —le dijo—. Ayudar a cavar mi tumba.

—¿Qué? ¿Por qué dices eso?

—Llévame a casa —le respondió agitando la mano.

10

A Blaire le gustaba jugar a los detectives. Quizá fuera porque, en lo más profundo de su ser, creía que sabía casi tanto de crímenes como cualquier policía. No había pasado todas esas horas asistiendo a clases en la academia de policía, o yendo con ellos en el coche y entrevistando a los detectives sin aprender un par de cosas. Pero aquello era mucho más arriesgado que idear la trama de la siguiente novela de Megan Mahooney.

Se había quedado impresionada con la actitud del detective Anderson cuando le preguntó por su paradero la noche del asesinato de Lily. Le contó la verdad; estaba en Nueva York en ese momento. Daniel se había ido a Chicago para dar una charla a la que le habían invitado en Northwestern y se había quedado el fin de semana para ver a sus padres, pero su portero podía confirmar su historia. La había visto ir y venir varias veces aquel día, igual que dos vecinos de su misma planta. Había intentado averiguar a través de Anderson si la coartada de Gordon era sólida, pero no quiso darle ninguna información. Blaire tenía intención de descubrir más. Tal vez hubiera estado amañando los libros de contabilidad y Lily lo hubiera descubierto. No podía imaginárselo matando a nadie, pero, como había descubierto gracias a sus investigaciones, a veces las personas más aburridas y con un aspecto más dócil eran las más propensas a la violencia; además, estaba claramente obsesionado con Kate.

Tenía que estar en casa de Gordon en Federal Hill, Baltimore, a las ocho. De camino, se detuvo a comer algo en un pequeño restaurante y pidió una tónica con lima mientras ojeaba la carta. Al levantar la mirada, le sorprendió ver a Simon entrar con Sabrina. ¿Qué estaba pasando allí? Parecían muy amigos y vio que Simon le sujetaba la silla a Sabrina y después se sentaba enfrente. Estaban muy cerca, hablando y riéndose. No era de extrañar que Kate estuviese enfadada. Simon seguía siendo el mismo cabrón farsante. ¿Cómo podía salir por la ciudad, sobre todo con la mujer que estaba causando tantos problemas en su matrimonio, cuando había un asesino suelto y su esposa estaba aterrorizada? Sacó su móvil, lo puso en silencio y tomó varias fotografías de ambos.

—Disculpe. ¿Sabe ya lo que va a pedir?

Blaire le dirigió al camarero una sonrisa tensa, sacó un billete de veinte de la cartera y se lo entregó.

—Me ha surgido algo. Cóbrese la bebida con esto.

Antes de que el hombre pudiera responder, salió por la puerta lateral y se montó en su coche, aliviada de haberse marchado sin que Simon la viera. Prefería que no supiera que lo había pillado con Sabrina.

Veinte minutos más tarde, entró en la calle de Gordon. Su edificio de ladrillo se hallaba al final de una hilera de casas de aquel barrio histórico lleno de tiendas pintorescas y tabernas, con el famoso Cross Street Market. La vista del puerto de Baltimore desde Federal Hill era magnífica.

Pulsó el timbre y oyó la campanada dentro. Se quedó temblando en el porche de la entrada, a la espera de que Gordon le abriera la puerta. Cuando abrió y ella entró, se sorprendió; en vez de ser aburrida y rancia, la decoración era atrevida y estilosa. La pared de ladrillo interior confería al salón un toque moderno, y los muebles blancos y elegantes contrastaban a la perfección. Un sillón de cuero rojo constituía el brillante foco de atención de la estancia, pero hacía juego con las rayas de la alfombra geométrica que cubría el suelo de madera. Gordon tenía gusto para la decoración, no así para la moda; la pajarita de esa noche tenía ranas verdes a juego con su chaqueta de lana.

—Buenas noches, Blaire. ¿Quieres algo de beber?

—De momento no, gracias. —Blaire sonrió y se quitó el abrigo—. Aunque me gustaría ir al baño.

—Por supuesto. Es por aquí.

Lo siguió por un pasillo, pasando por un estudio con un sofá y una televisión enorme antes de llegar a su despacho. Tras utilizar el cuarto de baño, echó un vistazo en el camino de vuelta. En su inmaculado escritorio de madera solo había una pantalla de ordenador; ni papeles ni objetos personales en la superficie.

Cuando regresó al salón, Gordon estaba sentado en el sofá.

—Creo que sí que tomaré algo de beber —le dijo—. Pero solo si me acompañas.

—Claro. ¿Qué te apetece?

—¿Tienes *bourbon*?

—Por supuesto. ¿Solo?

Ella asintió.

Gordon regresó con dos vasos llenos hasta la mitad.

—Salud —dijo Blaire alzando su vaso.

Dio un sorbito y vio que él se bebía la mitad de su vaso de un trago. Interesante.

—Gordon —dijo recostándose en su asiento—, me preguntaba si… ¿sabes qué? Da igual.

—¿Qué? —preguntó él con el ceño fruncido.

—No es nada —insistió ella agitando la mano—. Una cosa de Kate que observé durante la comida del funeral, y quería saber tu opinión.

Al oír el nombre de Kate, a Gordon se le iluminaron los ojos, y Blaire se dio cuenta de que seguía colado por ella. No se había olvidado de lo que Kate le contó años atrás sobre Gordon, su cámara y el espionaje. Era un tipo raro. Y siempre había estado muy obsesionado con Kate. Otra razón por la que había acudido a su casa esa noche era ver si podía obtener más información sobre las finanzas de Simon, pero tampoco quería descartar a Gordon tan pronto. Si había algo que descubrir, estaría allí, en su casa, razón por la que había insistido en que no se reunieran en su oficina.

—Adelante.

—Me parecía que había tensión entre Simon y ella, y esa nueva arquitecta, Sabrina, parece que va siempre pegada a él. —Le puso una mano en el brazo—. Sé que no puedes hablar de tus clientes y jamás te pediría que traicionaras su confianza, pero me preguntaba si, como viejo amigo, has notado algo raro.

Gordon dio otro trago a su vaso, se miró las manos y después volvió a mirarla a ella.

—Bueno…, como amigo…, siempre he pensado que Simon no era bueno para ella.

—Que quede entre nosotros —le dijo ella acercándose más—, pero no confío en él. ¿Y tú?

Él negó con la cabeza.

—No sé qué vio en él. Creo que es un burgués oportunista —dijo con las mejillas encendidas.

—No podría estar más de acuerdo. Yo no quería que se casara con él. Es la razón por la que hemos estado distanciadas todos estos años.

Gordon la miró con interés renovado.

—No lo sabía.

—Francamente, estoy preocupada —le dijo—. Si fue un robo, apenas se llevaron nada de casa de Lily. Es muy posible que el asesino fuese alguien a quien Lily conocía. —Lo miró durante unos segundos—. ¿Y si fue Simon?

Gordon se quedó con la boca abierta.

—¿Qué? ¿Por qué iba a matar a Lily?

—Dice que esa noche trabajó hasta tarde. Kate dijo que Sabrina era la única que estaba con él. Podría estar encubriéndolo. Y yo acabo de verlos juntos en un restaurante cuando venía hacia aquí, y parecían muy amigos. Pero me he ido antes de que pudieran verme. —Hizo una pausa y lo miró—. Quizá esté pasando algo y Lily lo descubrió. La policía se muestra muy discreta sobre sus sospechosos, pero espero que interroguen a Sabrina. ¿Te han interrogado a ti?

—Sí, creo que han hablado con todas las personas cercanas a Lily.

—Bueno —dijo ella con una sonrisa—, espero que tengas una buena coartada.

—Esa noche estaba en casa, pero no tienen motivos para sospechar de mí.

Blaire se rio.

—Claro que no. Volviendo a Simon, sé que Kate y él tienen un acuerdo prenupcial, que fue sugerencia de Lily. Y, según parece, estaban separados antes de que Lily muriera. Ahora está de nuevo en la casa. Muy conveniente, ¿no te parece? —Tuvo que traicionar la confianza de Kate sobre la separación para poder averiguar más.

—Eso no lo sabía. —Gordon agarró su vaso y se lo terminó de un trago, después lo dejó con fuerza sobre la mesita, se levantó, regresó con la botella de Blanton's y se lo rellenó. Blaire se preguntó si siempre bebería tanto o si sería su conversación la que le ponía nervioso.

Por fin continuó hablando.

—Menudo charlatán farsante. A saber de lo que es capaz. Te digo una cosa, me gustaría estrangularlo por engañar a Kate. —Mientras hablaba, apretó un puño y los nudillos se le pusieron blancos.

Blaire retrocedió instintivamente en su asiento.

—Creo que le diré a la policía que los he visto juntos esta noche, pero no quiero disgustar más a Kate —comentó.

A Gordon le palpitaba una vena en la frente y, por un momento, Blaire se preguntó si iba a darle un derrame cerebral.

—Se cree muy guapo con esa mata de pelo negro y rizado y su ropa cara —murmuró mirándola con los ojos entornados—. ¿Sabes que le hacen todos los trajes a medida? ¿Acaso se cree que es de la realeza? Si de él dependiera, se gastaría todo el dinero de Kate. Supe que era un farsante en cuanto lo vi.

Al menos Simon no llevaba esas estúpidas pajaritas, pensó Blaire, molesta por el esnobismo de Gordon, aunque estuviese dándole pistas muy útiles. Tomó aire y se aseguró de que su voz sonara pausada.

—Supongo que él decide lo que quiere hacer con su dinero —dijo—. Al fin y al cabo, su estudio de arquitectura tiene mucho éxito.

—Mmm. No tanto.

Bingo.

—¿Tiene problemas con el negocio?

Gordon levantó las manos.

—No puedo hablar de mis otros clientes —dijo.

Blaire sabía que, por desgracia, Gordon siempre acataba las normas, pero podría extraer algunos detalles más.

—No te pido que reveles nada específico —dijo acercándose más—. Solo quiero saber si Simon podría haber tenido algún motivo para hacer daño a Lily. ¿Y si necesitaba dinero? ¿Y si Kate es la siguiente?

—Solo puedo decirte que un amigo mío que trabaja para uno de los mayores clientes de Simon y Carter me dijo que se acaban de cambiar de estudio de arquitectura. Eso sería una importante pérdida económica para su empresa. Lo sabe todo el mundo, así que no te estoy contando nada que Simon me haya dicho a mí en confianza. De hecho, no lo ha mencionado. —La miró fijamente mientras daba otro sorbo—. Ni siquiera se lo ha dicho a Kate, que yo sepa.

Blaire asimiló aquella información. Si Simon tenía problemas con el negocio, eso podría darle un motivo para matar a Lily. Pero

Kate tenía también su propio dinero. ¿Por qué iba a tener que llegar a esos extremos? A no ser que hubiera otro motivo en juego. ¿Cuántas cosas podría saber Carter? Tal vez hubiera llegado el momento de hacer un reencuentro por los viejos tiempos.

—Otra cosa —le dijo a Gordon.

—¿Qué?

—En la casa, después del funeral, vi a Simon hablando con el chófer de Georgina. ¿Qué razón podría tener para hablar con Randolph?

—Bueno, su niñera, Hilda, es la hermana de Randolph —le contó Gordon—. Quizá tuviera algo que ver con ella.

Blaire supuso que tendría razón. Podría ser así de simple. Extendió el brazo y agarró su maletín.

—Bueno, basta de cotilleos. Tengo aquí mis finanzas, y también en un USB. ¿Quieres echarle un vistazo primero? —Sacó el último informe de su asesor financiero y se lo entregó, satisfecha al ver cómo se le abrían los ojos con todos los ceros de su cuenta.

Mientras lo leía, Blaire envió el mensaje que ya tenía cargado en su teléfono. Pensó que no tardaría. Gordon seguía absorto en el informe cuando la alarma de un coche les hizo mirar hacia las ventanas.

—Pero ¿qué pasa? —preguntó Gordon acercándose a la ventana—. ¡Tiene que ser una broma!

—¿Qué sucede? —preguntó Blaire.

—¡Es mi coche! Enseguida vuelvo. —Salió corriendo por la puerta y bajó los escalones.

Ella se puso en marcha y fue directa a su despacho. Retiró la silla de cuero, se sentó e hizo clic con el ratón. La pantalla se iluminó, pero el ordenador estaba protegido con contraseña. Se lo imaginaba. Empezó a abrir cajones, pero contenían las cosas habituales: lápices, bolígrafos, clips, artículos de papelería, carpetas. Se levantó, se acercó a la librería que había en la pared de enfrente y revisó las baldas. Solo libros, fotos y obras de arte. Se arrodilló y abrió las puertas del armario situado bajo las estanterías. Mucho equipo fotográfico, con objetivos de todas las formas y tamaños. En un rincón había una pila de carpetas. Las agarró todas, se puso en pie y las dejó sobre la mesa para leer las pestañas. Nada que llamara su atención. Hasta que llegó al final de la pila. Había una pestaña con la etiqueta *Mi Katie*.

Se quedó con la boca abierta al abrir la carpeta. Fotos y más fotos de Kate. Las revisó todas lo más rápido que pudo: Kate en una cafetería, sentada sola; Kate saliendo de una escuela de yoga; Kate cargando la compra en el coche. Había cientos, todas de Kate, todas con cámara oculta.

Seguía siendo un acosador.

¿Sería también un asesino?

Sacó el teléfono para tomar algunas fotos, pero se equivocó con el código de seguridad. Oyó cerrarse la puerta de la entrada. «Maldita sea. ¡Ábrete!». Deslizó el dedo hacia la derecha y abrió la cámara. Apretó el botón deprisa y sacó algunas fotos.

—¿Blaire? —oyó a Gordon desde el pasillo.

Volvió a dejar las carpetas en su sitio y cerró la puerta del armario con el corazón desbocado. Se apartó de la librería justo cuando Gordon llegó a la puerta.

—¿Qué estás haciendo aquí? —le preguntó con el ceño fruncido. Se acercó un poco más, miró el escritorio y después a ella.

Blaire sonrió para tratar de calmarlo.

—Estaba echando un vistazo a tu escritorio. Es precioso. ¿Dónde lo compraste?

Gordon se quedó mirándola con las pupilas diminutas. Ella se quedó quieta, tratando de ocultar su nerviosismo. Gordon siguió mirándola mientras pasaba una mano por la superficie del escritorio.

—Me lo hicieron a medida.

—Pues es precioso. Me podrías dar el nombre de tu diseñador. —Las palabras le sonaron vacías incluso a ella—. ¿Qué le ha pasado a tu coche?

Gordon apretó un músculo de la mandíbula.

—Parece que algún gamberro me ha tirado pintura en el Jaguar. La policía viene de camino, así que tendremos que dejar esto para otro momento.

—No hay problema. Me pondré en contacto contigo la semana que viene —respondió ella, ansiosa por alejarse de él. Quería salir de allí. Notaba el sudor en el labio superior, agarró su bolso y se dirigió hacia la puerta. Tal vez sí que fuera peligroso.

11

Kate seguía teniendo el tobillo hinchado pese al hielo y al ibuprofeno, y además tenía el brazo negro y azul. La cabeza le palpitaba por el profundo corte en la nuca, que sorprendentemente no había necesitado puntos. Estaba segura de que no tenía roto el tobillo, pero aun así su padre la había llevado al hospital para que le hicieran una revisión y una radiografía. Además de las secuelas físicas, aún se sentía alterada. ¿De verdad había sido un accidente, o Simon había contribuido a que su caballo se asustara? Se dijo a sí misma que estaba siendo demasiado paranoica. Ocurrían cosas así a todas horas. Incluso aunque él hubiera soltado la bolsa de plástico, bien podría haber caído directamente al suelo o haber asustado a su propio caballo. Tenía que controlarse.

—¿Doctora English?

Kate alzó la cabeza y miró al detective Anderson, que estaba sentado frente a ella en el salón, con un bolígrafo levantado sobre la libreta de bolsillo en la que siempre parecía estar garabateando.

—Lo siento. ¿Qué ha dicho? —Le costaba trabajo concentrarse.

—¿Cómo se ha hecho ese hematoma? —le preguntó Anderson señalándole la mejilla.

—Ayer me caí del caballo —respondió llevándose la mano a la cara—. Estoy bien.

Anderson escribió algo y preguntó:

—¿Su marido está en casa?

—No. Simon tenía una cena de negocios esta noche y me dijo que no volvería hasta tarde.

—Quería hablar con usted porque hemos recibido nueva información. —Hizo una pausa y Kate esperó a que continuara—. Dígame, ¿sus padres discutían mucho?

Aquello era lo último que había esperado que preguntara.

—No. A veces, pero no diría que mucho.

—¿Eran peleas acaloradas? —preguntó él en tono neutral.

—No entiendo a dónde quiere ir a parar. Desde luego, tenían desacuerdos de vez en cuando. Pero no se gritaban, si es lo que está insinuando. —Empezaba a sentirse molesta. ¿No había dicho que tenía información, en vez de más preguntas para ella?

El detective levantó la mirada de lo que estaba escribiendo.

—No estoy insinuando nada, doctora English. Se lo pregunto sin más.

No le parecía que se lo estuviera preguntando sin más, pero tomó aliento y contuvo su frustración.

—De acuerdo, está bien.

—¿Sabía que su madre y su padre tuvieron una pelea muy seria pocos días antes de que ella muriera?

—No. —Se quedó algo sorprendida, pero tampoco le pareció una noticia tan impactante. Las personas tenían conflictos cuando compartían su vida—. ¿Qué tiene esto que ver con la información que tiene para mí?

—Nos llamó la señora de la limpieza de sus padres. Según parece, no sabía si contarlo o no.

—¿Molly? —preguntó Kate. Llevaba con ellos veinte años y era muy leal; además estaba muy unida a Lily. Kate recordó el día del funeral, en el que Molly había estado destrozada. Lo había atribuido a las circunstancias, pero ¿habría otra razón para su consternación?

—Sí. Molly Grassmore. Dice que oyó una pelea muy fuerte y portazos. Su madre estaba muy disgustada. Llorando.

Kate apretó los puños al pensar en su madre triste. Lily no lloraba. ¿Qué diablos la habría alterado de esa forma? ¿Y por qué su padre no se lo habría mencionado?

—¿Tiene idea de por qué discutieron? —le preguntó.

Kate se irguió en su asiento, con la espalda rígida, y se cruzó de brazos. ¿A dónde quería llegar? ¿Un lunático estaba acosándola y él perdía el tiempo de esa forma? Tuvo que hacer un esfuerzo por mantenerse tranquila.

—Mi padre no me ha dicho nada sobre una pelea. Molly podría estar equivocada. Quizá lo que oyó fue la televisión y lo confundió con sus voces.

—Parece bastante convencida, doctora English.

—¿Y sobre qué dijo que estaban discutiendo?

—No lo oyó bien. Solo gritos y lágrimas.

—¿Y por qué ha esperado hasta ahora para contarlo?

—Porque no quería hacer algo que pudiera perjudicar a su padre. Sin embargo, al final decidió que la policía debía saberlo.

—Quizá se lo esté inventando. —Nada más decirlo supo que era improbable.

—¿Por qué iba a hacer eso, doctora English?

—No lo sé. La gente se inventa cosas. La gente discute. ¿Por qué sigue preguntándomelo? —Estaba empezando a dudar de sus propias palabras. Le dolían la espalda y los brazos.

El detective se recostó en su silla y tomó aliento. La miró con el rostro impasible.

—Dos días después de la pelea, su madre había muerto.

—No sé qué decirle. La gente discute. ¿Se lo ha preguntado a mi padre?

—Así es. No ha querido decirnos por qué discutieron, y su negativa no pinta bien. —Se inclinó de nuevo hacia delante—. Una cosa más. ¿Tenía constancia de que su madre planeaba cambiar su testamento?

Kate tomó aliento antes de responder. Gordon había dicho que se lo había contado.

—No. Lo supe por Gordon Barton cuando nos reunimos para la lectura del testamento.

Anderson arqueó una ceja.

—Entenderá que nos preocupemos. Sus padres discuten, y su madre llama a su abogado para cambiar el testamento. Pero, antes de poder hacerlo, es asesinada.

¿Estaba intentando asustarla? ¿Qué había de aquello de no querer compartir detalles de la investigación?

—Mi padre estaba en el hospital cuando fue asesinada. Sin duda lo habrán comprobado.

—Sí, lo hemos comprobado. Sin embargo, hay un par de horas en las que sus movimientos no pueden corroborarse.

—Probablemente estaría en una de las salas de guardia, o durmiendo —respondió ella—. Esto está fuera de contexto. Además, mi padre nunca me enviaría esos mensajes tan horribles amenazándome. No tiene ningún sentido.

—Pero usted está viva. Ha recibido mensajes siniestros, pero no han intentado acabar con su vida. ¿Por qué? —Se mostraba implacable.

Kate apretó los labios y no dijo nada.

—Quizá su padre solo quiera que parezca que usted es la próxima para despistarnos. Quizá usted no esté en peligro.

—Me niego a seguir escuchándole. Mi padre adoraba a mi madre —dijo Kate mirándolo fijamente.

Anderson cerró su libreta y se guardó el bolígrafo en el bolsillo interior de la chaqueta. A Kate le pareció ver un destello de compasión en su mirada al levantarse de la silla, pero desapareció tan deprisa que se preguntó si se lo habría imaginado.

Le ofreció la mano y ella se la estrechó con reticencia.

—Lo siento mucho —le dijo—. Sé que esto debe de ser muy duro para usted. Solo busco respuestas y voy allí donde me llevan las preguntas. Espero que lo entienda.

—Mi padre es inocente.

Anderson ladeó la cabeza y dijo:

—Tenga cuidado.

No había mentido al decir que su padre jamás asesinaría a su madre, pero tampoco podía imaginárselo gritándole. ¿Y por qué su madre había querido cambiar su testamento? Se sintió culpable por aquel pensamiento desleal. No. Su padre no era capaz de algo así. Y estaba segura de que no intentaría atormentarla.

Hablaría con Molly y aclararía aquello cuanto antes. Buscó en Google el número de teléfono de la mujer y lo marcó. Después de varios tonos, respondió la voz de un hombre.

—¿Diga?

—Hola. Soy Kate English, la hija de la señora Michaels. ¿Podría hablar con Molly Grassmore, por favor?

—Lo siento. No está aquí. ¿Quiere dejarle un mensaje?

—¿Cuándo cree que volverá?

—Está fuera del país. Se marchó ayer. Tardará un mes o dos en volver.

Kate apretó el teléfono con más fuerza.

—¿Con quién hablo, por favor?

—Soy su sobrino. Estoy cuidándole la casa.

—Entiendo. Gracias.

Colgó el teléfono con mil pensamientos en la cabeza. Sus padres pagaban bien a sus empleados domésticos, pero ¿desde cuándo Molly tenía dinero suficiente para salir del país durante un mes o dos? ¿Su padre habría despedido a Molly para que guardara silencio? O quizá Molly había matado a Lily y había acudido a la policía para inculpar a Harrison. Era muy conveniente que ahora no estuviera disponible. Aunque ¿por qué iba Molly a matar a su madre?

Lo que Kate tenía ganas de hacer en aquel momento era salir a correr, pero, claro, no podía hacerlo con un esguince en el tobillo. En su lugar, fue a la despensa y sacó su reserva de chocolatinas Hershey, desenvolvió una y se la metió en la boca. Siempre se había asegurado de que su familia tomase comidas orgánicas y saludables. Iba a correr todos los días; eso la mantenía centrada y le despejaba la cabeza. Ya no bebía alcohol, por otras razones, pero sin duda contribuía a su buena salud. Pero el chocolate… el chocolate era su debilidad, sobre todo cuando estaba estresada.

Pensó en lo que le había dicho el detective Anderson. Tenía que haber una explicación razonable. Su padre siempre había adorado a su madre. Desenvolvió otra chocolatina y recordó una vez en que Lily y Harrison las habían llevado a Blaire y a ella a la casa de la playa, siendo adolescentes. Habían pasado aquel soleado día de junio en la playa, nadando, leyendo y relajándose. Aquella noche, Lily y Harrison las llevaron a cenar a Ocean City, en Fager's Island, un precioso restaurante con ventanales que daban al lado de la bahía de aquella pequeña isla barrera. Ambas se habían puesto vaqueros blancos y camisetas cortas; la de Blaire rosa y la suya turquesa, a juego con sus ojos. Kate sonrió para sus adentros al recordar cómo se preparaban; con el rímel y el brillo de labios. Y entonces apareció Lily, radiante con un vestido blanco y unos sencillos pendientes de oro, con el pelo recogido y algunos mechones sueltos acariciándole el cuello. Kate se había sentido como una adulta mientras caminaban hacia la mesa y la gente se giraba para mirarlas. Incluso el camarero, que rondaría los dieciocho o diecinueve años, pareció quedarse embobado cuando les tomó nota, y regresó en varias ocasiones para asegurarse de que estuviese todo bien después de que les sirvieran la comida. Sin embargo, pronto quedó claro que el objeto de su admiración era Lily. Harrison se rio cuando el camarero se marchó y se volvió hacia ella con una sonrisa. «Eres una seductora, mi amor. Tengo suerte de ser yo quien te lleve a casa».

Más tarde, cuando Blaire y Kate estaban tumbadas juntas en la cama, Blaire le dijo: «Ese camarero estaba totalmente colado por tu madre. Qué raro».

Kate pateó la manta y se la bajó hasta enredársela en las piernas. Sabía lo que estaba pensando Blaire: que Lily era demasiado vieja, demasiado madre, para que un chico joven se fijara en ella. Debería haber flirteado con ellas, no con Lily. Pero ocurría a todas horas. Hombres y mujeres por igual se sentían atraídos por Lily. Kate ni siquiera estaba segura de que su madre fuera consciente del efecto que provocaba. Era parte de su personalidad. No sabía la cantidad de veces que su padre había dicho lo afortunado que era por haberse casado con ella. Eso no podía ser falso. Habían discutido, de acuerdo, pero ¿matarla? Jamás.

En busca de una distracción, abrió su *email* del trabajo y miró si había algo de la fundación que requiriese su atención urgente. Aunque la junta le había dado tiempo para llevar el duelo, siempre había peticiones que llegaban a través de la web de la fundación que tenía que revisar. Suspiró al ver que había más de cuarenta correos nuevos. Fue pinchando metódicamente en cada uno, guardando algunos en una carpeta y reenviando otros. Dejó la mano quieta al oír el pitido que indicaba la llegada de un nuevo correo. Era de un destinatario oculto; el asunto era *Especialmente para ti*. Lo abrió sin pensarlo un segundo.

No había texto, solo un archivo de audio. El corazón se le aceleró aún más al oír un piano desafinado por los altavoces y una versión discordante de *Pop Goes the Weasel*. Al principio solo era música, pero pronto empezó a cantar una voz gutural y distorsionada:

Alrededor de la morera,
el asesino persigue a la doctora.
La doctora piensa que es una broma.
Muerta está la doctora.

Kate agarró su móvil y se equivocó al intentar desbloquearlo; tuvo que introducir el código tres veces antes de acertar. Marcó el número del detective Anderson y trató de recuperar el aliento mientras el teléfono sonaba y sonaba. Al final saltó el buzón de voz. «Soy Kate English», le dijo. «He recibido un correo amenazante. Pero imagino que ya lo sabe. Por favor, llámeme».

Esperaba que la policía pudiera rastrear el correo hasta una dirección física esta vez. Llamó a Simon, pero saltó directamente el buzón de voz. Colgó frustrada. ¿Por qué nadie respondía? Llamó entonces a Blaire.

—Estaba a punto de llamarte —dijo su amiga.

—¿Puedes venir? —le preguntó Kate, casi sin aliento.

—¿Qué sucede?

—Otro mensaje.

—Voy para allá. Llegaré lo antes que pueda.

Respiró profundamente varias veces, centrándose en el hecho de que Blaire llegaría enseguida, de que tenía guardias en la casa. Por desgracia, la ansiedad rara vez se rendía ante la lógica, pero debía intentar calmarse. Regresó a su dormitorio y, al acercarse a la cama, vio que salía luz por debajo de la puerta del baño. No había utilizado ese cuarto de baño desde que encontró los ratones, ¿por qué iba a estar encendida la luz? Tomó aliento y se obligó a abrir la puerta; respiró aliviada al ver que no había ningún animal muerto. No había nada raro. Alguien se había dejado la luz encendida, nada más. Quizá hubiera sido ella al subir, distraída como estaba por la noticia de la pelea de sus padres.

La apagó y fue a ver a Annabelle, que estaba a salvo en la cama, dormida. Entró de puntillas, le dio un beso en la cabeza, después volvió a salir y le hizo un gesto al guardia de la puerta.

Al bajar las escaleras, le hizo un gesto con la cabeza al hombre sentado en el recibidor. ¿Era Jeff o Frank? Le costaba recordar sus nombres.

—La señorita Barrington vendrá enseguida.

—Sí, señora.

—¿Puede revisar todas las habitaciones y comprobar que están cerradas todas las ventanas?

El hombre la miró extrañado y asintió.

—Sí, señora. La casa es segura, pero puedo volver a comprobarlo.

—Por favor, hágalo. Yo miraré en la cocina.

Descubrió aliviada que todos los pestillos de la cocina estaban echados. Pero ¿qué era eso de las canciones infantiles? ¿Tendrían un significado más profundo? Agarró su iPad de la encimera, entró en Google y buscó «*Pop Goes the Weasel* significado». Fue revisando un artículo tras otro. Una teoría aseguraba que hablaba sobre empeñar un abrigo para pagar una copa, otra que se refería a una rueca. El único factor común parecía ser que se refería a los pobres. ¿Sería otra indirecta a su riqueza?

Le dolía la cabeza. Se sirvió un vaso de agua y se tomó un Valium del armario que había junto al fregadero, tratando de librarse de la sensación de que alguien la observaba.

12

Blaire iba de camino al Four Seasons de vuelta de casa de Gordon cuando Kate la llamó. Para cuando llegó a la casa, su amiga parecía muy alterada y tenía unas ojeras muy pronunciadas.

—Kate, ¿qué sucede? He venido lo más rápido posible.

Se fijó en el enorme hematoma negro que tenía Kate en la mejilla, pero, antes de poder preguntarle, Kate le agarró la mano y la arrastró hacia las escaleras.

—Es un *email* en mi portátil, arriba. Estoy esperando a que el detective Anderson me devuelva la llamada. Vamos. —Se aferró a la barandilla y puso cara de dolor al apoyarse sobre la pierna izquierda.

—¿Qué te ha pasado en la cara y por qué cojeas? —le preguntó Blaire mientras la seguía.

Kate se detuvo y se dio la vuelta.

—Ayer me caí del caballo.

—¿Qué?

—Fue una estupidez. Simon y yo estábamos montando y Napoleón se asustó. Me tiró al suelo. Estoy bien. Solo tengo el tobillo magullado.

—Gracias a Dios. ¡Debes tener más cuidado! —Quería decirle que estaba loca por salir a montar a solas con Simon, pero no sabía cómo reaccionaría.

Cuando llegaron al despacho, Kate se dejó caer en la silla. Blaire se inclinó por encima de su hombro para mirar la pantalla.

—Pero ¿qué…? —dijo Kate—. Si estaba aquí hace un momento. ¡Ya no está!

—¿A qué te refieres?

—Me refiero a que ya no está —respondió alzando la voz por los nervios—. ¿Cómo ha podido desaparecer?

—No lo sé. Mira en el correo basura. Quizá lo hayas borrado —le sugirió.

Kate revisó los correos eliminados.

—Nada. ¡No me lo puedo creer! Era un archivo de audio. *Pop Goes the Weasel*, pero la letra iba sobre mí. «Muerta está la doctora».

—De acuerdo, de acuerdo. Respira hondo. —Le apretó el hombro y tomó aire ella también para dejarlo escapar lentamente, intentando que Kate la imitara—. Volvamos abajo para ver si puedes escribir las cosas que recuerdes.

Kate se dio la vuelta y le apretó la mano mientras se levantaba del escritorio.

Cuando llegaron a la cocina, vio que a Kate le temblaba la mano al sacar un bolígrafo y un cuaderno de un cajón. Sonó el teléfono de casa y Kate vaciló antes de responder.

—¿Diga? —Escuchó la voz del otro lado—. ¿Usted también lo ha visto? De acuerdo, gracias. —Colgó el teléfono y dijo—: El detective Anderson viene de camino.

—Es tarde. ¿Dónde está Simon? —le preguntó Blaire.

—Esta noche tenía una cena de negocios. Le he llamado, pero no contesta.

Cena de negocios y una mierda, pensó Blaire. Pero no quería preocuparla con más de una amenaza, o con más de una persona; prefería esperar e investigar más sobre la naturaleza de la relación de Simon y Sabrina.

Se sentaron una frente a la otra y Blaire pensó en la mejor manera de decir lo que tenía que decir.

—Escucha, Kate. ¿Recuerdas que te dije que iba a empezar a investigar el caso por mi cuenta?

Kate asintió.

—Bueno, esta noche he ido a casa de Gordon con la excusa de contratarlo.

—¿Has ido a su casa? —le preguntó Kate con las cejas arqueadas—. Nunca he estado allí.

—Sí. Le dije que solo podía quedar por la noche. Quería echar un vistazo.

—De acuerdo.

—Alguien le ha hecho algo a su coche mientras estaba allí, así que me ha dejado sola y he tenido la oportunidad de husmear un poco.

Kate se inclinó hacia delante con el ceño fruncido.

—¿Has registrado su casa?

—No te preocupes. Gordon nunca lo descubrirá. Lo importante es lo que he encontrado.

—¿Qué? —preguntó Kate con un susurro.

Blaire pulsó el icono de las fotos en su móvil y se lo entregó.

—Esto.

Kate le quitó el teléfono y se quedó pálida.

—¿Qué es esto? —preguntó.

—Fotos tuyas.

—¿Ha estado siguiéndome? —dijo Kate llevándose una mano a la boca. Revisó todas las imágenes—. Estas fotos son del verano. Aquí llevo una camiseta de tirantes. Y esta es de hace solo unas semanas. Lleva meses haciendo esto…

—Había cientos de fotos en una carpeta. Solo me ha dado tiempo a sacar unas pocas. Además, tiene mucho equipo fotográfico: cámaras, teleobjetivos… —Le habría gustado tener tiempo de examinarlo todo.

—¿Cómo no me había dado cuenta de que me seguía? —preguntó Kate al devolverle el teléfono—. ¿Tan poco observadora soy?

Blaire le acarició la mano.

—Con el equipo que tiene, podría haberlo hecho desde muy lejos.

—Aun así —dijo Kate negando con la cabeza—, no me había dado cuenta de que alguien me observara… ¿Crees que es él? ¿Podría haber matado a mi madre? —Tenía la respiración entrecortada y le temblaban las manos.

—No lo sé. Es evidente que sigue obsesionado contigo, pero no veo por qué iba a querer hacer daño a Lily. ¿Crees que podría haber robado dinero del fondo?

—No. No tiene suficiente control sobre el dinero. Además, no lo necesita. Su familia está muy bien situada. —Se estremeció—. Esto es como ese proyecto que hizo hace años. Ese del que te hablé.

—Creo que deberías contárselo también a Anderson.

Como si lo hubiera invocado con solo decir su nombre, el detective entró en la cocina por la puerta batiente. Saludó a Blaire con la cabeza y se volvió hacia Kate.

—El *email* también ha desaparecido de nuestro ordenador, pero descargamos el archivo de audio antes de que ocurriera.

Kate estaba despedazando una servilleta que tenía en el regazo.

—Esa voz horrible. Y el estribillo…, «muerta está la doctora». —Miró al detective—. ¿Cómo ha podido desaparecer sin más?

—Hay servicios que te permiten enviar *emails* que se autodestruyen. Nuestro departamento de tecnología se pondrá en contacto con tu proveedor de correo para ver si encuentran el *email* en su servidor. Es el *email* de la fundación, ¿correcto?

—Sí —confirmó Kate—. Es fácil encontrarlo *online*. —Se detuvo unos instantes y volvió a hablar—. Detective, mi padre no sabe nada de tecnología. Espero que siga trabajando para buscar otros sospechosos. —Su voz sonaba áspera.

¿De qué estaba hablando? Blaire la miró sin entender nada.

—Por supuesto —respondió Anderson—. Por nuestra parte, seguiremos con las capturas de pantalla y las grabaciones.

Blaire nunca había visto a Kate tan afligida, al menos desde la muerte de Jake. Estaba claro que se hallaba muy alterada.

Apartó la mirada de su amiga y se volvió hacia el detective.

—Yo también tengo algo que contarle —le dijo. Se sentía incómoda bajo su mirada de ojos entornados—. Gordon Barton ha estado sacándole fotos a Kate durante meses sin que ella lo supiera. Cientos de fotos. Esta noche he visto la carpeta en su casa.

—¿Y cómo es que ha podido verlas?

—Salió de casa un momento y eché un vistazo a su despacho.

—No debe husmear en los asuntos de la gente —le dijo Anderson con el ceño fruncido—. Podría salir malparada.

Blaire tuvo ganas de decir: «Si hiciera mejor su trabajo, no habría tenido que hacerlo».

—No es la primera vez que pasa algo así con Gordon —comentó Kate.

—¿Le importa explicarse? —le pidió Anderson.

—Fue hace mucho tiempo. Éramos unos críos. Pero, cuando estaba en octavo curso, me enseñó un proyecto de fotografía en el que estaba trabajando. Había utilizado un teleobjetivo para sacar fotos a sus vecinos en sus casas.

—¿Qué clase de fotos? —preguntó Anderson con las cejas levantadas.

—No eran esa clase de fotos —le dijo Kate—. Nada sexual o inapropiado. Eran… cosas normales; gente cocinando, viendo la tele. Lo llamaba algo así como «Mundano y urbano».

Anderson suspiró y negó con la cabeza.

—¿Cuántos años tenía?

—Quince, probablemente.

—El comportamiento socialmente anormal como ese con frecuencia suele ir a más. Me preocupa saber que ha estado siguiéndola. —Miró entonces a Blaire—. Tendrá que firmar una declaración jurada confirmando lo que acaba de decirme, para que podamos obtener una orden de registro. Mientras tanto, pondré a un agente a vigilarlo y revisaremos de nuevo su coartada.

—Voy a despedirlo de inmediato —aseguró Kate—. No quiero que se acerque a mí. Le pediré a su socio que se haga cargo hasta que encontremos otra empresa.

—Por favor, no lo haga de momento. No quiero que… —Se detuvo y las miró a ambas—… que ninguna de ustedes le cuente esto a nadie, y menos a él. Si el señor Barton es nuestro hombre, no queremos alertarlo. Podría deshacerse de las pruebas antes de que tengamos ocasión de registrar su casa. Conseguiremos la orden lo antes posible.

—De acuerdo —convino Kate—. Pero, en cuanto tengan las pruebas, se acabó. Me da igual lo unidas que estén nuestras familias.

Blaire se aclaró la garganta y dijo:

—Creo que Gordon es un bicho raro, pero no veo qué iba a ganar matando a Lily. Además, si está obsesionado con Kate, ¿por qué iba a querer hacerle daño? Me parece más probable que fuera detrás de Simon.

Anderson la miró un momento.

—No sabe qué clase de lógica enfermiza guía a las personas. Manténganse alejadas de él. Las dos.

Blaire quería sacar el tema de Simon, pero sabía que no era el momento. Eligió sus palabras con cuidado.

—¿Y Sabrina? Es una vieja amiga de la familia de Simon, ¿verdad, Kate? Ha dejado claro que no eres su persona favorita.

Kate se puso roja y Blaire no supo si estaba avergonzada o enfadada.

—No lo sé —respondió—. Me refiero a que… —Nadie habló, y la insinuación quedó suspendida en el aire. Kate se volvió hacia Anderson—. Ya le he hablado un poco de ella. Aunque no sé por qué iba a querer ir a por mi madre. —Se movió nerviosamente en la silla antes de seguir hablando—. Me pregunto… —Se detuvo y Anderson le lanzó una mirada inquisitiva—. Hubo un accidente de coche el verano de mi primer año de universidad. Habíamos ido a una fiesta. Mi novio murió. Y siempre he sentido que sus padres me culpaban. Vinieron al funeral de mi madre. Me sorprendió verlos allí. Ahora viven a un par de horas de camino, en Pensilvania. ¿Cree que podrían tener algo que ver con esto, que quizá busquen venganza?

—¿Dice que eso sucedió cuando iba a la universidad?

—Así es.

—Y eso fue, qué, ¿hace quince años o más?

Kate asintió.

—Es muy improbable que alguien espere tanto tiempo para vengarse, pero, si me da sus nombres, lo comprobaré. Se lo haré saber si descubro algo preocupante. —Se quedó mirándola con rostro inescrutable—. Me alegra que me haya hablado de ellos, porque nunca se sabe.

Blaire tuvo un escalofrío.

—Ese es el problema. Empiezo a no confiar en nadie y creo que todo el mundo podría ser el asesino —dijo Kate, claramente furiosa y cansada.

—Todo el mundo podría serlo —contestó Anderson asintiendo con lentitud.

13

Después de que Anderson se fuera, Kate estuvo dando vueltas en la cama y por fin se quedó dormida poco después de la medianoche. Ni siquiera el Valium la ayudaba. Y entonces volvió a tener ese sueño. Iba conduciendo por un puente muy inclinado que se volvía casi vertical, y ella sentía cada vez más náuseas a medida que el coche avanzaba. Al llegar arriba, el coche quedaba en equilibrio, oscilando de un lado a otro, hasta que se precipitaba a toda velocidad hacia el asfalto.

Antes tenía ese sueño casi todas las noches, pero hacía años que no lo soñaba, no después de toda la terapia y del trabajo que había realizado para lidiar con su ansiedad.

Llamó a Blaire.

—He vuelto a tener el sueño.

Oyó un suspiro al otro lado de la línea.

—Lo siento. Aunque no es de extrañar. ¿Quieres que vaya ahora en vez de esperar a la hora de la cena?

—Sí, pero no. Mi padre va a venir esta mañana y tenemos que revisar unos asuntos de la herencia. —No quería contarle a Blaire las descabelladas sospechas de Anderson.

—De acuerdo. Mientras tanto, ¿por qué no intentas meditar un poco? Trata de despejar la mente.

Kate oyó la vocecita de Annabelle, que la llamaba mientras corría por el pasillo hacia su habitación.

—Mami, mami —gritaba, entró corriendo y se lanzó sobre la cama. Hilda iba detrás de ella.

—Luego te llamo —le dijo a Blaire antes de colgar—. No pasa nada, Hilda. Hora de los abrazos. Enseguida la bajo a desayunar.

—Quería tener a Annabelle para ella sola.

—Está bien —respondió Hilda con una sonrisa—. Le encanta pasar tiempo con su madre. Iré abajo a preparar las gachas. ¿Quieres tú también?

—No, gracias. —Se volvió hacia Annabelle—. Ven aquí, monicaca. —Kate se dejó caer sobre la cama y estrechó a su hija entre sus brazos. Durante los siguientes diez minutos, mientras se retorcían y se reían, se olvidó del peligro y de la incertidumbre que la rodeaban.

Hilda llamó a la puerta y asomó la cabeza.

—¿Quieres que vista a Annabelle?

—Quiero ponerme el bañador —dijo Annabelle.

—Hace demasiado frío para nadar, calabacita. Mejor unos pantalones calentitos y un jersey —le sugirió Kate.

Hilda se acercó a por Annabelle y Kate se la entregó con cierta reticencia. Se puso una sudadera encima de la camiseta que llevaba puesta y siguió el tentador aroma del café recién hecho hasta la cocina. Allí se sirvió una taza humeante justo cuando Hilda entraba con Annabelle. Poco después llegó Harrison.

—¡Abuelo! —gritó Annabelle al verlo entrar.

—Buenos días, fresita. ¿Qué tal estás hoy?

—Iba a ir a nadar, pero mamá dice que hace demasiado frío.

—Me temo que lleva razón. Tengo que hablar un rato con mamá, pero ¿y si jugamos después al Candy Land?

Annabelle hizo un puchero durante unos segundos y después asintió con solemnidad.

—De acuerdo.

—Muy bien. Ahora siéntate y termínate el desayuno —le dijo Kate, entonces se detuvo y se quedó mirando a su hija. Se volvió hacia Hilda—. ¿De dónde has sacado ese jersey? No lo había visto antes.

Hilda retrocedió y frunció el ceño ante su tono acusatorio.

—De su cajón —respondió.

Kate sintió un escalofrío en todo el cuerpo. Era un jersey verde de Navidad con las palabras *Los ratones piden helado* bordadas bajo un ratoncito situado entre dos barras de helado de color rojo. El rojo del helado le recordó a la sangre, y los ratones le hicieron pensar de inmediato en los de su cuarto de baño.

—¡Quítaselo! —insistió.

Annabelle empezó a llorar.

—Kate, tranquila —le dijo su padre, tomó a la niña en brazos y la abrazó—. Cariño, mamá quiere ver tu jersey.

—¡No quiero quitármelo! ¡Me gusta!

—Enseguida vuelvo —dijo Kate, se fue corriendo al despacho de Simon y entró de golpe. Su marido estaba escribiendo en el portátil.

—¿Le has comprado tú a Annabelle un jersey navideño con un ratón?

Simon levantó la mirada.

—¿Qué? No.

—Estaba en su cajón —le dijo ella, casi sin aliento—. Hilda se lo ha puesto esta mañana. Ven a ver.

La siguió hasta la cocina, pero Annabelle y Hilda no estaban.

—¿Dónde está Annabelle? —preguntó Kate.

Su padre se acercó y le puso las manos en los brazos.

—Hilda se la ha llevado arriba para cambiarla, como le has dicho que hiciera. —Se acercó después a la isla de la cocina y agarró el jersey—. Toma.

Kate se lo quitó y se lo mostró a Simon.

—Mira. ¿Esas barras de helado no parecen sangre? Y los ratones… ¡Estaba en su habitación! ¡Ese maníaco ha estado en la habitación de nuestra hija!

Simon miró el jersey y después a ella.

—Kate, este jersey se lo regaló tu madre. Se lo trajo justo después de Acción de Gracias, y dijiste algo de que este año iba a empezar la Navidad antes de tiempo, ¿recuerdas?

Kate se vio embargada por el dolor. Vinieron a su mente las imágenes de su madre aquel día, cuando llegó cargada de paquetes, diciendo: «Ya verás qué cosas tan bonitas le he comprado a Annabelle».

Ella le había dicho que faltaban solo unas semanas para Navidad, y le sugirió a Lily que esperase hasta entonces para darle los regalos a Annabelle.

—Pero si es ropa para Navidad —le había respondido su madre—. Además, ningún niño quiere ropa la mañana de Navidad. ¡Mira este vestido! —Le había mostrado un vestido de cuadros rojos y verdes—. Seguro que le queda precioso.

Le había comprado tantas cosas que Kate debió de pasar por alto el jersey. Tendría que disculparse con Hilda por su salida de tono. Tomó aire y miró a su marido y a su padre. Se avergonzaba por haber reaccionado de ese modo.

—Lo siento. Estoy hecha un manojo de nervios. Debéis de pensar que estoy chiflada.

Simon le dedicó una sonrisa compasiva.

—Desde luego que no. Todos estamos nerviosos. No pasa nada.

Por un momento se hizo querer con su ternura, pero Kate no podía bajar la guardia.

—Si estás bien, creo que voy a volver al despacho, ¿de acuerdo?

Kate asintió y se volvió hacia su padre.

—Bueno, ahora que está todo arreglado —dijo, tratando de aliviar la tensión—, ¿por qué no vamos a la sala de estar? Está el fuego encendido. ¿Quieres un café?

—Me encantaría.

La habitación era grande, pero disponía de varias zonas acogedoras para sentarse, con alfombras orientales y la chimenea de piedra. Sobre la repisa de la chimenea había un paisaje de Turner, una obra que llevaba en su familia desde principios del siglo diecinueve.

—Siempre me ha gustado esta habitación —le dijo su padre acercándose a los ventanales.

Se dirigió hacia el sofá situado frente al fuego y se sentó en el otro extremo, apoyando el brazo en el respaldo. Kate contempló el imponente perfil de su padre, la nariz aguileña. Su melena oscura nunca había perdido sus bucles, pero las canas lo habían invadido todo a los cincuenta y pocos años. Era un hombre imponente, y se imaginó a sus padres bailando juntos, como hacían a veces, con su madre como una diosa esbelta entre sus brazos musculosos. Su padre dio un sorbo al café y dejó la taza sobre la mesita.

—Bueno —dijo volviéndose hacia ella—. Anoche por teléfono parecías disgustada. ¿De qué querías hablar?

Kate se preparó antes de empezar.

—Estaba disgustada. Aún lo estoy. El detective Anderson estuvo aquí anoche. Me contó cosas que no tienen sentido. Cosas sobre ti.

Su padre juntó las cejas y las arrugas de su entrecejo se volvieron más pronunciadas.

—¿Qué clase de cosas?

—¿Mamá y tú tuvisteis una fuerte pelea poco antes de que muriera? —Su padre no dijo nada, así que insistió—. Una pelea a gritos, de hecho.

—No es nada de lo que tengas que preocuparte.

Ella lo miró con incredulidad.

—Sí que me preocupo. Me dijo que Molly había acudido a ellos. Dijo que os oyó discutir. Os gritasteis. ¿Es eso cierto? —Observó su rostro con atención para ver su reacción. ¿Por qué se mostraba tan evasivo? Se comportaba de manera extraña, y Kate se preguntó si tendría que ver con algo más allá de su dolor.

—No es asunto de Molly.

—¿La has despedido?

—¿Qué? —le preguntó su padre sorprendido—. ¿Por qué me preguntas eso?

—Llamé a su casa y su sobrino me dijo que se ha ido del país.

—Bien por ella.

—¿Bien por ella? —¿Estaba de broma?—. ¿Qué es lo que sucede?

—No sucede nada. Lleva mucho tiempo con tu madre y conmigo. No puedo volver a la casa aún. No sé si alguna vez podré. Pero no podría dejarla sin trabajo. Le he pagado una indemnización de un año. Imagino que habrá hecho el viaje a Europa que siempre había deseado.

Kate no recordaba haber oído nunca a Molly hablar de ir a Europa.

—Parece un poco sospechoso, papá.

—¿Sospechoso? ¡No pensarás que yo maté a tu madre! —exclamó, mirándola sorprendido.

Ella alzó las manos.

—No. Claro que no. Pero ¿es cierto lo de la pelea?

—Sí —respondió él—. Sí que peleamos. Fue una pelea fuerte. Haría cualquier cosa por retirar lo que dije, pero no puedo.

Kate lo miró a los ojos, pero no vio nada en ellos. Llevaba puesta su máscara de médico. Trató de hacer lo mismo, pero era demasiado emocional.

—¿Por qué discutisteis?

Su padre se frotó la frente con los dedos.

—Eso es entre tu madre y yo. No tiene nada que ver con esto.

Kate lo miró con incredulidad.

—¿No vas a decírmelo?

—Es privado. Entre tu madre y yo, como te he dicho.

—Bueno, pues Anderson cree que tiene algo que ver con que quisiera cambiar su testamento. ¿Ese fue el motivo de la pelea?

¿Mamá quería excluirte por alguna razón? —Tomó aliento antes de continuar—. ¿Teníais problemas en vuestro matrimonio?

Su padre se acercó y trató de rodearla con el brazo, pero ella lo apartó.

—Katie, no lo entiendes. Yo quería a tu madre y ella me quería a mí. —Levantó las manos como para demostrarle que no iba a volver a tocarla nunca. Suspiró—. Sí, tuvimos una pelea terrible, pero no quiero hablar de eso contigo. Tendrás que confiar en mí cuando te digo que no necesitas saber los detalles. Me pidió que los mantuviera en privado y pienso cumplir mi promesa.

—¿Eso es todo? Te plantas aquí, no me cuentas nada, ¿y luego me pides que confíe en ti? ¿Cómo puede ser tan importante ese secreto como para que estés dispuesto a entorpecer la investigación policial? Mamá ha muerto. Alguien me está amenazando. Tú eres sospechoso. ¿Qué es lo que vale tanto la pena proteger en vista de todo esto?

—¡Baja la voz! Disgustarás a Annabelle.

Kate se puso en pie y retrocedió.

—¿Eso fue lo que le dijiste a mamá? ¿La callaste para siempre?

Su padre se levantó del sofá con la cara rota de dolor.

—¡Kate! ¿Cómo puedes decir eso?

—Por favor, vete. Márchate. No quiero volver a verte hasta que estés dispuesto a contarme la verdad.

Él volvió a levantar las manos y abandonó la habitación. Kate se quedó mirándolo, desolada.

¿Qué estaría ocultándole? Debía de haber hecho algo para disgustar a su madre lo suficiente para que ella concertara una cita con Gordon. Se quedó allí sentada hasta que oyó su coche alejarse de la entrada. A lo mejor podría intentar descansar antes de la cena; estaba agotada y ya no podía pensar con claridad. Fue a la cocina y agarró su móvil de la encimera. Estaba subiendo las escaleras cuando recibió un mensaje. El corazón le dio un vuelco al ver que era de un número oculto.

¿No es hora de jubilar esa vieja sudadera de Yale?
Te estás volviendo una guarra.
A tu madre le horrorizaría verte así de descuidada.

Se aferró a la barandilla y se miró la sudadera. ¿Cómo sabía lo que llevaba puesto? Corrió de nuevo escaleras abajo y gritó al guardia de la puerta.

—¡Que los guardias registren la propiedad! El asesino está ahí fuera.

—Enseguida —respondió el hombre.

Kate corrió hasta la ventana de la cocina, se asomó y pensó en la gran extensión de bosque que tenían detrás. ¿Habría alguien escondido ahí, utilizando unos prismáticos para espiarla? ¿O acaso el asesino estaba más cerca?

14

Todo el mundo estaba muy alterado cuando Blaire llegó a la casa. Kate la había llamado al borde de la histeria, gritando algo de que el asesino estaba observándola. Ahora Simon daba vueltas de un lado a otro, Kate estaba pálida y con los ojos muy abiertos, y los guardias estaban registrando toda la propiedad. Anderson era el único tranquilo.

—Doctora English, señor English, sé que esto es muy inquietante, pero no sabemos que el asesino estuviera aquí realmente.

—¡Claro que estaba aquí! Sabía lo que llevaba puesto. El mensaje decía que era hora de jubilar mi sudadera de Yale.

Blaire la rodeó con el brazo y miró al detective.

—Eso es bastante específico. ¿Cómo podría alguien saber lo que llevaba puesto si no pudiera verla?

—Quizá acertó por casualidad. En la página web de su consulta pone que fue a Yale —dijo Simon.

—¿Y qué? Eso no significa que solo me ponga eso. Alguien tenía que estar observándome desde el bosque. Es la única explicación —insistió Kate.

—¿Y si es Gordon? Tiene todo ese equipo fotográfico —sugirió Blaire.

—Es improbable —respondió Anderson negando con la cabeza—. Esta mañana obtuvimos la orden de registro y nos presentamos en su casa sobre las ocho, para sorpresa del señor Barton. Lo único que encontramos fueron las fotos que mencionó la señorita Barrington la otra noche. Nada que nos lleve a creer que tuviera algo que ver con el asesinato de su madre o con las amenazas que está recibiendo. Estaba en casa durante el registro y no podría haberse acercado a su casa.

—¿Y qué dijo ese loco sobre las fotos de mi esposa? —preguntó Simon.

—Se quedó un poco sorprendido, pero asegura que son para un proyecto artístico en el que está trabajando. Están todas hechas en lugares públicos. No hay ninguna ley que lo prohíba. Los *paparazzi* lo hacen a todas horas.

Simon negó asqueado con la cabeza.

Kate se levantó y empezó a moverse de un lado a otro.

—¿Pueden al menos averiguar de dónde procedía el mensaje?

Anderson negó con la cabeza.

—Esta vez no. No fue a través de un wifi reconocido. Utilizaron una RPV.

—¿Eso qué es? —preguntó Kate.

—Una red privada virtual, que permite que se encripten los datos y la dirección IP del usuario quede oculta —explicó el detective.

—Nunca averiguaremos de quién se trata —susurró Kate.

Anderson se levantó y se acercó a ella.

—Le prometo que no descansaré hasta que lo atrapemos.

¿Era así como se sentían los padres de sus jóvenes pacientes cuando tenían que confiar en ella mientras sus hijos caminaban entre la vida y la muerte? Era una suerte que esos padres no la abofetearan cuando les decía que mantuviesen la calma, que confiaran en ella.

—¿Ha estado aquí alguien más a lo largo del día? ¿Alguien que haya visto su ropa?

—No. Bueno, mi padre —respondió Kate.

Anderson arqueó las cejas.

—Estaremos en contacto —fue lo único que dijo antes de marcharse.

Blaire se preguntó a qué habría venido aquello.

Uno de los guardias de BCT entró en la cocina.

—No hay nadie en la propiedad ni en el perímetro del bosque —anunció—. Tenemos a un equipo registrando el resto del bosque, pero hemos revisado todas las grabaciones y no hay nada.

—Menuda sorpresa —dijo Kate—. Voy a ir a ver a Annabelle. —Miró a Blaire—. ¿Vienes a hacerme compañía un rato?

—Por supuesto.

Blaire la siguió hasta la habitación de juegos, donde estaban Hilda y Annabelle sentadas juntas en el sofá, viendo una película. Annabelle estaba tan absorta en la pantalla que ni siquiera levantó la mirada cuando entraron.

Blaire y Kate se situaron detrás del sofá.

—¿Qué estás viendo, cielo? —le preguntó Kate.

—Nemo —respondió la niña distraídamente.

Se quedaron mirando la película unos segundos y Blaire dio un respingo cuando Annabelle soltó un grito.

—¡Se ha comido a Coral! —exclamó la niña cuando las mandíbulas de la barracuda empezaron a moverse—. No, se ha comido también a sus bebés. —Entonces empezó a llorar.

Kate la levantó del sofá y la abrazó.

—¿Qué es lo que te pasa? —le preguntó a Hilda—. ¿Cómo puedes dejar que vea esto?

—La ha visto muchas veces —contestó Hilda tartamudeando, con los ojos muy abiertos—. No tenía ni idea de que esta vez se asustaría tanto. Lo siento. Jamás se la habría puesto si pensara que iba a asustarse de ese modo. —Kate abrazó a su hija con más fuerza, tratando de calmarla.

—Bueno, tal vez deberías haber pensado en el efecto que podría tener después de todo lo que ha ocurrido. —Salió corriendo de la habitación con Annabelle.

—Hilda, no es culpa tuya —le dijo Blaire—. Ha sido un momento poco oportuno, eso es todo. Kate está muy disgustada por todo lo que está pasando.

—Lo entiendo, e intento ser comprensiva, pero últimamente parece que no hago nada bien.

—Ten paciencia con ella. No está bien.

Blaire dejó a Hilda en la habitación de juegos y fue a buscar a Kate. La encontró en el dormitorio de su hija, ayudando a Annabelle, más calmada, a hacer un puzle.

—Ha sido intencionado —le dijo Kate cuando entró.

—¿Qué?

Kate suspiró y puso los ojos en blanco, después se levantó y caminó hasta el rincón de la habitación. Blaire se acercó a ella y Kate le susurró:

—La película. Ponerle una película en la que la madre muere. Está preparándola para mi…, ya sabes…

Blaire se quedó de piedra.

—¡Kate! Vamos. No hay ninguna película de Disney en la que no muera alguno de los padres. Solo ha sido una coincidencia.

—¿De verdad? —preguntó Kate con los ojos entornados—. Quizá Simon y ella estén compinchados. He visto *Buscando a Nemo*. Después de que muera la madre, el padre y el hijo viven felices para siempre.

Blaire iba a tener que hablar con Harrison. Kate estaba descontrolándose otra vez. Justo delante de sus narices.

Blaire por fin se levantó de la cama a las diez de la mañana del día siguiente. Se había quedado en casa de Kate hasta muy tarde la noche anterior, haciendo lo posible para que su amiga entrara en razón. Para cuando se marchó, Kate había accedido a olvidarse del incidente de la película y a darle a Hilda otra oportunidad. Blaire había caído en la cama exhausta cuando llegó a su *suite* pasadas las dos de la madrugada. Ahora, mientras se ponía la bata, llamó al servicio de habitaciones y pidió el desayuno. Entró en la pequeña cocina y se preparó una taza de café solo mientras esperaba.

Abrió su portátil y revisó su correo. Frunció el ceño. Había uno de ella misma. Lo borró. Después vio uno de su publicista y lo abrió.

Pensé que te gustaría ver esto. El viaje ha ido bien.

Había adjuntado algunas fotografías de la charla de Daniel en Waterstones, en Trafalgar Square. Había una pared cubierta con ejemplares de su último libro, *No te mires al espejo*. A Blaire aún le emocionaba entrar en una librería y ver sus libros allí expuestos. No era algo que diese por sentado. Había escrito desde que tenía uso de razón. Relatos, poemas y novelas cortas. Sin importar lo que estuviese sucediendo en su casa, podía escapar a los mundos que había creado. Le encantaba ser quien lo controlaba todo, quien decidía quién vivía y quién moría, quién se quedaba y quién se marchaba. Estaba en séptimo curso cuando decidió que algún día sería una escritora publicada. Había hablado con la bibliotecaria de la escuela, que le ayudó a encontrar un concurso de escritura al que apuntarse. Leyó las bases en el autobús de vuelta a casa, ansiosa por que su padre la ayudase y poder enviar la solicitud de inmediato.

Jamás olvidaría la cara de su padre cuando le mostró el formulario de participación. Había esperado que se mostrase emocionado al respecto. Siempre había alabado su escritura y se había enorgullecido de sus buenas notas. Pero, cuando le entregó el relato que quería presentar, él le apartó la mano y ni se molestó en mirarlo.

—Hablas igual que tu madre. —Lo dijo como si fuera la peor cosa del mundo—. Te enfrentas a una gran decepción. ¿Sabes lo difícil que es que te publiquen? No pongas muy altas tus expectativas. Eres una chica lista. Irás a la universidad, tendrás un buen trabajo. Olvídate de eso de escribir.

Blaire salió corriendo hacia su habitación antes de que su padre pudiera ver las lágrimas que humedecían su rostro. Por primera vez desde que su madre se fuera, casi logró empatizar con ella. Tal vez, si su padre no hubiese roto sus sueños, su madre se habría quedado. Parecía que prefería a una mujer aburrida y estúpida como Enid. Pero no iba a permitir que la reprimiese. Al día siguiente llevó el formulario de vuelta a la escuela y, con ayuda de la bibliotecaria, lo rellenó y lo envió. Tres meses más tarde recibió la carta que le comunicaba que había quedado en segundo lugar y que el relato se publicaría en la revista. Cuando se lo mostró a su padre aquella noche, él lo miró por encima y comentó: «Qué bien, cielo», sin mucho interés. De hecho, incluso Enid mostró más entusiasmo, pero ella no quería la aprobación de Enid. La tibia respuesta de su padre hacia su escritura hizo que después le resultara mucho más fácil decir adiós, cuando decidieron enviarla a Mayfield.

Lily había sido la primera adulta en su vida que alimentó sus sueños. Fue ella quien, en el instituto, la ayudó a formular un plan para aumentar sus probabilidades de entrar en Columbia. Contrató a un tutor para que las ayudara a Kate y a ella a preparar los exámenes de ingreso. La animó a colaborar en el periódico de la escuela, a presentar sus relatos a diversas revistas y publicaciones para poder construir su propia obra. Lily se tomó el tiempo de escoger las organizaciones benéficas y las actividades extracurriculares apropiadas para las universidades soñadas de ambas niñas. Para cuando Blaire estuvo preparada para solicitar plaza en Columbia, tenía ya un currículum impresionante; todo ello gracias a la dedicada atención de Lily. Se le encogió el corazón al pensar en lo que le había sucedido. Deseó con todas sus fuerzas poder darle de nuevo las gracias por todo lo que había hecho. Notó que una lágrima le resbalaba por la mejilla, se la secó y tomó aliento. Era demasiado doloroso para pensarlo, de modo que se distrajo viendo las fotos; se fijó en una en la que aparecía Daniel junto a un póster con la cubierta del libro. Parecía que había pasado una eternidad desde que estuvo entre sus brazos. Frunció el ceño. Daniel llevaba puesto ese viejo jersey gris que ella siempre quería que tirase a la basura. Sinceramente, necesitaba un estilismo mejor.

Trató de llamarlo al móvil y tamborileó con los dedos mientras el teléfono sonaba de ese modo extraño en que suena cuando llamas al extranjero. Suspiró cuando saltó el buzón de voz. La maldita diferencia horaria hacía que resultara imposible contactar con él. Pulsó «responder» y escribió:

Gracias por las fotos. Ojalá pudiera estar allí. Dile a Daniel que se pase por Goodhood y se compre un jersey decente. ¡Y dile que me llame! :) B

Tras revisar el resto de los correos de la bandeja de entrada, entró en su página conjunta de Facebook y subió las fotos de Londres. Entonces se le ocurrió una cosa e introdujo un nombre en el buscador. Aparecieron tres Sabrina Mitchell. Pinchó en la foto de la Sabrina que había conocido en el acto benéfico. Menuda imbécil; más de trescientos amigos y ninguna configuración de privacidad. Era imposible que conociera a todas esas personas. Pinchó en su álbum de fotos de perfil. Había muchas fotos. Sabrina con un bikini blanco en una playa tropical, bronceada y sexi. Después, unas cuantas en la boda de alguien; Sabrina en la pista de baile con un vestido negro sin tirantes, zapatos de tacón altísimo y la melena suelta cayéndole por la espalda. Estaba fabulosa. Pero las siguientes eran aún más interesantes. Fotos de Simon y de Sabrina juntos; una en una obra con los cascos de seguridad; otra en una cena de empresa, con las caras muy juntas y ella con una gran sonrisa. Había una fotografía de una Sabrina mucho más joven, con unos quince años, a caballo con Simon y un hombre mayor.

Blaire dio por hecho que se trataba del padre de Sabrina, el hombre que se había portado tan bien con Simon después de que su padre muriera. Otra de Simon y ella a caballo en lo que reconoció que era la propiedad de Kate y de Simon. Se preguntó si Kate habría participado de aquella pequeña excursión, o si habría sido un paseo romántico de dos.

No había ni una sola foto de Sabrina con otro hombre. Todas sus fotos de grupo incluían a Simon, aunque, para ser justos, casi todas estaban hechas en el entorno de trabajo. Pero a Blaire no le interesaba ser justa. Era más que evidente por la expresión soñadora de Sabrina en todas las fotos que estaba enamorada de él. Las fotos seguían y seguían, como si estuviera escribiendo una crónica de todos los momentos de su vida. Y de la de Simon. Kate no aparecía en ninguna. Una cosa estaba clara: la única persona a la que aquella loca quería más que a Simon era a sí misma.

Cuando llegó al final de los álbumes de Sabrina, pasó a la página de Facebook de Selby, pero ella había configurado la privacidad, no como la idiota de Sabrina. Con los años, Blaire había entrado a veces en la página de Selby para ver si había alguna foto de Kate. Pinchó en la imagen de Carter en una de las fotos de su esposa y accedió a su perfil, increíblemente aburrido. Casi todas sus actualizaciones eran sobre su preciado Lamborghini. Había fotos suyas junto al coche, sentado al volante, abrillantándolo con un trapo blanco. Revisó las fotos y vio algunas de sus hijos en partidos de *lacrosse* o, ¿cómo si no?, sentados en su Lamborghini. Había muy pocas fotos de él con su esposa. ¿Sería porque le daba vergüenza posar o acaso se había apagado la chispa? En un impulso pinchó en el botón de «añadir amigo». ¿Por qué no? Un poco de flirteo inofensivo nunca hacía daño a nadie. Eso era lo que siempre solía decir su madre. A su madre le habría encantado Facebook. Se la imaginaba ahora, buscando a todos sus antiguos pretendientes, como se refería a ellos, recuperando el contacto y publicando fotos glamurosas. Cuánto le gustaba hacerse fotos.

Uno de los últimos días antes de que su madre se marchara era sábado y su padre estaba en el concesionario. Shaina había preparado tortitas para desayunar; un manjar normalmente reservado para las ocasiones especiales. Su madre tenía los ojos brillantes y la melena cobriza recogida mientras corría emocionada de un lado a otro de la casa. Después del desayuno, la llamó a su habitación.

—Cariño, ¿sabes guardar un secreto?

Blaire asintió.

—Anoche en los ultramarinos me encontré con un antiguo pretendiente mío.

—¿Qué es un pretendiente?

Shaina se rio.

—Un viejo novio. Tu madre tiene muchos de esos. El caso es que tiene contactos en Hollywood. Necesito que me hagas unas fotos para enviárselas, ¿de acuerdo?

—De acuerdo.

Shaina le entregó una cámara.

—Mira por aquí y aprieta el botón —le dijo para enseñarle a usarla.

—Vale, estoy lista.

Su madre adoptó una pose seductora e hizo un mohín con los labios rojos. Se recostó sobre la cama, con una mano en la cadera y la otra detrás de la cabeza. Según iba cambiando de pose, Blaire iba haciendo fotos.

—Ven aquí, vamos a hacernos una juntas —le dijo Shaina. Blaire dio la vuelta a la cámara y disparó.

Cuando hubieron terminado, lo recogió todo.

—Ahora escucha, cielo. Ni una palabra a papá. Él no lo entiende. Pero mamá está destinada a hacer grandes cosas. California me espera. Prométeme que no dirás ni una palabra.

Confusa y nerviosa, Blaire asintió con la cabeza.

—Vale, mamá. Pero ¿podré ir contigo?

—Desde luego —respondió su madre con una sonrisa—. Pero no al principio, claro. Tengo que instalarme allí. Pero vendré a por ti, no te preocupes.

Dos semanas más tarde, su madre se marchó, pero se olvidó la cámara. Sin saber lo que contenía, su padre reveló el carrete. Al ver las fotografías, negó asqueado con la cabeza y empezó a romperlas. Blaire guardó silencio hasta que le vio llegar a la foto que se había sacado con su madre. Puso una mano sobre la suya.

—Para, papá. Quiero esa.

—Claro, cariño —respondió él, mirándola con tristeza. Fue la última foto que se sacó con su madre. Ahora se daba cuenta de lo egoísta que había sido. Pero, durante mucho tiempo, aquella foto había sido su posesión más preciada.

15

Al día siguiente, Kate hizo una pelota con la sudadera de Yale y la tiró al cubo de la basura de la cocina. Sabía que, al ponérsela, recordaría el peligro que corría. Aún no tenían ninguna pista sobre los mensajes o el *email*. De pronto se le ocurrió que esa persona podría haberle hecho lo mismo a su madre antes de matarla. A lo largo de los años, se habían recibido algunas cartas o correos furiosos enviados por algún pirado ocasional, pero habían sido todas amenazas vacías; salvo el incidente que Lily había tratado de ocultarles a todos. Fue en la primavera del último año de instituto de Kate, y para entonces Blaire vivía con ellos. Kate oyó las campanitas de la puerta en mitad de la noche. Se asomó a la habitación de Blaire, pero su amiga estaba profundamente dormida. Bajó las escaleras y vio a Lily caminando de puntillas por el pasillo. Llevaba el pelo revuelto y parecía agotada.

—Mamá, ¿dónde estabas?

—Tenía que encargarme de un asunto —le susurró ella—. No pasa nada. Vuelve a la cama.

Un mes después, llegó una citación para acudir a juicio. Su padre estaba en casa cuando llegó la notificación, y fue él quien firmó el recibo.

—¿Qué es esto? —preguntó al entregarle el documento de aspecto oficial a Lily.

Kate observó en silencio mientras su madre se ponía roja.

—Iba a contártelo.

—Contarme ¿qué?

—Fue el mes pasado. Tú estabas en el hospital. Me llamó Margo por la noche y me pidió que fuera a recogerla.

—¿Por qué? —preguntó su padre con el ceño fruncido.

—Su marido le había pegado —respondió su madre—. Mientras dormía, me llamó y me pidió que fuera a buscarla —explicó atropelladamente—. Para cuando llegué, su marido se había despertado y nos apuntó con una pistola.

—¿Qué? —exclamó su padre—. Debería haber llamado a la policía, no a ti.

Lily negó con la cabeza.

—Ya lo había hecho antes. Pero no sirvió de nada. Solo quería marcharse…, irse a un hogar seguro aquella noche.

—¡Mamá! —le dijo Kate corriendo hacia ella—. ¡Podría haberte matado!

Lily agitó una mano para quitarle importancia.

—Un vecino oyó los gritos y llamó al nueve uno uno. La policía llegó poco después que yo y lo arrestó, así que tengo que testificar.

Fue una de las pocas veces en las que Kate había visto a su padre enfadado.

—¡No puedo creerme que me hayas ocultado esto! —exclamó Harrison—. ¡Podrías haber muerto! ¿En qué estabas pensando al ir allí sola en mitad de la noche?

—Estoy bien. Todo ha salido bien. Ahora está en la cárcel.

—No está bien —gritó él—. Sabes tan bien como yo lo peligrosos que son esos hombres. No eres invencible, aunque no te lo creas. Tienes que prometerme que jamás volverás a hacer algo así.

Lily se lo había prometido, pero Kate se dio cuenta de que eran palabras vacías. Su madre siempre haría lo que su corazón le dictase en cada momento. Así era ella.

De modo que no sería tan descabellado pensar que hubiera estado recibiendo amenazas siniestras y hubiera decidido ocultarlas. Aunque Kate estaba segura de que la policía habría registrado los *emails* y las llamadas telefónicas de su madre, se aseguró de mencionárselo al detective Anderson. Si ese era el caso, ¿cuánto tardaría el asesino en pasar de las palabras a los hechos e ir a por ella?

Se acercó a la librería y sacó un álbum de fotos, algo que no había hecho desde la muerte de Lily. Sonrió al ver una foto de su madre y de su abuela, y se acordó de la mujer amable y tranquila que siempre le hacía sentir especial. Cada verano iba a pasar una semana ella sola con su abuela en su casa de verano, en la costa de Maine, montaban en kayak y nadaban en el agua helada durante el día y, por la noche, hacían maratones de partidas de cartas. La madre de Kate había tenido una relación especialmente cercana con su abuela. Recordó a su padre hablando de una época, durante su noviazgo, cuando Lily se pasó meses en Maine cuidando de su madre, que había sufrido un inesperado ataque al corazón a sus cuarenta y muchos años; se dedicó a prepararle la comida y a asegurarse de que se tomaba las cosas con calma. Incluso habían pospuesto la boda unos meses para que estuviera totalmente recuperada. Harrison decía que era una de las cosas que más admiraba de su esposa: su devoción hacia su familia.

Dejó el álbum en la librería, se fue a la cocina y se detuvo un instante al ver a uno de los guardias, que regresaba a su puesto en el pasillo. Aunque agradecía que Simon hubiera puesto a cuatro guardias por toda la finca, le resultaba una invasión tener a aquellos centinelas callados, que eran desconocidos para ella, como si no hubiera realmente ningún lugar en el que pudiera estar sola. Pero lo peor de todo era que ahora le daba miedo estar sola. Agarró el móvil y llamó a su padre. Respondió al primer tono.

—Iba a llamarte ahora —le dijo Harrison.

—Papá, siento lo de ayer, pero tenemos que hablar. Tengo que saber qué está pasando. Me estoy volviendo loca. —Se sentía mal por cómo le había tratado, echándolo de su casa, y deseaba darle otra oportunidad de contarle sobre qué habían discutido su madre y él—. Por favor, dime qué está pasando.

Su padre tardó varios segundos en responder, y entonces habló con un tono medido.

—Tu madre me había mentido sobre algo que ocurrió hace mucho tiempo, y acababa de decirme la verdad. Me quedé sorprendido y, bueno, decir que me entristecí sería quedarse corto. —Hizo una pausa y se aclaró la garganta antes de continuar—. Sin embargo, lo que me contó no tiene nada que ver contigo y, por respeto a tu madre, no voy a revelártelo. Espero que me conozcas lo suficiente como para respetar mi decisión.

Kate se quedó con la boca abierta.

—¿Eso es todo? ¿En serio? —Se levantó y empezó a caminar de un lado a otro, con el teléfono bien apretado—. ¿Y vas a revelarle los detalles al detective Anderson?

—Sí. Voy a llamarle esta tarde.

—Muy bien. Supongo que ahora mismo no tenemos nada más de lo que hablar —dijo Kate antes de concluir la llamada.

Se quedó sentada durante un rato, tratando de encajar las piezas. ¿Qué habría ocurrido para que su madre llamase a Gordon para cambiar el testamento? Debía de tener algo que ver con el motivo de la discusión. ¿Por qué le había dicho su padre que su madre le había mentido? ¿Qué estaría intentando ocultarle? Nada tenía sentido. Todo el mundo ocultaba cosas. Sintió que le aumentaba la ansiedad según iba ideando diferentes hipótesis. Esa noche, durante la cena con Annabelle y Simon, apenas pudo mantener una conversación. La cabeza le iba a toda velocidad y no sabía cómo parar. Poco después de las siete y media, metió a Annabelle en la cama y siguió pensando. Se preparó una taza de té y se fue al salón.

¿Y si su padre estaba viéndose con otra persona y su madre lo descubrió y amenazó con divorciarse? Recordó el día en que su madre había insistido en que le pidiera a Simon que firmara un acuerdo prenupcial. Le dijo que Harrison también lo había firmado. Si se divorciaban, él perdería millones. Pero, aun así, su padre ganaba mucho dinero con la clínica, y Kate sabía que había invertido sabiamente a lo largo de los años. Negó con la cabeza. ¿Sobre qué habrían discutido para hacer que su madre quisiera cambiar el testamento?

Sentía que estaba perdiendo el control de su mente. Se había esforzado por domarla, por tener un plan de acción para cada día. Echaba de menos el quirófano. Allí estaba al mando. Era fuerte, competente, segura de sí misma. Sí, a veces en la cirugía había sorpresas, pero nunca le entraba el pánico, era la calma personificada, dejaba la ansiedad en los vestuarios. Se entrenaba para ello y tenía un plan de acción para cada contingencia. Pero, en el mundo real, donde nada estaba organizado ni ordenado, las cosas no funcionaban así. No podía permitirse una recaída.

Simon entró en la habitación e interrumpió sus pensamientos.

—Voy a pasarme por la oficina a recoger unos dibujos. Trabajaré desde casa el resto de la semana. Con todo lo que está pasando, me sentiré mejor estando aquí.

Kate lo miró con desconfianza.

—Se está haciendo tarde. ¿Te marchas ahora? ¿No puede esperar a mañana por la mañana?

—Será más fácil quitármelo de encima esta noche.

O quizá fuese a reunirse con alguien cuyo nombre empezaba por S.

—De acuerdo.

Simon la miró preocupado.

—Estoy intentando ser comprensivo. Tengo una llamada a primera hora de la mañana y necesito tener antes los dibujos. De lo contrario, tendré que ir a la oficina mañana por la mañana y, una vez allí, me será difícil escaparme. No tardaré.

—Está bien.

Después de que Simon se marchara, Kate se asomó a la habitación de Annabelle y la observó durante unos minutos. Le encantaba ver a su hija dormir, tan dulce y angelical. Se le encogió el corazón al pensar en no poder ver a su pequeña crecer. De pronto corrió hacia la cama y la tomó en brazos. Annabelle empezó a despertarse.

—Shh, no pasa nada. Ven a dormir a la habitación de mamá. —La tranquilizó y, a los pocos minutos, estaba otra vez dormida en su cama con dosel. Kate llamó entonces al guardia que estaba en el pasillo.

—Alan, quiero que vigiles mi dormitorio. Nadie debe entrar. ¿Entendido? Ni mi padre, ni mi marido, ni la niñera. Nadie.

Si Alan se sorprendió, no dio muestras de ello.

—Por supuesto.

Cerró la puerta con pestillo y arrastró una de las butacas hasta allí para asegurarse. Al día siguiente se metería en Internet y buscaría algún sistema de alarma. No pensaba permitir que nadie la sorprendiera.

Tenía que hacer algo para intentar calmarse, pero ¿qué? Cuando era pequeña, su madre se refería a ella cariñosamente como su pequeña aprensiva. Para alguien cuya mente no funcionaba así resultaba imposible entender lo debilitante que podía llegar a ser la ansiedad. Ya fuera por el estrés de los deberes o por llevar el atuendo perfecto a una fiesta, parecía que siempre estaba preocupada por algo. Uno de sus primeros recuerdos era de ella preguntándole a su madre cómo podía estar segura de que Papá Noel no se haría daño al bajar por la chimenea. Sin embargo, cuando llegó a la adolescencia, sus miedos comenzaron a empeorar. Se quedaba despierta en la cama cuando sus padres salían, incapaz de dormirse hasta que oía el pitido de la alarma y sabía que habían vuelto a casa sanos y salvos. Se le desbocaba la imaginación al visualizarlos muertos en un accidente de tráfico, o atacados por algún delincuente. Daba vueltas en la cama, probando de todo para despejarse la cabeza de todas esas hipótesis horribles que fabricaba. Entonces sus padres volvían a casa y ella se sentía como una idiota…, hasta la próxima vez.

Aunque nunca había ocurrido nada malo, su felicidad se veía empañada por la sensación de estar siempre a la espera de que sucediera. Se quedaba despierta, imaginando el desastre. Entonces descubrió que hacer operaciones matemáticas mentalmente le ayudaba a quedarse dormida, porque tenía la mente demasiado ocupada con ecuaciones como para elaborar hipótesis terribles e improbables.

Blaire fue la primera persona a la que le contó hasta dónde llegaba su ansiedad, una noche hacia finales de su primer año en Mayfield. Blaire se había quedado a dormir y estaban tumbadas en la oscuridad, con la casa en silencio, compartiendo secretos.

—¿Alguna vez te preocupa que le pase algo a tu padre? Sobre todo estando tú tan lejos —le había preguntado Kate.

—La verdad es que no. ¿Qué tiene que ver que yo esté lejos?

—Bueno, eh, no sé. A veces no quiero ir a la escuela… Me da miedo que le ocurra algo a mi madre si no estoy.

—¿Algo malo? —le preguntó Blaire.

—Sí. Es que, cuando estamos todos juntos, me siento a salvo. Pero, cuando estoy en clase, pienso en todas las cosas que hace y en que está fuera a todas horas. Mi padre está trabajando y supongo que me he acostumbrado. Pero mi madre ayuda a todas esas mujeres maltratadas por sus maridos. ¿Y si le hacen daño? ¿Crees que soy rara?

Blaire extendió el brazo y le estrechó la mano en la oscuridad.

—Desde luego que no. Te comprendo. Pero no va a pasarle nada. Es una persona demasiado buena.

—¿Cómo lo sabes? —le preguntó Kate.

—Porque sí. El mundo necesita personas como tu madre. Tienes que evitar ese pensamiento. Vamos a ver. Quizá se nos ocurra algo. Necesitas algo para distraerte.

—¿Y cómo voy a lograrlo?

—Dejando de centrarte en las preocupaciones. Lo dirás y, pasado un tiempo, te lo creerás.

Se propuso intentarlo. Se les ocurrió aquella rima con los números y, sorprendentemente, funcionó. Al menos la mayoría del tiempo. Entonces Kate entró en el equipo de atletismo, participaba cada vez en más actividades extracurriculares y, sin darse cuenta, estaba demasiado cansada para preocuparse… en exceso. Y Blaire siempre estaba ahí como un salvavidas cuando se preocupaba. Pero, cuando Kate estaba en su primer año de instituto, su terapeuta le diagnosticó trastorno de ansiedad generalizada y le sugirió que tomara medicación. Percibió la diferencia de inmediato. Ya no se obsesionaba con las cosas, no se quedaba encasquillada como antes. Por primera vez en mucho tiempo, sentía que no caminaba siempre con una sombra encima. Pero, tras la muerte de Jake, todo cambió.

El miedo a perder a su madre al final se había hecho realidad. Había tardado muchos años, pero una parte de su cerebro le decía que estaba en lo cierto al preocuparse durante todo ese tiempo. Y, claro, el accidente que había acabado con la vida de Jake era algo que no había visto venir. Ahora se imaginaba a Annabelle de pie junto a su tumba, triste y confusa, mientras los dolientes lanzaban rosas sobre su ataúd. ¿Su miedo a dejar huérfana a Annabelle iba a hacerse realidad también?

Tenía que tomar medidas. Abrió su teléfono y buscó «productos de autodefensa». Apareció una gran variedad de pistolas paralizantes. Muchas opciones. Fue pinchando en una tras otra y notó que se calmaba según leía las descripciones. Hablaría con Alan y le preguntaría cuáles eran las mejores. Eso era algo que podría ayudarla mucho más que una estúpida cancioncita de números.

16

Al día siguiente Blaire se pasó a comprar una caja de galletas Berger cubiertas de chocolate de camino a casa de Kate. Simon la recibió en la entrada cuando los guardias le permitieron pasar. Al ver la caja, arqueó una ceja.

—¿Galletas? No sé si el azúcar es lo que mejor le viene después de la noche que ha pasado.

A Blaire le daba igual lo que pensara.

—Bueno, mejor que decida ella.

—Creo que sé lo que es mejor para mi esposa —le dijo él con la cabeza ladeada—. Se está viniendo abajo y lo último que necesita es que le llenes la cabeza de azúcar y pensamientos paranoicos mientras vas por ahí jugando a los detectives.

—¿Que yo le lleno la cabeza? Eso sí que tiene gracia. Si no me equivoco, te echó de casa antes de que muriera Lily. Así que quizá no seas el más indicado para decirme lo que necesita Kate.

—No pensaba permitir que Simon volviera a entrometerse entre ellas. A lo largo de los años, se había preguntado si tal vez se había equivocado al advertir a Kate antes de casarse con él. Pero ahora sabía bien que siempre había estado en lo cierto. Y su vínculo con Kate era más fuerte que nunca. En el poco tiempo transcurrido desde que habían vuelto a verse, sentía casi como si no hubieran pasado los años.

—He vuelto —respondió él con firmeza—. Y pienso quedarme.

—Yo no contaría con ello —le dijo Blaire con una carcajada.

Simon se le acercó más y la pequeña caja de galletas se convirtió en la única barrera entre ambos.

—Escucha. Si crees que voy a permitir que envenenes a Kate en mi contra, estás muy equivocada. Soy yo a quien necesita ahora mismo. Cuando volvió a clase después del accidente, cuando la conocí, seguía muy frágil tras su crisis nerviosa. Fui yo quien la ayudó. No tú. Y volveré a ser yo quien la ayude. A ti no te necesita.

Blaire irguió la espalda al oír las palabras de Simon. Hacía que pareciese como si Kate estuviese loca. Su amiga no había tenido una crisis nerviosa; simplemente había pasado por un mal momento.

—¿De verdad tienes un ego tan grande? Como si tú fueras el héroe que le devolvió la vida. Aquel otoño ya había empezado a recuperarse. Cualquiera lo habría pasado mal al enfrentarse a algo así. Y ahora, la muerte de Lily, las amenazas…, cualquiera acusaría la presión. Kate es una mujer fuerte. Es cirujana. No va a perder el control. Y puedes estar seguro de que no pienso ir a ninguna parte mientras Kate me quiera aquí. Me da igual que te guste o no. —Y era cierto. Simon la quería lejos porque estaba acercándose a la verdad.

Tras ver su reacción a *Buscando a Nemo* dos noches atrás, lo cierto era que no estaba segura de lo fuerte que era Kate en ese momento, pero eso no pensaba decírselo a Simon.

Recordó aquel fin de semana del Cuatro de Julio tras su penúltimo curso en la universidad, cuando todo se había desmoronado. La casa de la playa tenía una atmósfera sombría mientras lloraban. Kate se había mostrado silenciosa y distante, como un animal herido. Blaire la oía en mitad de la noche, deambulando por la casa. Se había despertado temprano una mañana y había visto que una vez más Kate no había dormido en su cama. Al bajar las escaleras, la encontró en una de las mecedoras del porche, mirando al frente mientras la mecedora se movía con vehemencia hacia delante y hacia atrás.

—Kate. —Se arrodilló junto a la mecedora y le puso una mano en el brazo—. ¿Te encuentras bien? ¿Has dormido algo?

De pronto la mecedora se detuvo y Kate la miró con rabia.

—Déjame en paz —le gritó, levantándose de un salto—. Dejadme en paz todos. ¿Por qué me molestáis? —Entró llorando en la casa.

Blaire se quedó helada durante unos instantes, sin entender lo que acababa de suceder, pero, según pasaron los días, todos empezaron a entenderlo. Kate no dormía ni comía; estaba tensa y nerviosa a todas horas, tenía arrebatos de rabia por cosas insignificantes. Se quedaba en la casa, negándose a poner un pie en la playa o a ir a ningún lado, sobre todo si eso implicaba subirse al coche. Una noche, ya tarde, cuando Kate parecía un poco más calmada que en las últimas semanas, Blaire vio la oportunidad de intentar hablar con ella. Estaban de nuevo en el porche, donde Kate se pasaba casi todas las horas.

—Sé lo triste que estás, Kate, lo difícil que es. Pero estoy muy preocupada por ti. Parece que te estás hundiendo, que te estás desmoronando ante mis ojos. No sé cómo ayudarte.

Kate guardó silencio.

—Kate —insistió ella—. Háblame.

Kate giró entonces la cabeza muy lentamente y la miró.

—Ya no puedo seguir haciendo esto. No puedo. —La mecedora se agitó con fuerza cuando se levantó y empezó a dar vueltas de un lado a otro—. Siento una presión en los pulmones, y me voy a ahogar, como si fuera una burbuja en el pecho que está a punto de explotar. No puedo pensar con claridad, no puedo dormir; si lo intento, tengo pesadillas. No puedo dejar de llorar. No puedo seguir haciendo esto.

—Tienes que hablar con alguien, Kate. Ahora.

Pero Lily y Harrison iban un paso por delante de ella. Harrison ya lo había organizado todo para que Kate volviera a ver a su antigua terapeuta. Les había dicho que sufría trastorno de estrés agudo. Le ajustó la medicación y estuvo viéndola tres veces por semana durante el resto de aquel verano. Al llegar septiembre, cuando Kate regresó a Yale, se encontraba mejor y fue derivada a un terapeuta en Connecticut a quien acudía cuando lo necesitaba. Y fue entonces cuando conoció a Simon.

Blaire miró ahora a Simon.

—¿Vas a decirle a Kate que estoy aquí, o le envío un mensaje y le digo que estás intentando librarte de mí?

Simon la miró con desprecio, se dio la vuelta sin decir palabra y subió las escaleras.

—Estaré en la cocina —le dijo ella mientras se quitaba el abrigo y se alejaba.

Ya se sentía como en casa en la cocina de Kate, así que sacó platos y servilletas. Había tres velas encendidas que llenaban la estancia de olor a vainilla. El aroma le dio hambre. Estuvo tentada de comerse una galleta, pero solo había utilizado el gimnasio del Four Seasons en contadas ocasiones desde que llegara a la ciudad y la ropa ya empezaba a quedarle un poco ajustada. Sacó una botella de agua de Fiji del frigorífico y dio un trago. Levantó la mirada al oír pisadas y tuvo que hacer un esfuerzo por no demostrar su sorpresa al ver aparecer a Kate. Llevaba los pantalones de yoga medio caídos y tenía unas ojeras que eran casi negras.

—Siento haberte hecho esperar —le dijo—. Me eché una siesta después de comer. O al menos lo intenté. —Vio la caja de galletas y sus labios dibujaron una media sonrisa, la primera que Blaire le había visto en mucho tiempo—. ¡Bergers! —Levantó la caja y miró dentro—. ¡Muchas gracias! —Sacó una y le dio un mordisco—. Mmmm. Justo lo que me había recomendado el médico.

—Te vendría bien comerte la caja entera. Se te están cayendo los pantalones.

—Bueno —respondió Kate encogiéndose de hombros—, tener a un asesino detrás de ti va genial para mantener la línea.

Al menos no había perdido su sentido del humor, pensó Blaire. Miró por encima del hombro para asegurarse de que Simon no estuviese por allí y se dirigió a su amiga en voz baja.

—Escucha, he encontrado unas fotos interesantes en la página de Facebook de Sabrina. ¿Podemos hablar en algún lugar privado?

Vio la rabia en el rostro de Kate al oír el nombre de Sabrina.

—Claro, podemos ir al estudio. —Cuando entraron en aquella estancia tan acogedora con las paredes verdes, Kate pulsó el interruptor de la chimenea de gas. Blaire se quedó unos segundos contemplando las llamas. Estaban todas las cortinas echadas, obviamente en respuesta al mensaje sobre la sudadera de dos días atrás. Kate agarró su portátil y se sentaron la una junto a la otra en el sofá de dos plazas.

—¿Cómo has podido ver su página de Facebook? —preguntó Kate mientras abría el buscador—. ¿Te has hecho amiga de ella?

—No —respondió Blaire poniendo los ojos en blanco—. La muy idiota no tiene configurada la privacidad. Creo que quiere que todo el mundo vea que lleva una vida asombrosa. Deberíamos presentársela a Gordon.

—No tiene gracia —dijo Kate—. No deja de llamarme. He tenido que bloquear su número. Incluso se presentó aquí y le dijeron que iban a llamar a la policía si no se marchaba.

—Menudo chiflado. ¿Fue después de que le despidieras?

—Sí. Anderson nos dio luz verde después de que registraran su casa. Simon está trasladándolo todo a otra empresa. No quiero tener nada que ver con él.

—¿Les has dicho a sus socios lo de las fotos?

—No —respondió Kate—. Por muy enfadada que esté por lo que ha hecho, no pretendo arruinarle la vida.

Blaire no sabía si estaba de acuerdo con esa decisión. Esa clase de acosadores interpretaban cualquier muestra de amabilidad como un estímulo.

—Quizá debas pedir una orden de alejamiento.

—Simon quería, pero dije que no. Pero sí que le dijo a Gordon que, si vuelve a acercarse alguna vez a mí, la pediría. Ahora mismo no es una prioridad, teniendo en cuenta que estoy casi prisionera en mi propia casa.

Blaire abrió la página de Facebook de Sabrina.

—Mira —dijo señalando las fotos—. En la mitad de ellas sale con Simon. ¿Nunca le habías echado un vistazo?

—No. Supongo que soy la única persona de menos de cuarenta años que no utiliza Facebook. Selby me abrió una cuenta hace unos años, pero no tengo ni tiempo ni ganas. Me parece absurdo. —Centró la atención en las fotos de Sabrina. Mientras pasaba de una foto a otra, parecía perpleja, cada vez más y más pálida. Llegó a una imagen de Simon y Sabrina de pie frente a la barandilla de un barco, con el cielo oscuro a sus espaldas. Había luces de fiesta colgadas alrededor y otras personas por allí cerca con copas en la mano. Sabrina mostraba una sonrisa radiante, y junto a la foto aparecía el texto: *Conferencia de AIA sobre arquitectura: Fiesta de crucero de profesionales emergentes.*

—¡Hijo de perra! —exclamó Kate.

Blaire se quedó desconcertada. Kate nunca blasfemaba.

—Mira esto —le dijo volviendo a mirar las fotos—. Parece que son pareja.

—¿Tú estabas presente cuando se sacaron estas fotos?

—En algunas sí. Aunque no en muchas. Desde luego no en las conferencias. Ha ocultado convenientemente el hecho de que Sabrina acudiera a los actos de trabajo. —Cerró con fuerza el ordenador y miró a Blaire—. ¿Sobre qué más estará mintiendo? No puedo confiar en nada de lo que me diga. Estaba muy enfadado con Gordon. Probablemente para aparentar que está preocupado por mí.

—¿Crees que hay algo entre ellos?

—No lo sé. Antes de que apareciera Sabrina, jamás hubiera pensado que podría engañarme. Pero ahora las cosas son distintas.

Empiezo a dudar de todo. Hace años, cuando mi madre y yo discutimos por el asunto de la firma del contrato prenupcial…, me pregunto si ella vio algo en él que a mí se me escapó. En todos los años que llevamos juntos, nunca me ha dado razones para creer que se casó conmigo por dinero. Pero últimamente…, no sé… Algunas de las cosas que ha dicho… —Se quedó mirando al suelo.

—¿Como qué? —preguntó Blaire, pensando en lo que Gordon le había contado sobre los problemas financieros de la empresa de Simon.

—Algo que dijo en la lectura del testamento —le dijo Kate con un suspiro—. Me llamó la atención en su momento, pero no le di importancia. —Volvía a mirar al suelo, parecía estar a kilómetros de distancia. Blaire decidió no presionarla más aquel día al percibir que ya había dicho todo lo que quería decir sobre el tema.

Anderson llevaba razón en una cosa: Kate hacía bien en desconfiar de todos los que la rodeaban. Y ella no iba a parar hasta haber excluido a todos y cada uno de ellos.

17

Cuando Kate y Simon escogieron la parcela en la que iban a construir la casa de sus sueños, ella había estado encantada con el aislamiento y la extensión de bosque a la que daba la casa. Ahora le parecía el lugar perfecto para que se escondiese un asesino. A la mañana siguiente, recorrió la casa con determinación, asomándose a cada ventana para ver si alguien se había colado en la propiedad y estaba merodeando entre los arbustos. Tras quedar convencida de que todo era seguro, volvió a empezar con la ronda, abriendo los armarios de todas las habitaciones en busca de alguien o de algo que pudiera estar escondido. Sabía que la casa tenía seguridad, pero se sentía mejor haciendo algo.

Quedaban dos días para Navidad y temía ese momento. La pérdida de su madre estaba demasiado cercana a las fiestas como para creer que pudiera olvidar el horror ligado a ello. Las palabras amenazantes de las canciones infantiles se repetían una y otra vez en su cabeza, como en bucle, y la imagen de aquellos pobres animales maltratados se le había grabado en el cerebro.

Había rechazado todas las invitaciones que había recibido, incluso comidas discretas con amigas, porque necesitaba estar en casa. Pero, cuando Selby la había llamado para invitarlos a cenar, la había pillado en un momento de soledad y había accedido.

Guardó silencio durante el trayecto hacia casa de Selby y Carter. Iba sentada con Simon y Annabelle en el asiento trasero del Suburban negro suministrado por la empresa de seguridad que conducía su guardaespaldas. Al parecer, las puertas del vehículo eran de acero reforzado y las ventanillas a prueba de balas. Pero, después del día anterior, estaba convencida de que ni toda la seguridad del mundo bastaría para salvarla. Aquella persona no iba a por ella con una pistola. Fuera quien fuera lo haría de forma íntima y personal, igual que con su madre.

Simon y Annabelle fueron charlando todo el camino, pero ella escuchaba sin mucha atención. Empezaba a notar esos síntomas tan familiares: el pulso acelerado, la respiración entrecortada. Aquello no había sido buena idea.

—Simon, deberíamos irnos a casa. Esto ha sido un error.

—Kate, por favor, intenta relajarte. —Su marido le puso una mano en el brazo—. Te hará bien salir un poco, estar con buenos amigos.

—Puede ser. —Suponía que tal vez llevara razón.

Poco menos de una hora después, Kate contempló la mesa a su alrededor mientras los camareros de manos enguantadas servían un primer plato de *rillettes* de salmón. Selby se había tomado muchas molestias. Las deslumbrantes velas de la lámpara de araña hacían que la mesa cubierta por un mantel de damasco brillara aún más. Lily y Georgina eran muy particulares a la hora de poner la mesa, pero lo de Selby era obsesión. Apenas había un centímetro de espacio libre en la superficie de la mesa, llena de porcelana, cristalería, cubertería y adornos navideños. Kate tocó los cuatro tenedores de plata de ley repujada que había junto a su plato, de más de un siglo de antigüedad, con el mismo dibujo que la cubertería de su madre. Estaban fabricados por una empresa de Baltimore, S. Kirk e Hijo, los plateros más antiguos de Estados Unidos. Se imaginó sentada a la mesa del comedor de su madre en Navidad y notó que se le humedecían los ojos mientras Carter, sentado a la cabecera de la mesa, golpeaba ligeramente su copa de vino con el cuchillo para hacer un brindis.

—Por nuestros maravillosos amigos y familiares —dijo—. Gracias por venir esta noche. Es bueno que podamos estar juntos para ayudarnos mutuamente en estos momentos difíciles.

Kate sintió el cariño de sus palabras. Sí que era agradable estar rodeada de viejos amigos, y se alegraba de que Simon no le hubiese hecho caso cuando sugirió que diesen la vuelta.

—Qué bonitas palabras, Carter —dijo Georgina.

Se hizo el silencio cuando alzaron sus copas. Los hijos de Selby —Bishop, Tristan y Carter IV— tenían copas llenas de refresco, mientras que Annabelle agitaba entre las manos un colorido vaso de dibujos animados, y por supuesto Selby se había asegurado de que Kate tuviera la copa llena de su habitual agua con gas. Kate sonrió a Palmer, el hermano de Selby, sentado frente a ella. Siempre le había caído bien. Aunque era dos años mayor que su hermana, siempre se había mostrado amable con las amigas de Selby, sin hacer que se sintieran como unas mocosas molestas, como suele suceder con muchos hermanos mayores. Había vivido en Londres los últimos dieciséis años, trabajando como conferenciante en la Escuela de Económicas de Londres. Kate había visto a su novio, un actor de teatro de la Royal Shakespeare Company, en dos ocasiones cuando había viajado con Simon a Inglaterra. Al contrario que Selby, Palmer había escapado de la rigidez del mundo jerárquico y encorsetado de su madre, donde las apariencias importaban más que ninguna otra cosa. Parecía satisfecho, feliz y relajado, como en casa en su país adoptivo.

—Me alegra volver a verte —le dijo Kate con una sonrisa—. ¿Cómo está James? Es una pena que no haya podido venir.

—Está ocupado. Está ensayando *La tempestad*. Próspero. Estrenan dentro de tres semanas. Estará recitando frases o haciendo anotaciones ilegibles en los tres volúmenes que está estudiando.

—Suena intenso.

—Desde luego. Apenas tiene tiempo para nada más.

—Bueno, es una pena no haber podido verlo esta vez. ¿Cuándo regresas?

—Me marcho el veinticinco. Celebraremos la Navidad el día de San Esteban. —Palmer se puso serio entonces—. James solo vio a tu madre en una ocasión, pero quedó encantado. Lo siento mucho. Era una mujer encantadora, Kate.

—Gracias —respondió ella con lágrimas en los ojos.

—¿Cómo va la investigación?

Kate sintió el miedo crecer en su interior al revivir todo lo que había sucedido en los últimos días. La policía todavía no quería que le contase a nadie lo de los mensajes. Se esforzó por mantener la voz serena.

—Me temo que no hay muchos avances. Todo parece llevar a un callejón sin salida.

Palmer negó con la cabeza mientras retiraban el primer plato.

—Las *rillettes* de salmón estaban deliciosas, Selby —dijo Georgina—. Tu cocinera ha hecho un gran trabajo. —Estaba impecable y rígida como siempre con su traje de seda color crema y ni un pelo fuera de su sitio. Llevaba su habitual collar de perlas de tres vueltas, el que había llevado siempre. Se había cambiado el anillo de compromiso y la alianza de bodas a la mano derecha; la izquierda, con las venas algo hinchadas y algunas manchas en la piel, la llevaba desnuda—. Pero, querida —continuó, tocando el acebo del centro de mesa que tenía delante—, las hojas parecen un poco mustias. ¿Hace cuánto que las cortaste?

Kate vio cómo Selby se desinflaba, como le pasaba de niña cuando Georgina la avergonzaba. Vio a Georgina dar un delicado trago de vino, dejar su copa y girarse hacia Harrison, sentado junto a ella. Se inclinó hacia él, hasta que prácticamente le tocó la oreja con los labios, y le susurró algo. Harrison asintió mientras ella hablaba, sin dejar de mirar a la mesa.

Kate se quedó mirándolo, con el ceño fruncido, y se recostó en su silla cuando un camarero le puso delante un plato humeante.

—Está bien —dijo Selby—. Esto es un homenaje a mi hermano y a su amor incondicional por la cocina británica. Cordero asado, pudin de Yorkshire, salsa, patatas asadas y coliflor con queso. *Bon appetit.*

Pasaron unos segundos en silencio mientras comían.

—Perfecto, hermanita —dijo Palmer entre bocados—. A James le fastidiará habérselo perdido.

—¿Sabes? —dijo Georgina dejando el tenedor y volviéndose hacia Harrison—. Esto me recuerda a cuando fuimos los cuatro juntos a Inglaterra y Francia. Lily, Bishop, tú y yo. ¿Te acuerdas?

—Sí que me acuerdo —respondió Harrison—. Fue un viaje fantástico.

Georgina estaba radiante, con brillo en sus ojos azules.

—Nos alojamos en una pensión preciosa en Kensington, cerca de Hyde Park. Vosotros dos trabajabais tanto por aquella época, tantas noches y fines de semana, que Lily y yo éramos casi madres solteras. A veces incluso teníamos que irnos de vacaciones sin vosotros. ¿Recuerdas la vez que ella y yo nos llevamos a las niñas a Isle of Palms? —Se inclinó hacia delante, encantada con el tema—. Reservamos una casa maravillosa, con un porche vidriado que daba al océano. Tenía unos bonitos ventiladores de techo que funcionaban durante todo el día, manteniendo un ligero frescor para que no te desmayaras por el calor y la humedad. Por la noche refrescaba, y disfrutábamos del sonido de las olas al romper. Por la mañana todo estaba húmedo y fresco. Era divino. —Dio un trago de vino, sin haber tocado la comida—. Pero bueno, los maridos no pudieron ir, claro, así que allí estábamos, solas con Palmer, Selby y Kate, que no se estaban quietos, como si fueran indios salvajes.

—Ya no utilizamos ese tipo de caracterizaciones, mamá —la reprendió Palmer con cariño—. Además, no puede decirse que estuvierais solas, teniendo dos niñeras y una cocinera.

Todos los presentes se rieron.

Georgina le dedicó a su hijo una sonrisa deslumbrante. Palmer siempre había sido su favorito, su niño bonito, el que siempre podía «burlarse» de su madre y cuya salida del armario ella había aceptado sorprendentemente bien.

—No os riais —dijo Georgina guiñándole un ojo a Palmer—. No era lo mismo que estar en nuestra casa de la playa. Estábamos en un lugar nuevo y desconocido donde no conocíamos a nadie. Lily me convenció de que nos vendría bien explorar un poco, así que dejamos a los nenes con las niñeras y fuimos en coche hasta Charleston, dimos un paseo, fuimos de compras y luego… fuimos a un espectáculo de *drag queens*. —Hizo una pausa, dejando que el silencio se prolongara para crear efecto.

Kate y Selby se miraron sorprendidas.

—No nos lo habías contado nunca —dijo Selby.

—Tenías solo once años. No te hacía falta saber lo que hacíamos. El caso es que lo pasamos muy bien, nos quedamos hasta que cerraron y charlamos con todas las *drag queens*. Nos enseñaron mucho sobre maquillaje. —Volvió a reírse—. Y otras cosas…

—¡Mamá! —exclamó Selby, ladeando la cabeza hacia sus hijos, que llegado ese punto estaban riéndose y cuchicheando entre ellos.

—Mamá, no somos bebés. Sabemos lo que es una *drag queen* —dijo Carter hijo, e hizo que los demás volvieran a reírse.

—Parece que lo pasasteis muy bien —comentó Harrison con una sonrisa—. Lily nunca me lo contó.

—Hay muchas cosas que las esposas no cuentan a sus maridos —respondió Georgina mirándolo.

Kate se preguntó qué querría decir con eso.

—Lily y tú erais muy buenas amigas. —La voz de Selby interrumpió sus pensamientos—. Igual que Kate y yo.

Kate la miró. Selby había sido muy buena amiga a lo largo de los años, la primera en ofrecerle ayuda y consejo cuando empezó a sufrir náuseas matutinas, la primera en ir a visitarla y a ayudarla tras el nacimiento de Annabelle por cesárea. Desde la marcha de

Blaire, la amistad entre Selby y ella había crecido con fuerza, igual que antes de que Blaire entrara en su vida.

—¿Te acuerdas de Roger DeMarco? —le preguntó Harrison a Georgina—. Era socio del club antes de marcharse. Se enteró de lo de Lily y me localizó. Muy amable.

—Qué considerado. ¿Dónde vive ahora?

—Está en Florida. En Sarasota.

—¡Oh! Me encanta Sarasota —dijo Georgina—. Celebran un campeonato de *bridge* todos los inviernos. De hecho, sería genial que fuéramos juntos. Podrías visitar a tu viejo amigo y ambos participaríamos en el campeonato. Si no recuerdo mal, se te daba muy bien.

Kate tenía ganas de intervenir, pero no le parecía apropiado. Estaba furiosa en nombre de su madre, pero quizá Georgina solo quisiera hacer por Harrison lo que Lily y él habían hecho por ella cuando Bishop falleció: mantenerlo ocupado y con vida social pese a su tristeza. Sin embargo, aquello parecía distinto.

—Eh, no sé —respondió su padre.

—Oh, Harrison —dijo ella dándole un golpe en el hombro—. ¿Recuerdas que siempre bromeábamos diciendo que tú y yo deberíamos estar casados, que éramos mucho más compatibles? —Se carcajeó llevándose una mano al pecho, como si le avergonzaran sus propias palabras—. Una curiosa observación…

—¿Has perdido la cabeza, mamá? —la interrumpió Palmer—. ¿Cómo puedes decir eso?

Harrison estaba mirando a Georgina asombrado, igual que el resto de la mesa, pero ella alzó la barbilla en actitud desafiante.

—No lo decía con ninguna intención. Solo estaba recordando. Por el amor de Dios, si Lily estuviera aquí, nos diría que nos alegráramos.

Kate pensó que estaba loca. Su padre y ella no se parecían en nada. Echaba humo con aquella sugerencia.

—Espero que no te enfades con mi madre —le susurró Selby—. No siempre piensa antes de hablar, como bien sabes.

La conversación después de aquello fue bastante insustancial —al menos las partes en las que Kate podía concentrarse—, y habían conseguido llegar al postre sin ningún otro comentario inapropiado por parte de Georgina cuando oyeron el timbre de la puerta.

Margaret, el ama de llaves de Selby, entró en la sala y le susurró discretamente a Selby al oído.

—Kate, han traído algo para ti —dijo su amiga, confusa.

—¿Qué? —preguntó Kate sintiendo un escalofrío.

—No lo sé —respondió Selby—. ¿Le digo a Margaret que lo traiga?

—¡No! —Kate se puso en pie. Fuera lo que fuera no podía ser bueno, y no quería que Annabelle lo viera. Simon y Harrison se levantaron también—. Vamos a ver. —Se volvió hacia Simon—. Quédate aquí con Annabelle.

—¿Qué está pasando? —preguntó Georgina, mirándolos a todos sin entender nada—. ¿Dónde vais?

Kate salió del comedor seguida de Selby y de Harrison. Había una caja de cartón alargada sobre la mesa dorada de Parsons. Levantó la tapa y vio una tarjeta que reposaba sobre el papel de seda que cubría el contenido. Un escalofrío le recorrió la espalda. Sintió que iba a desmayarse, las piernas le temblaban.

—¿Cómo sabía que iba a estar aquí? —preguntó mirando a su alrededor.

—¿Cómo lo sabía quién? —le preguntó Selby, confusa.

—¿Qué dice la tarjeta? —intervino Harrison.

Kate la sacó de la caja, se la pasó y observó su reacción. Su padre arqueó las cejas.

—Es tuya. ¿Se te había olvidado que le habías enviado flores a Selby esta noche? —le preguntó devolviéndole la tarjeta.

Kate la aceptó sin decir nada y la leyó.

Feliz Navidad, Sel. Sé que las rosas blancas son tus favoritas.
Besos, Kate

—Pero si… —Se quedó pensativa. Ella no había enviado esas flores, pero sí que había pensado en enviar un ramo. ¿Acaso se lo había mencionado a Fleur y después se le había olvidado? Selby y su padre la miraban como si estuviera loca—. Lo siento, Selby. He estado muy estresada. Supongo que en la floristería se equivocaron y pusieron mi nombre. Ahora me acuerdo, llamé ayer. —Se acercó a la caja y retiró el papel. Rosas blancas.

Simon entró en el recibidor con Annabelle dormida en brazos.

—¿Qué sucede?

—Un pequeño malentendido —respondió Selby con la voz demasiado alegre—. Kate, son preciosas. Muchas gracias.

—De nada. Siento lo de antes. Últimamente parece que se me olvidan las cosas.

—Es comprensible —le dijo su amiga dándole una palmadita en el brazo.

Kate tomó aire y miró a Simon.

—Creo que deberíamos irnos —le dijo—. Annabelle se ha dormido y yo estoy agotada.

Cuando ya estaban de camino, Simon se volvió hacia ella.

—¿Qué ha ocurrido con las flores?

—Por un momento he temido que fuese otro mensaje macabro para mí —respondió con la cabeza apoyada en el respaldo y los ojos cerrados—. No encargaste tú las flores, ¿verdad?

—¿Quieres decir que no fuiste tú?

—Debí de mencionárselo a Fleur. No sabía que ella se hubiese encargado.

La cabeza le daba vueltas mientras se dirigían hacia casa. No había enviado ella esas flores, pese a lo que les hubiese dicho a Selby y a su padre. Y tampoco había hablado del asunto con Fleur. Pero no iba a permitir que Simon pensara que estaba perdiendo la cabeza. Al día siguiente llamaría a la floristería para averiguarlo.

El coche estaba ya en el camino de la entrada cuando recibió un mensaje en el móvil. Sabía antes de verlo de quién sería.

Simon extendió el brazo por encima de Annabelle y le agarró la mano.

—¿Es de él?

Kate vio las palabras en la pantalla antes de deslizar el dedo.

—Sí —respondió con voz temblorosa. Se le heló la sangre en las venas al leer el mensaje.

¿De verdad pensabas que podías tomarte una noche libre? Qué cruel por tu parte, pasarlo bien mientras tu madre se descompone bajo tierra. ¿Estás tan emocionada como yo por ver lo que viene después? ¿Qué llevará el café? ¿Tal vez el postre esté hecho con nueces? Tendrás que esperar a ver.

Al día siguiente el timbre del teléfono fijo le hizo dar un respingo. Alargó una mano indecisa, sin saber si responder o no, pero vio el nombre de Selby en la pantalla.

—Hola, Selby.

—¿Cómo estás?

—Bien. Gracias de nuevo por lo de anoche. Siento la confusión al final de la velada.

—Fue un placer. Gracias por las rosas. ¿Quieres que vaya luego a hacerte compañía? O si necesitas que te lleve cualquier cosa.

—Gracias, pero hoy prefiero estar sola. Hablaremos mañana, ¿de acuerdo? —Kate quería colgar el teléfono.

—De acuerdo, hablamos entonces.

Tras colgar, fue al dormitorio, donde estaba Annabelle sentada en su cama con un libro en el regazo.

—¿Qué estás leyendo, calabacita? —le preguntó al sentarse en el borde de la cama.

Annabelle cerró el libro y señaló el título.

—Mira, mami. Es Cordree. Léelo tú.

—*Corduroy* —dijo Kate riéndose—. Vamos, acurrúcate aquí y lo leeremos juntas.

Cuando terminaron, Annabelle se bajó de la cama y agarró *Harold y el lápiz color morado*.

—Lee ahora este —le dijo volviendo a subirse en la cama.

—Está bien. Uno más y luego nos vestimos. —Cuando terminaron el cuento, le pasó los dedos a su hija por el pelo con cariño—. ¿Qué te apetece hacer hoy, cariño?

—¿Podemos montar en los caballos? —le preguntó la niña.

—Oh, eso no lo sé. Mami está un poco cansada hoy. Quizá mañana.

—A la mejor la señorita Sabrina vuelve otra vez y podemos ir con papi y con ella.

Kate se quedó muy quieta.

—¿Sueles ir mucho a montar a caballo con papi y la señorita Sabrina?

Annabelle se acurrucó junto a ella.

—A veces viene cuando tú estás en el hospital. Es muy buena saltadora, mami.

Sintió la rabia recorriendo su cuerpo. Así que Sabrina iba a casa cuando ella no estaba. ¿Qué diablos estaba haciendo Simon?

Antes de que pudiera preguntar nada más, Simon golpeó ligeramente el marco de la puerta.

—Papi —exclamó Annabelle. Se puso de pie sobre la cama y empezó a dar saltos.

—¿Puedo pasar? —Estaba allí parado, esperando hasta que Kate asintió. Entonces entró, tomó a Annabelle en brazos y la hizo girar por el aire mientras la niña reía y gritaba—. ¿Vas a bajar? —le preguntó mientras dejaba a su hija en el suelo—. Tengo que marcharme pronto.

—Sí. La visto y bajamos —respondió ella con frialdad.

La noche anterior Simon le había dicho que tenía que ir a Delaware esa mañana para ver a un cliente. Le había parecido preocupado, pero, al preguntarle, le quitó importancia.

—No pasa nada. Tengo que supervisar algunos puntos de la oferta —le había dicho, pero sus palabras le sonaron vacías.

Lo conocía lo suficiente como para saber cuándo algo iba mal, y desde luego tenía aquella mirada de «preocupación por el trabajo».

—Tengo que ir —le había dicho—, aunque no me hace ninguna gracia estar a dos horas de Annabelle y de ti.

—Si es solo para responder a unas preguntas, ¿no puede ir alguien en tu lugar?

—No —había respondido él con brusquedad—. Quieren verme a mí —había añadido con más calma.

Kate se había sentido algo inquieta por su reacción, pero así se habían quedado las cosas la noche anterior al irse cada uno a sus respectivas habitaciones.

Había una taza de café humeante esperando cuando Kate y Annabelle entraron en la cocina.

—Voy a tomarles nota —dijo Simon—. ¿Cómo quieren los huevos estas dos señoritas?

—Revueltos —respondió Annabelle.

—Yo no quiero nada —dijo Kate, dio un sorbo al café y se sentó justo cuando empezaba a sonar el móvil de Simon. El café sabía raro, pero tal vez fuese porque acababa de lavarse los dientes. No podía permitir que ese estúpido mensaje la convenciera de que todo estaba manipulado. Eso era lo que quería esa persona, pero no podía negar que sabía raro.

Simon miró la pantalla y rechazó la llamada antes de guardarse el teléfono apresuradamente en el bolsillo.

—¿Quién era? —le preguntó.

—No sé. No he reconocido el número. ¿Seguro que no quieres que te prepare nada?

—No, probablemente debas irte —le dijo ella, tratando de ignorar la sospecha de que le había mentido con lo de la llamada. Su paranoia estaba desgastándola. Dio otro sorbo al café—. ¿Qué le has puesto al café? Sabe raro.

—Solo leche y estevia —respondió él encogiéndose de hombros—. Como a ti te gusta.

Kate fue al frigorífico, sacó la leche y miró la fecha. Le quedaba una semana para caducar. Quitó la tapa y la olió. No se había puesto mala. ¿Le habría echado algo más en el café? Lo miró con los ojos entornados.

—Pruébalo —le dijo ofreciéndole la taza.

—Ya me he tomado el café —respondió él levantando la mano—, y tengo que irme.

Después de que se marchara, Kate pensó en el mensaje de la noche anterior. Lo abrió en su teléfono. *¿Qué llevará el café?* ¿A qué juego estaba jugando? Pero ¿podría ser tan evidente? Decidió tirar el café por el fregadero.

Miró el plato de Annabelle y adoptó un tono alegre.

—Muy bien, señorita —le dijo—. Has dado buena cuenta de los huevos. ¿Qué te parece si vamos a la habitación de juegos y coloreamos un rato?

—Vale —respondió Annabelle bajándose de la silla. Kate le dio la mano.

Annabelle corrió hasta la enorme caja situada junto a su caballete y sacó la caja de ceras y cinco libros de colorear.

—¿Cuál quieres, mami?

—Mmm. Vamos a ver —dijo Kate extendiendo los libros sobre la mesa—. Yo me quedo con *Moana*. ¿Cuál prefieres tú?

—*Frozen*.

Estuvieron coloreando juntas, Annabelle sin parar de charlar mientras ella trataba de disfrutar del momento. Pasado un rato, cerró su libro.

—Creo que voy a probar con otro diferente —dijo—. Quizá el de los animales.

Abrió el libro y fue pasando las páginas que ya estaban coloreadas, después vio un erizo que no tenía interés en hacer. Cuando pasó a la siguiente página, sacó una hoja que se había soltado de la encuadernación, una que ya estaba pintada. Se agachó para recogerla del suelo y vio la imagen; un dibujo de un cuchillo largo con la hoja pintada con manchas rojas que parecían gotas de sangre. Junto al cuchillo aparecía una mujer con ropa quirúrgica y la cara deformada, con los ojos y la boca alargados, como cera derretida. En la esquina había una cama llena de animales de peluche, pero sin ningún niño. Se llevó una mano a la boca para contener el grito y no asustar a Annabelle, con el corazón latiéndole como loco contra las costillas.

¿De qué diablos servían los guardias y la seguridad cuando alguien podía colarse en la habitación de juegos de su hija?

Entonces se dio cuenta de que aquel era justo el mensaje que quería enviarle el asesino: «Puedo atraparte estés donde estés».

18

Las llamas lamían el suelo, avanzando hacia ella a una veloci-dad alarmante. La habitación estaba tan llena de humo que apenas podía ver, y trató de pedir ayuda con la boca seca, pese a saber que se-ría en vano. ¿Por qué no había hecho caso a su intuición? Había sa-bido que algo iba mal cuando él le pidió que se reunieran allí, en aquel cuchitril a kilómetros de la civilización. ¿De verdad aquel iba a ser su final? ¿Atada a una silla desvencijada en una casa en llamas como el personaje cliché de una película? Empezaron a cerrársele los ojos y sintió que comenzaba a desmayarse. Quizá fuese mejor así… Si se quedaba inconsciente, no sentiría cómo se le quemaba la piel.

Blaire se levantó y se estiró. ¿Y ahora qué? Obviamente no po-dían matar a Meghan. Pero tenían que introducir sangre nueva en la serie. Deseó poder hablar con Daniel, tener una de sus sesiones de lluvia de ideas, pero estaba en un avión de camino a Chicago para pasar las navidades con sus padres. Tendría que hacer algo para mantenerse ocupada hasta que pudiera regresar a Nueva York, así que estaba redactando ella sola algunas páginas del próximo libro. Normalmente escribían durante cinco horas al día sentados el uno frente al otro en su apartamento. Daniel leía sus capítulos y los modificaba hasta que quedaban brillantes. Ella era la escritora rá-pida, la que plasmaba las ideas a toda velocidad, mientras que él se detenía en cada párrafo. Se complementaban a la perfección y estaban habituados a las costumbres de escritura del otro, tanto que podían saber por la cadencia del teclado si era apropiado interrumpir al otro con una pregunta. Suspiró, deseando poder regresar a su vida con él, pero no pensaba marcharse de allí hasta no haber hecho todo lo que estuviese en su poder para descubrir quién había matado a Lily.

Sonó el teléfono de la habitación y la sobresaltó.

—¿Diga?

—Señorita Barrington, le llamo de recepción. Hay aquí un caballero que desea verla, un tal señor Barton. ¿Le permito subir?

—No —respondió de inmediato—. Bajaré yo. —No pensaba quedarse a solas con Gordon.

Cuando llegó al vestíbulo, Gordon estaba dando vueltas de un lado a otro y murmuraba para sus adentros. Levantó la mirada cuando se acercó. Se fijó en su pajarita del día. Amarilla con cangrejos. Parecía enfadado.

No se molestó en saludarla.

—¿Podemos hablar en privado en algún lugar?

—El restaurante.

—He dicho en privado.

—El restaurante es lo más privado a lo que puedes aspirar, Gordon —le dijo ella con una mirada fría—. O lo tomas o lo dejas.

Gordon no dijo nada mientras esperaban a que la camarera les diera asiento. En cuanto la mujer se alejó, miró a Blaire a los ojos.

—¿Qué has hecho?

Ella se recostó en su silla y lo miró.

—¿De qué estás hablando, Gordon?

—Sabes muy bien de qué estoy hablando. Estuviste fisgoneando en mi casa. ¿Sabes que la policía vino y lo revolvió todo? ¡Dijeron que tenían razones para pensar que soy un acosador!

La camarera empezó a acercarse, pero Blaire la miró a los ojos y negó con la cabeza, haciendo que retrocediera.

Intentó decidir cómo jugar sus cartas.

—Como amiga de Kate, estoy aquí para ayudarla a encontrar al asesino de su madre. Así que sí, fisgoneé por tu casa. Imagina mi sorpresa al encontrar una carpeta llena de fotos suyas. —Se inclinó hacia delante mientras hablaba—. ¿Qué clase de persona sigue a alguien durante meses haciéndole fotos?

—No lo entiendes. Es arte. No he hecho nada malo. No me he colado en su casa ni he husmeado por ahí, como has hecho tú conmigo. Lo único que hice fue hacerle unas fotos a una amiga. Es un proyecto de arte. Nada más. Algo que me gustaba. Tú eres la delincuente. No tenías derecho a rebuscar entre mis cosas.

—Pues llama a la policía.

Gordon la miró con odio y siguió hablando.

—Ahora ni siquiera quiere hablar conmigo. Además, ha despedido a nuestra empresa. Es todo culpa tuya.

—¿Me tomas el pelo? —preguntó ella con una ceja levantada—. ¿Mi culpa? ¿Y si dejas de espiar a la gente? Tienes suerte de que Kate no les haya contado a tus socios tus siniestras costumbres. ¿Qué quieres de mí? ¿Para qué has venido?

—Si no te hubieras entrometido, todo iría bien. Tienes que arreglarlo. Habla con Kate. Dile que lo siento. Que jamás le haría daño. Yo no maté a Lily. Tiene que saberlo.

—No se trata de Lily. Se trata de que no comprendes las barreras sociales, Gordon. No puedo ayudarte. Te recomendaría que buscaras ayuda en otra parte; ayuda profesional.

—Tu sarcasmo es insufrible —le dijo con rabia—. Igual que tú.

—¿Hemos terminado? —le preguntó Blaire mirándolo con desdén.

Gordon se inclinó hacia delante y apoyó los codos en la mesa con los puños apretados.

—Nunca me has caído bien, Blaire. No encajabas entonces y sigues sin encajar. Nunca serás una de nosotros.

—Me parece que eres tú el que se ha quedado solo. —En ese momento recibió un mensaje de Kate en el móvil. *¿Puedes venir* *ahora mismo? Ha ocurrido algo.* Le respondió de inmediato. *Por supuesto, enseguida voy.* Se puso en pie—. Gordon, tengo que irme.

Él se quedó allí sentado, sorprendido y con un aspecto algo ridículo; la pajarita con cangrejos rosas desentonaba con su expresión sombría.

—La policía lo sabe todo de ti, Gordon. No te acerques a mí. Ni a Kate. No vuelvas a acercarte nunca a nosotras. —Se dio la vuelta y se alejó.

Volvió a su habitación y preparó su maleta, todavía alterada. Kate la había invitado a quedarse con ellos después de la cena de Nochebuena esa noche. Cerró el portátil, comprobó que hubiera recogido todo y salió de la *suite*. Mientras esperaba a que se calentara su coche, toqueteó la radio. Pese al motivo, era reconfortante quedarse a dormir de nuevo en casa de Kate. Le hizo recordar su época de Mayfield, cuando se escapaba de la residencia algunos fines de semana para quedarse con la familia Michaels.

Al principio le gustaba la residencia. Por las noches, después de cenar, sus amigas y ella hacían los deberes. Los maestros y conserjes recorrían los pasillos, era obligatorio tener las puertas abiertas y se aseguraban de que todas las niñas estuvieran estudiando en sus habitaciones. A las nueve y media, tenían tiempo libre y a veces pedían *pizza* y se pasaban la hora y media restante hasta el toque de queda y el apagado de las luces riéndose y contando historias. A esa diversión había que añadir el vodka que les suministraba en secreto su repartidor de *pizza* favorito. Entonces, en el penúltimo año, pillaron a una de las chicas escapándose un fin de semana. Reforzaron la seguridad, adelantaron el toque de queda y ya nada parecía divertido. Habían limitado la cantidad de fines de semana que se le permitía pasar fuera de la residencia, hasta que Lily lo cambió todo.

Un viernes por la noche, los Michaels habían llevado a las niñas a Haussner's, un sitio de Baltimore famoso por los cientos de cuadros que cubrían las paredes, uno de los favoritos de Blaire. Durante el postre, Lily dio un trago al café y la miró.

—Blaire, cielo. A Harrison y mí nos gustaría hablar contigo.

Recordó que sintió pánico. En su experiencia, una frase que empezaba así solía acabar con una mala noticia. Pensó en cualquier cosa que pudiera haber dicho o hecho para enfadarlos. Miró a Kate, pero no le sirvió de nada; su amiga estaba mirando a su madre.

—¿De qué se trata? —preguntó tras aclararse la garganta.

Lily sonrió y su preocupación se esfumó.

—Nos preguntábamos si te gustaría vivir con nosotros en vez de quedarte en la residencia.

—Eh —dijo Blaire, pero Lily continuó hablando.

—Antes de que respondas, queremos que sepas lo mucho que te queremos; eres un miembro de la familia. —Alargó la mano hacia Kate—. Nos alegramos de que Kate tenga una amiga como tú. Nos parece absurdo que tengas que quedarte tú sola en la residencia cuando podrías estar con nosotros.

—Me encantaría —dijo, y se volvió hacia Kate—. ¿Tú lo sabías?

Kate sonrió y asintió.

Eso fue hace mucho tiempo, pero Blaire siempre había estado muy agradecida a la familia de Kate por acogerla de ese modo.

Puso en marcha el coche y se dirigió hacia casa de Kate. Su amiga estaba desmoronándose de nuevo y la necesitaba. Sabía que, si esas amenazas no cesaban pronto, Kate no tardaría en perder el control definitivamente.

19

Kate oyó el timbre y se dirigió hacia el recibidor. Le hizo un gesto a Brian, el guardia que estaba de servicio, abrió la puerta y dejó entrar una ráfaga de aire helado. El clima había empeorado mucho el día anterior. Blaire, con una parka y un gorro de lana gris, se sacudió los pies y se frotó las manos enguantadas al entrar en la casa.

—Me alegra que vayas a quedarte aquí unos días. Dame tu abrigo —le dijo Kate mientras sacaba una percha del armario de la entrada—. Deja aquí tu maleta. Fleur la llevará a tu habitación. —Estaba ansiosa por mostrarle a Blaire el dibujo que había encontrado en el libro de Annabelle. Colgó el abrigo y se volvió hacia ella—. Vamos un momento al estudio.

Al llegar, cerró la puerta tras ella.

—Mira. —Sacó el teléfono y buscó hasta encontrar la foto que había sacado al dibujo. Se la mostró a Blaire.

—Es… horrible. ¿Dónde estaba?

—¡En el libro de colorear de Annabelle! Se lo ha llevado Anderson, claro, para buscar huellas. He estado dándole vueltas a quién podría haberlo puesto ahí. Aunque tal vez llevaba un tiempo ahí escondido.

—Lo siento, Kate. Quizá averigüe algo.

—Lo dudo. Ese psicópata sabe bien cómo cubrir sus huellas. Esperábamos tener el perfil de conducta, pero Anderson dice que en la unidad del FBI tienen mucho trabajo atrasado y, como no se trata de un caso activo de asesino en serie, tenemos que ponernos a la cola. Pero las rosas que le enviaron a Selby podrían ser de ayuda.

—¿Y eso?

—Utilizó una tarjeta de crédito para comprarlas. Anderson ya ha solicitado los registros a la floristería. Entonces podré demostrar a mi padre y a Simon que no estoy loca. Que no soy yo quien las envió.

—Eso es fantástico. ¿Cuándo cree que tendrá la información?

—Pronto, creo —respondió—. Es Nochebuena; vamos a intentar olvidarnos de todo durante unas horas. Annabelle no puede verme así.

—Claro. ¿Dónde está?

—En la cocina, haciendo galletas con Hilda. Le dije que iríamos a ayudar, pero quería hablar primero contigo. —Era un alivio no tener que ocultarle secretos a Blaire.

—¡Tía Blaire! —exclamó Annabelle al entrar corriendo en la habitación—. ¿Vas a hacer galletas con nosotras?

—Hablaremos luego —le susurró Kate mientras seguían a la niña por el pasillo.

—Mmm. Aquí huele como en una pastelería —comentó Blaire al entrar en la cocina.

Con ayuda de Hilda, Annabelle se subió en una silla situada junto a la isla que había en mitad de la cocina, donde habían colocado un cuenco con masa de galletas.

—Estamos haciendo galletas de azúcar, tía Blaire. ¿Y sabes qué? Yo les echo las virutas por encima.

—¿Y puedo ayudar? —preguntó Blaire.

—Sí, pero primero tienes que lavarte las manos —respondió Annabelle con solemnidad.

—Ja —dijo Blaire—, se nota que eres hija de una doctora.

Kate le entregó un rodillo.

—Aquí tienes. A ver si puedes hacer la masa tan fina como la de Otterbein.

—¿Estás de broma? ¿No recuerdas mis habilidades reposteras?

Blaire agarró una porción de masa e hizo con ella una bola antes de estirarla. Viéndola, Annabelle agarró también un trozo y Hilda arrancó un pedazo y se lo puso a la niña delante de la boca.

—Toma, prueba. Está deliciosa, ¿verdad? —dijo mientras Annabelle masticaba.

—¡Hilda! —exclamó Kate, haciendo que todas se sobresaltaran—. ¿Qué estás haciendo? Eso lleva huevo crudo. —¿Qué diablos le pasaba a esa mujer? Se acercó a Annabelle y le agarró la barbilla mirándola a los ojos—. No puedes comerte eso, cariño. Solo nos comemos las galletas cuando hayan salido del horno. —Miró a Hilda con desaprobación.

—Cuando yo era pequeña, siempre nos comíamos la masa… —dijo Hilda.

—Me da igual lo que hicieras. No es seguro —respondió Kate—. Podría tener salmonela. No son solo los huevos. La harina cruda puede transmitir *E. coli*. —¿Acaso esa mujer era siempre así de descuidada con el bienestar de su hija y ella estaba empezando a darse cuenta ahora? ¿Estaría equivocándose otra vez al juzgar a la gente que tenía alrededor?

—Lo siento, Kate —dijo Hilda, avergonzada—. No lo sabía.

Todas se quedaron calladas hasta que Blaire dijo alegremente:

—Bueno, es hora de echar las virutas mágicas. —Colocó una bandeja de galletas en forma de árbol de Navidad frente a Annabelle, que estuvo encantada de esparcir por encima las virutas rojas y verdes. Kate hizo lo posible por mantener la calma delante de su hija y sonrió cuando agarró la bandeja y la metió en el horno. Trabajaron así durante un par de horas más, hasta haber llenado cuatro botes de galletas, aunque Kate no dejaba de darle vueltas a la cabeza.

El hombre al cargo de sus finanzas, al que conocía desde la infancia, había estado siguiéndola y haciéndole fotos, su niñera dejaba que Annabelle comiera huevo crudo y su padre seguía sin contarle el motivo de su discusión con su madre poco antes de que fuera asesinada. Simon no tenía en cuenta sus opiniones sobre Sabrina en el mejor de los casos y, en el peor, estaba engañándola con ella, y un psicópata había estado en su casa pese a haber contratado a un equipo de profesionales para mantenerla a salvo. ¿A quién más habría juzgado erróneamente? ¿Podría confiar en alguna de esas personas, a la vista de todo lo que estaba sucediendo? La única persona en la que siempre había confiado se había ido y ahora ya nada le parecía seguro, ni siquiera su propia casa…

—Doctora English —dijo Fleur al entrar en la cocina y sacarla de sus pensamientos—. La mesa del comedor está puesta para esta noche. ¿Han comido usted y la señorita Barrington?

Kate miró el reloj. Era la una y media.

—No. No sabía la hora que era.

—Yo me encargaré de la cocina —anunció Fleur—. Esta mañana preparé sopa. Pueden sentarse en la terraza interior y yo se la llevaré.

—Gracias, Fleur. —Se sentía cansada; cansada y nerviosa. La comida le iría bien.

Pocos minutos más tarde, estaban sentadas en la terraza interior mientras Fleur dejaba una sopera tapada y dos cuencos sobre la mesa de roble que tenían delante. Cuando Kate levantó la tapa, surgió el vapor y el apetitoso aroma de Old Bay inundó el aire.

—Cangrejo de Maryland. Debo de estar en el cielo —exclamó Blaire—. No recuerdo la última vez que tomé auténtica sopa de cangrejo de Maryland.

—¿Recuerdas la primera vez que probaste los cangrejos al vapor? —le preguntó Kate llevándose una cucharada a la boca.

—Sí —respondió Blaire riéndose—. Al principio creí que estabais locos por comeros esos crustáceos con pinta de extraterrestres.

—Pero, con tu habitual ansia de aventuras —le dijo Kate con una sonrisa—, te lanzaste de lleno.

—Le clavé el mazo en la cáscara. Nunca se me olvidará la cara que puso tu padre. Me explicó detalladamente la manera correcta de abrir la cáscara.

—Fue una noche perfecta. —Kate se perdió en sus recuerdos. Por entonces todo parecía sencillo e inocente. Pensó en los giros que habían dado sus vidas desde aquellos años de juventud y se entristeció de nuevo—. ¿Sabes? La primera vez que fui a Barnes and Noble y vi tu libro en la estantería de los más vendidos, me sentí orgullosa… y luego triste por no poder decirte lo orgullosa que estaba. Pensé en todas esas noches que nos quedábamos despiertas en la cama hablando del futuro, de nuestros sueños de escribir libros y ejercer la medicina. Cumplimos esos sueños, pero nos perdimos la una a la otra por el camino.

—Yo también pensaba en ti. Eras tú la que decía que algún día verías mis libros en la librería. Poder compartirlo contigo habría sido perfecto.

—Mi madre estaba encantada aquel día, por cierto. Compró diez ejemplares de tu libro y se los dio a todas sus amigas. Me dijo que debía llamarte y darte la enhorabuena. —Kate suspiró y miró al suelo—. Fui demasiado testaruda.

—No pasa nada, Kate. Es hora de dejar atrás los arrepentimientos. Ahora estamos juntas. Eso es lo que importa.

—Los he leído todos, ¿sabes? Y sí que estoy orgullosa de ti.

—Gracias. Significa mucho para mí —dijo Blaire con la voz entrecortada.

Cuando terminaron, eran más de las dos y el cielo estaba poniéndose gris.

Hilda entró con Annabelle.

—Si quieres, me llevo a Annabelle arriba a ver si quiere echarse una siesta antes de la cena. O al menos descansar un rato. Esta noche quizá se acueste tarde esperando a Papá Noel.

—Quiero que lo haga mami —dijo la niña.

—¿Y si subo y te ayudo a elegir unos libros? —le preguntó Kate.

—Vale.

Subieron las escaleras con Annabelle aferrada a su mano. La pobre niña estaba percibiendo los efectos de todo ese estrés. Kate abrió la puerta y encendió la luz.

—Muy bien, cielo, elige unos libros para que te los lea la señorita Hilda y yo iré a verte en un rato.

Annabelle corrió a su librería y empezó a sacar libros. Cuando Kate se dio la vuelta, se fijó en un bote de medicina para la tos que había sobre la cómoda de su hija.

—Hilda, ¿qué hace esto aquí?

Hilda miró el frasco y después a ella con los ojos muy abiertos.

—Le diste un poco esta mañana, ¿no te acuerdas?

—Volví a guardarlo en el armario de las medicinas —respondió sin apenas poder contener la rabia—. Jamás lo dejaría aquí, donde puede alcanzarlo ella.

—Sé que no lo dejarías a propósito —le dijo Hilda encogiéndose de hombros—. Quizá pensabas hacerlo y te distrajiste con algo.

—¿Y tú no lo habías visto hasta ahora y habías pensado que tal vez habría que guardarlo para que no estuviese al alcance de mi hija?

Hilda se quedó unos segundos con la boca abierta y miró a Annabelle, que las observaba desde el otro lado de la habitación.

—Lo siento, Kate. No lo había visto. Sin duda lo habría guardado de haberlo visto. Yo me encargo.

Kate negó con la cabeza, recogió ella misma el bote y se lo llevó al cuarto de baño, donde volvió a dejarlo en la estantería de arriba. Era imposible que se le hubiera olvidado guardar la medicina. Sintió el calor en las mejillas. No se le había olvidado. Alguien lo había puesto allí, o para poner en peligro a Annabelle o para hacerle creer que estaba perdiendo la cabeza. Tal vez Hilda. Quizá quisiera vengarse por avergonzarla con lo de los huevos crudos. No, eso era ridículo. Hilda jamás le haría daño a Annabelle. ¿Era posible que estuviera tan distraída como para olvidarse de guardar la medicina?

Quizá hubiera sido Simon. Últimamente no paraba de hacer insinuaciones sobre su salud mental. Lo vigilaría con más atención. Volvió a bajar las escaleras tratando de ignorar la preocupación que la invadía. Encontró a Blaire en la cocina preparando té.

—Mi padre viene a las cinco y media, así que cenaremos sobre las seis. Espero que Simon vuelva pronto.

—¿Dónde está? —preguntó Blaire—. ¿Las empresas no cierran, al menos temprano, en Nochebuena?

—La empresa está cerrada hoy. Pero dice que le llamaron esta mañana por un tema de integridad estructural en un edificio del centro, algo relacionado con las estructuras de acero. Tenía que reunirse allí con un ingeniero. —Apostaría lo que fuera a que la llamada urgente de esa mañana se la había hecho Sabrina. Probablemente con la excusa de que necesitaba consuelo la primera Navidad sin su padre. Estaba convencida de que Sabrina tenía planes ocultos. Intentaría ser más compasiva, pero creía que gran parte de la pena de Sabrina era una farsa para llamar la atención de Simon.

—¿Dice? —repitió Blaire.

—Vamos. Es Nochebuena. Ya no importa. Además, tengo cosas más importantes en las que pensar. Cuando encontremos al asesino, Simon volverá a marcharse. El matrimonio se ha terminado.

—Disculpe, señora. —Era Joshua, del equipo de seguridad.

—¿Sí?

—Han llegado unas flores para la señorita Barrington. Hemos abierto la caja para ver que todo estaba en orden. ¿Puedo traerlas?

—Sí, por favor —respondió Kate.

Joshua entró con una caja que contenía dos docenas de rosas rojas.

Cuando Kate vio las flores, recordó las rosas blancas de la otra noche, las que ella nunca había pedido. Dio la espalda a la caja.

—Son de Daniel —anunció Blaire al sacar la tarjeta—. Le dije que me habías invitado a quedarme aquí esta noche y mañana.

—Debe de echarte mucho de menos. —¿Cuándo le había enviado flores Simon por última vez? No se acordaba. Pero ¿qué más daba? Ya no podía confiar en él. La invadió una horrible sensación de miedo y soledad. Blaire se había convertido de nuevo en su roca, pero, claro, no podría quedarse para siempre; tenía su propia vida, su marido, que le enviaba flores, su trabajo—. ¿Quieres ayudarme a terminar de envolver los regalos de Annabelle? —le preguntó, tratando de quitarse de encima esa sensación.

—Me encantaría.

—Está todo arriba, en uno de los cuartos de invitados. Dejé allí las últimas cosas esta mañana. —Miró a Blaire mientras subían las escaleras—. Decir «todo» hace que parezca mucho. En realidad, solo he comprado para Annabelle. Pedí algunas cosas *online*. Quería que para ella fuese un momento feliz, pero no tengo ánimo.

—Claro que no. Es totalmente comprensible —le dijo Blaire cuando llegaron al rellano.

Juntas enseguida terminaron de envolver los regalos, llevaron los paquetes al salón y los colocaron bajo el árbol de Navidad de tres metros situado en un rincón.

Se sentaron en uno de los sofás frente a la chimenea.

—¿Quieres beber algo? ¿Vino? ¿Ponche de huevo? —preguntó Kate.

—Nada de momento. Creo que voy a subir a prepararme para la cena. Además, quiero llamar a Daniel.

—Claro.

Pocos minutos después de que Blaire saliera de la habitación, entró Simon, aún con el abrigo puesto.

—¿Ya te has encargado de la gran emergencia? —le preguntó Kate.

Él arqueó las cejas.

—Está todo bajo control, sí. Siento haber tenido que irme. Voy a ducharme antes de la cena.

Cuando se quedó sola, Kate fue a la cocina para disponer las fuentes sobre la encimera. Su cocinera, Claude, había preparado la cena de Nochebuena aquella mañana. El lomo de ternera envuelto en beicon y el puré de patata estaban en el horno bajo, calentándose, y Kate lo traspasaría todo a las fuentes cuando estuviesen listos para cenar. Descorchó una botella de cabernet sauvignon Silver Oak y la dejó sobre la mesa del comedor.

Sonó el timbre y, cuando fue a ver quién era, Annabelle bajó corriendo las escaleras seguida de Simon. Llevaba puesto un vestidito blanco de punto con ribetes rojos y leotardos rojos. Se le llenaron los ojos de lágrimas al darse cuenta de que era uno de los vestidos que Lily le había comprado un mes antes. Llevaba la melena rubia recogida en dos coletas con lazos rojos y le brillaban los ojos de la emoción.

—¿Es Papá Noel? —preguntó mientras Kate se acercaba a la puerta.

—No creo, cariño. Será el abuelo. Papá Noel vendrá cuando estemos todos dormidos. Y bajará por la chimenea. —Brian le abrió la puerta a su padre.

Kate logró componer una sonrisa que pareciese natural.

—Papá —dijo dándole un abrazo. Le pareció cansado.

—Mis chicas favoritas —dijo Harrison, le dio un beso a ella y después se agachó para abrazar a Annabelle—. Mírate. Estás hecha toda una chica navideña.

—Abuelo. Papá Noel viene esta noche.

—Ah, ¿sí?

—Sí. Y va a traerme juguetes.

—¿Pasamos al comedor? —sugirió Kate. Seguía disgustada con su padre, pero había decidido olvidar el tema hasta después de Navidad. Solo quería pasar los siguientes días por el bien de Annabelle. Tras sentarse a la mesa, le vibró el teléfono en el bolsillo, lo sacó y lo abrió.

Las muertes por alergias alimentarias aumentan durante las fiestas.
Todas esas comidas caseras potencialmente asesinas.
Sería una pena que murieras antes de Navidad.
Sobre todo, con tantos paquetes debajo de ese bonito árbol.
¿Hay alguno para mí?

Fue como si un elefante le pisoteara el pecho.

—Kate, ¿te encuentras bien?

Intentó hablar, pero no le salía la voz.

—Respira, Kate. ¿Dónde está el Valium?

—La cocina.

Su padre regresó a los pocos segundos con un vaso de agua y una pastilla.

—¿Cómo lo sabía? —preguntó tras tomársela—. Todas las ventanas de la casa están cubiertas.

Cuando le mostró el teléfono a su padre para que lo viera, empezó a sonar y la sobresaltó. Era Anderson.

—Sé que es Nochebuena, pero ¿puede venir? —le dijo a modo de saludo.

—Llamaba para decirle que voy de camino.

Se quedó sentada muy quieta, como si estuviera en trance. Harrison llevó a Simon a un lado y le susurró algo. Simon abrió mucho los ojos, después miró a Kate y luego a Hilda.

—Hilda, ¿puedes ir a bañar a Annabelle antes de la cena? —le preguntó.

—Pero aún no has leído *La noche antes de Navidad* —se quejó Annabelle.

—Te prometo que lo leeremos cuando bajes.

Cuando salieron de la habitación, Harrison les mostró el mensaje a Simon y a Blaire. Kate sentía como si flotara por la habitación, viéndolos a todos a través de un cristal empañado. Veía sus caras mientras susurraban, incapaz de enfocar con la mirada.

Anderson llegó a los poco minutos, o eso le pareció, pero al ver el reloj vio que había pasado casi media hora. Parpadeó, empezaba a recuperar el control y pudo concentrarse en su boca mientras hablaba.

—El mensaje ha sido enviado desde otra RPV, así que no hemos podido rastrearlo. Vamos a aumentar la protección. Habrá un coche de policía frente a la casa. —Miró a Simon—. Sé que rechazó la protección y que tiene su propia seguridad, pero ahora insisto.

—Por supuesto —convino Simon.

Kate daba vueltas de un lado a otro.

—No lo entiendo… Tras el último mensaje, nos hemos asegurado de que nadie pueda vernos desde fuera. ¿Cómo sabe lo de los regalos debajo del árbol? Y las alergias alimentarias… Hoy hemos hecho galletas. Debe de ser alguien que tiene acceso a nuestra casa.

—Es Navidad —contestó Anderson—. Todo el mundo tiene regalos debajo del árbol. En ese mensaje no hay nada específico que indique que alguien tiene acceso a la casa. De hecho, creo que, si tuviera acceso, el mensaje incluiría más detalles.

—Pero ¿cómo sabe lo de la alergia de Kate a las nueces? —preguntó Simon.

—No he dicho que sea alguien a quien no conocen —respondió Anderson.

—Todo nuestro entorno lo sabe —dijo Kate—. Antes de comer nada, tengo que asegurarme de los ingredientes.

—¿Y qué hay de los guardias de seguridad? —intervino Blaire—. Quizá alguno de ellos esté implicado.

Simon le lanzó una mirada fulminante.

—No estamos en una de tus novelas de asesinatos, Blaire. Los contraté después de que empezara todo esto. Dudo mucho que alguno de ellos sea un topo.

—Está bien, está bien. No es necesario ponerse sarcásticos unos con otros —dijo Anderson.

—¿Y Hilda? —preguntó Blaire—. ¿Podría tener algo que ver con esto?

—No, lleva con nosotros desde que Annabelle era un bebé —respondió Simon—. Estaba aquí cuando Lily fue asesinada. No puede estar implicada. Y Annabelle ya está muy triste por todo lo que está pasando. No quiero quitarle a Hilda.

—Me doy cuenta de que esto no es una novela de misterio —dijo Blaire señalando a Simon con la cabeza—, pero quizá el equipo de seguridad debería buscar micrófonos ocultos, porque esa persona está obteniendo información de alguna forma. Damos por hecho que alguien se asomó a la ventana cuando se recibió el último mensaje. Tal vez haya una cámara o un aparato de grabación en la casa.

—He dado por hecho que ya lo habrían comprobado —le dijo Anderson a Simon.

Kate se quedó allí sentada, intentando seguir la conversación. Blaire tenía razón. Debía de haber cámaras en alguna parte. Empezó a picarle la piel, como si tuviera bichos corriéndole por el cuerpo. Miró hacia el techo y observó las molduras de un extremo al otro, en busca de cualquier dispositivo que pudiera estar observando sus movimientos. La estaban espiando. Los detalles más íntimos de su vida estaban a disposición de un maníaco que había matado a su madre y que quería verla muerta a ella también. Se llevó una mano al cuello y miró a Simon con desconfianza.

—Me dijiste que el equipo de seguridad era de primera. ¿Por qué no han registrado la casa en busca de cosas así? Hubo muchas personas aquí el día del funeral. Cualquiera podría haber puesto cámaras. Podrían estar en cualquier parte.

—No teníamos motivos para pedirles que buscaran cámaras hasta ahora —respondió Simon, y miró a Anderson—. ¿Por qué dieron por hecho que lo comprobarían? Si consideraba que era necesario, ¿no debería haberlo hecho usted mismo?

¿Por qué no hacían nada al respecto en vez de hablar sin más? Era desesperante. Kate se levantó y exclamó:

—¡Hágalo, ahora! No puedo seguir aquí sin saber que no me están observando.

Anderson sacó su teléfono y marcó un número.

—Haré que envíen un equipo tecnológico. Registrarán la casa. —Habló por teléfono, colgó y se volvió hacia Simon—. Como bien ha dicho, no teníamos motivos para hacerlo hasta ahora.

Kate observó la cara de Anderson mientras hablaba con su marido. Estaba enfadado. Y había algo más en su expresión… ¿Desconfianza? ¿O simple fastidio? ¿Sabría algo que ella desconocía?

20

Blaire se despertó temprano la mañana de Navidad y la casa estaba aún en silencio. No quería despertar a nadie, así que bajó las escaleras de puntillas y fue a la cocina. Se habían quedado levantados hasta muy tarde. La policía había venido con todo su equipo y habían registrado la casa, incluso habían examinado el *router* de Kate y Simon para ver si alguien se había conectado a su wifi. No se detectó nada. Kate seguía convencida de que había cámaras escondidas en alguna parte, pero la policía le había asegurado que, de ser así, la cámara tendría que estar transmitiendo en alguna parte, y eso no era así. Kate se quedó destrozada. Blaire no la culpaba, ya que eso lo habría explicado todo. Pero ahora ya les había quedado claro que el responsable era alguien muy cercano.

Había otra cosa que le inquietaba. Justo después de que Simon regresara a casa el día anterior después de su supuesta emergencia estructural, entregaron una caja enorme. Los dos guardias se acercaron, pero Simon corrió hacia ellos.

—No pasa nada —les dijo mientras miraba la etiqueta—. Lo he pedido yo. Es un regalo de Navidad para Annabelle.

Retrocedieron cuando Kate se acercó.

—¿Qué es? —preguntó con evidente inquietud.

Simon sonrió y tocó la tapa de la caja.

—Es un Range Rover en miniatura que había visto. Le va a encantar.

—¿Qué? ¿Has perdido la cabeza? ¿Cuánto te ha costado?

—Solo quince mil. Podemos permitírnoslo.

—¿Quién se lo puede permitir? ¿Tú? ¿O yo? ¿Has usado tu propio dinero o has usado el mío?

Blaire vio que Simon se tensaba y se ponía rojo.

—Pensé que era todo nuestro dinero.

—¿Te das cuenta de que estamos gastando mucho dinero con toda esta seguridad? ¿Cómo puedes mostrarte tan displicente? —le dijo Kate—. Ya habíamos hablado de esto. Las compras importantes debemos consensuarlas de antemano. Y no quiero que Annabelle se convierta en una malcriada.

—Está bien. Lo devolveré —respondió él en voz baja.

—¡Eso espero! —exclamó Kate antes de abandonar el recibidor, y Blaire miró a Simon antes de seguirla. Él le devolvió una mirada de fastidio y le dio la espalda.

Blaire puso a preparar un poco de café y se preguntó si la pelea del día anterior se prolongaría hasta la mañana de Navidad. Se acercó a la puerta de cristal de la sala del desayuno, abrió las cortinas y se asomó. Había una fina capa de nieve en el suelo y los copos seguían cayendo. Iban a tener una blanca Navidad.

Había nevado así la primera Navidad después de que su madre se fuera. Blaire aún creía por entonces en Papá Noel y le había escrito una carta pidiéndole que le devolviera a su madre. Era una mujer divertida, pero también se enfadaba y tenía cambios de humor. A veces le gritaba que la dejase en paz, con la cara roja de ira. Solo con pedirle que le preparase algo de merienda después del colegio podía desatar su ira. Pero después su madre se arrepentía, se disculpaba e intentaba compensárselo. Cuando volvía del colegio, a veces sabía cómo iba a reaccionar su madre. Si tenía puesta música alegre y bailaba de un lado a otro, todo iría bien. Le daba la mano y juntas reían y bailaban, y le decía a su hija que algún día iría al cine y vería a su madre en la gran pantalla. Se le iluminaban los ojos y sonreía mientras le contaba sus planes. Iba a marcharse a Hollywood para que la descubrieran. Luego, si Blaire se portaba bien, volvería a buscarla y vivirían en una gran mansión en Beverly Hills. Blaire no quería pensar en que su madre se fuese, pero, cuando se lo decía, ella se ponía seria y le decía que estaba siendo egoísta, de modo que fingía alegrarse por ella.

Si su madre tenía puesta música triste cuando llegaba a casa, sabía que debía guardar silencio. De lo contrario, su madre le gritaría y le diría que su padre le había arruinado la vida. Que, si no se hubiera casado con él, ya sería una estrella de cine. Blaire nunca le decía que, de no haberse casado con él, ella nunca habría nacido, pero así lo pensaba.

Miró el reloj de la pared. Las cinco y media. Era demasiado temprano para llamar a Daniel y desearle feliz Navidad. Aún no se habían puesto en contacto y empezaba a frustrarse. Su vuelo desde Londres había llegado a Chicago la noche anterior. Aquel día debería haber estado con él y con su familia, no en casa de Kate como invitada. Sabía que era importante estar allí con Kate, pero no ayudaba imaginárselo con sus padres y con su hermana, disfrutando, riendo y dándose regalos mientras ella estaba allí. Se sirvió una taza de café y buscó en los armarios hasta que encontró el azúcar.

—Buenos días. —La voz de Hilda la sobresaltó.

—Buenos días, Hilda. Feliz Navidad.

Le había sorprendido que Hilda no pasase la Navidad con su propia familia, pero Kate le dijo que Hilda había pedido pasar allí la Navidad con Annabelle.

—Feliz Navidad —respondió Hilda.

Annabelle entró corriendo en la cocina seguida de Kate y Simon.

—¡Feliz Navidad! ¿Ha venido Papá Noel? —preguntó la niña emocionada y con los ojos muy abiertos.

—No lo sé. Aún no he ido a ver —respondió ella con una sonrisa—. He preparado café —les dijo a Simon y a Kate.

—Muchas gracias —le dijo Kate.

Su amiga estaba demacrada. Las bolsas que tenía bajo los ojos le daban un aspecto terrible. Su melena rubia y brillante había perdido el lustre, y además estaba más delgada que nunca.

—Vamos, mami. Quiero ver qué me ha traído Papá Noel.

—Muy bien, pequeña. Me sirvo un café y vamos.

Annabelle fue a quejarse, pero Blaire acudió al rescate.

—Podéis ir a ver los regalos. Yo llevaré los cafés. ¿Tu padre se ha levantado ya?

—Sí. Ya está en la sala de estar.

—Fantástico. Le llevaré uno también a él.

—Deja que te ayude —dijo Hilda sacando las tazas del armario.

Kate le dedicó a Blaire una mirada de agradecimiento y le dio la mano a su hija. Se fijó en que apenas miraba a Simon. La tensión entre ellos era como una presencia más en la habitación. Sirvió los cafés y un vaso de zumo de naranja para Annabelle, sacó unas galletas de una lata que encontró en la despensa y lo dispuso todo en una bandeja. Cuando la dejó en la mesita baja de la sala de estar, vio que las luces del árbol de Navidad estaban encendidas. Kate le había dicho que Simon había insistido en poner un árbol por Annabelle. Se alegró de ver las luces multicolores. Era evidente que Kate seguía la tradición de su madre. Lily siempre había dicho que las luces blancas eran preciosas y tradicionales, pero a ella le daba igual; los árboles de Navidad eran para los niños, y las luces de colores les gustaban más que las sencillas.

Se acercó más al árbol y observó los adornos. Había muchos de países que debían de haber visitado, y otros parecían tener algún significado especial. Recordó la Navidad de su último año de instituto, cuando Lily les regaló a cada una un adorno; el suyo era un león que representaba a la mascota de Columbia, y el de Kate era Handsome Dan, el bulldog que era la mascota de Yale. De nuevo recordó todas las cosas que se había perdido en la vida de Kate.

—Gracias por el café —le dijo Kate interrumpiendo sus pensamientos—. Ven a sentarte conmigo.

Kate se sentó en el sofá y Harrison en un sillón mullido junto al árbol. Simon estaba sentado con las piernas cruzadas en el suelo junto a Annabelle, rodeados de una montaña de regalos, y Hilda a su lado en un butacón redondo. Blaire sonrió cuando Annabelle empezó a rasgar el papel y a sorprenderse con cada regalo. Había muñecas, animales de peluche, juegos de mesa, Legos y una bicicleta roja con ruedines. Después Simon le entregó a su hija una pila de regalos envueltos en papel con un diseño de animales con gorros de Papá Noel.

—Libros, ¿verdad? —le susurró Blaire a Kate.

—Sí —respondió su amiga—. Los pedí por Internet. Les dije que me los envolvieran, dado que los compré a última hora. —Se levantó del sofá y fue a sentarse junto a Annabelle mientras la niña iba desenvolviendo los libros—. Mira, cielo —dijo agarrando uno—. *Dragones y tacos*. Lo leeremos juntas más tarde.

—Es divertido —dijo Annabelle entre risas—. A mí también me gustan los tacos.

—Vaya. Cuántos libros. Vamos a ver qué más cosas tienes —dijo Harrison mientras Hilda recogía todo el papel de regalo y lo metía en una bolsa.

Annabelle rasgó el papel del siguiente paquete.

—Mira, mami. ¿Por qué este hombre parece tan malo? —Le pasó el libro a Kate y Blaire se inclinó para verlo mejor.

Kate pareció preocupada.

—Este libro no es para ti. Debe de haber sido un error, cariño.

Blaire se quedó helada al leer el título. *Watch Mommy Die*, «Mira cómo muere mamá». Era la historia real de un asesino en serie.

—Déjame ver —dijo Simon, le quitó el libro a Kate y lo hojeó. Se quedó pálido.

—Yo no he pedido eso —aseguró Kate con voz temblorosa. Blaire se dio cuenta de lo mucho que le costaba mantener la serenidad.

—Debes de haberlo hecho —dijo Simon.

—¡Desde luego que no! —Le quitó el libro y se levantó de un salto. A juzgar por cómo lo sujetaba, Blaire pensó que iba a romperlo en pedazos.

Annabelle se quedó sentada en silencio, mirando alternativamente a sus padres, disgustada por el alboroto. Hilda la sentó en su regazo y trató de distraerla.

—Quizá lo encargaste por error… Buscabas algún libro sobre el duelo, y surgió esto —le sugirió Simon con voz suave.

—Eso es ridículo. Yo no he pedido esto —insistió Kate. Bajó la voz para que no la oyese Annabelle, que ahora jugaba alegremente con sus otros regalos.

Nadie dijo nada y Kate los miró furiosa.

—Lo demostraré —dijo, y salió corriendo de la habitación.

—No puede haberlo pedido ella. Debe de ser un error, ¿no creéis? —dijo Blaire, mirando primero a Simon y después a Harrison.

—Debe de una haber una explicación lógica —contestó Harrison—. ¿Has pedido tú algún libro? —le preguntó a Simon.

Antes de que este pudiera responder, Kate regresó con el portátil y se sentó.

—Os mostraré mi historial de pedidos. Ya veréis.

Se miraron todos mientras ella abría las páginas. Finalmente los miró.

—Eh… —dijo, se puso en pie y el ordenador cayó al suelo.

Blaire lo recogió y miró la pantalla. El libro se había encargado el día después de los otros, pero sin duda era un pedido que había realizado Kate. Blaire tragó saliva. Era evidente que el estado mental de su amiga se estaba deteriorando.

—Es un error —dijo Kate llevándose la mano al cuello—. No puedo respirar. No puedo respirar —repitió, temblando mientras trataba de tomar aire.

Harrison se levantó de su asiento y corrió hacia Kate, pero ella lo apartó. Simon se quedó en pie sin hacer nada.

—Mami, ¿qué pasa? ¿Estás enferma? —preguntó Annabelle al borde del llanto.

—No pasa nada, Annabelle. Ven conmigo. Quiero enseñarte una cosa —le dijo Hilda mientras la sacaba de la habitación.

Blaire se acercó a Kate y la estrechó entre sus brazos. Sintió los latidos de su corazón contra su pecho mientras la abrazaba y las clavículas de su amiga bajo sus manos.

—No pasa nada. Seguro que tienes razón. Será un error. Llegaremos al fondo de todo esto —le dijo.

Era como la Kate de aquel verano de hacía tanto tiempo, cuando entró en aquel lugar oscuro y profundo. Si aquel reinado del terror no llegaba a su fin, no sabía si Kate sería capaz de regresar esta vez.

Kate había ido a tumbarse antes de la cena de Navidad. Blaire se había quedado en su dormitorio con ella hasta que se durmió. Los demás también estaban echando una siesta y Simon estaba subiendo las escaleras justo cuando ella bajaba.

—¿Cómo está? —le preguntó en un tono civilizado para variar.

—Está durmiendo.

—Bien. Voy a leer un rato antes de la cena —agregó Simon, y siguió su camino hacia el rellano.

Blaire regresó a la sala de estar, donde los regalos estaban ordenadamente apilados debajo del árbol. Alguien debía de haber recogido. Se estiró en el sofá, revisó su teléfono y le decepcionó ver que Daniel aún no la había llamado. Había intentado llamarlo antes, pero había saltado directamente el buzón de voz. Volvió a llamarlo, pero no hubo suerte. Habrían ido a la iglesia por la mañana y ahora estarían preparándolo todo para la cena. Ella siempre había ayudado a su madre con la cocina, se sentía parte de la familia.

Daniel había crecido en Forest Glen, un bonito suburbio de Chicago. Su madre era profesora de Lengua en la Universidad Loyola y su padre un exitoso ejecutivo de publicidad. La primera vez que Daniel la llevó a conocerlos y a pasar el fin de semana, le hicieron sentir como en casa. Barbara, su madre, le dio un cálido abrazo, le estrechó la mano y la llevó a la cocina para que pudieran «conocerse mejor». Al principio pensó que Barbara quería acribillarla a preguntas, pero se relajó al ver lo abierta y cercana que era. Sus padres se mostraban cariñosos entre sí y con Daniel, y era evidente que mantenían una gran relación. A juzgar por su manera de interactuar, quedaba claro que disfrutaban estando juntos, y eso le recordó a la familia de Kate y todos los buenos momentos que había compartido con ellos.

Estuvo encantada de que la familia de Daniel pasase a ser también la suya y, con los años, sentía que la querían tanto como a él. Sabía que Barbara habría estado cocinando esos dos días —desde galletas hasta pasteles—, mientras Neal, Daniel y Margo, la hermana de Daniel, le hacían compañía y charlaban sobre todo tipo de temas, desde literatura, deportes y eventos locales hasta noticias internacionales.

Suspiró al preguntarse si habrían terminado de abrir los regalos y cuándo se sentarían a cenar. Blaire los echaba mucho de menos. Le fastidiaba imaginárselos disfrutando del día sin ella. No podía quedarse allí tumbada pensando en lo lejos que estaban, así que se levantó y se fue al comedor.

La mesa estaba puesta con sencillez para la cena. Pasó la mano por la superficie de madera pulida. Había esperado una mesa muy elaborada, como las que solía preparar Lily, con porcelana, copas de cristal y cubertería de plata con monograma. Lily tenía incontables juegos de porcelana china para distintas ocasiones. Nunca olvidaría la primera vez que cenó con Kate y con sus padres. Harrison le había pedido que le pasara la sal y ella le había pasado el salero. Después, en privado, Lily le había dicho que, cuando alguien pedía la sal o la pimienta, lo correcto era pasar ambas cosas. Le había enseñado muchas cosas sobre modales y protocolo, cosas de las que Shaina no tenía ni idea, y mucho menos Enid.

Sintió una presión en el pecho y la embargó el dolor de la pérdida. Dejó escapar un sollozo y se aferró a la silla que tenía delante mientras tomaba aire. Había muchas cosas que deseaba decirle a Lily, que necesitaba decirle. Pero un monstruo le había quitado la vida y, al hacerlo, había destrozado su esperanza de volver a verla algún día.

Pasados unos minutos, recuperó la compostura y se apartó de la mesa. Tenía seis servicios sobre manteles individuales de fiesta, sin velas, ni adornos. Ni siquiera había centro de mesa, pero, claro, lo último que tendría Kate en la cabeza sería poner una mesa bonita.

Fue a reunirse con los demás al oír la voz cantarina de Annabelle. Kate parecía somnolienta, pero sin duda estaba menos alterada cuando Blaire entró en la sala de estar, donde se habían juntado todos.

—¿Te encuentras mejor? —le preguntó a Kate.

—Un poco. Hay ponche de huevo en el frigorífico —respondió Kate de pronto—. ¿Alguien quiere ponche de huevo? Papá, ¿quieres ponche de huevo? Puedes servirle una taza a Annabelle; no lleva ron.

Blaire se quedó mirándola. Seguía nerviosa, tensa. El Valium parecía haberla ayudado un poco, pero no lo suficiente.

—Claro, cariño —dijo Harrison, y abandonó la habitación con cara de preocupación.

Kate entrelazó las manos en su regazo y se quedó mirando al frente. Nadie dijo nada. Cuando Harrison regresó con una bandeja de ponche, sonó el timbre.

—¿Quién será? —preguntó Kate, visiblemente asustada.

—Debe de ser alguien que conocemos —respondió Simon—, si los de seguridad le han dejado pasar. Voy a ver.

Cuando volvió a entrar en la habitación con Sabrina a su lado, Blaire estuvo a punto de escupir el ponche que acababa de tomar. Sabrina estaba deslumbrante con un vestido negro ajustado que Blaire reconoció como un Victoria Beckham, con los labios pintados de rosa intenso para enfatizar su carnosidad. Llevaba un enorme bolso de Neiman Marcus.

—Feliz Navidad a todos. No quería interrumpir vuestra Navidad, pero quería dejar unos regalos de camino a casa de mi amiga —anunció.

Simon dirigió a Kate una mirada lastimera y Blaire apretó su vaso con más fuerza. Sí que tenía agallas. Interrumpir la Navidad. ¿Y vestida así?

—Hola, Sabrina —dijo Kate secamente—. Por favor, pasa.

Simon, visiblemente tenso, le ofreció algo de beber.

—Me encantaría —respondió ella—. Ya sabes lo que me gusta.

Kate le dirigió a Simon una mirada fulminante, pero era evidente que él evitaba el contacto visual. Blaire observó mientras preparaba un martini. Le entregó la copa a Sabrina y esta dio un sorbito antes de dejarla sobre la mesita, sin preocuparse porque pudiera salpicar sobre la mesa, cosa que hizo.

Kate resopló, se puso en pie, absorbió el líquido y puso debajo de la copa una servilleta.

Sabrina miró a Kate.

—Lo siento, Kate. No quería mojarte la mesa. —Sin esperar una respuesta, se acercó a Annabelle—. Hola, mi amor, tengo un regalo para ti.

¿Su amor? Blaire no podía creerse que Kate estuviese allí plantada sin decir nada.

—¿Qué es? —preguntó Annabelle con una sonrisa.

Sabrina le entregó una caja envuelta en papel verde con un lazo rojo.

—Gracias —susurró la niña.

Lo abrió y de dentro sacó una muñeca Truly Me American Girl Doll. Tenía rizos rubios y los ojos marrones, igual que Annabelle.

—¡Se parece a mí! —exclamó.

—Sabrina, no hacía falta que le compraras un regalo a Annabelle —dijo Kate con tensión en la voz.

Sabrina no se molestó en mirarla, pero le apartó un rizo de los ojos a Annabelle.

—Quería hacerlo. ¿A que es preciosa, Annabelle?

—Qué regalo más bonito —comentó Simon—. Qué considerada, Sabrina.

Blaire lo miró. Menudo cabrón. Pasear a su amante delante de su esposa y de su suegro. Era casi como si disfrutara haciéndolo. Se los imaginó a ambos riéndose después. Iba a desenmascararlo a toda costa. ¿Cómo se atrevía Sabrina a halagar a Annabelle de esa forma? Le dieron ganas de arrancarle la muñeca de las manos. Notó el calor en la cara a medida que la indignación y la rabia crecían dentro de ella.

—¡La quiero! —dijo Annabelle abrazando a la muñeca.

—¡Hay más! —exclamó Sabrina, y sacó de la bolsa otro paquete. Ese no estaba envuelto: una caja de bombones Godiva—. Aquí tienes, Kate. Sé lo mucho que te gusta el chocolate. —La dejó sobre la mesa delante de ella.

—Gracias, pero nosotros no te hemos comprado nada —respondió Kate.

—No pasa nada —dijo Sabrina sonriente—. Vuestra amistad es suficiente. Simon y tú habéis sido muy amables a lo largo de los últimos meses. Esta es mi primera Navidad sin mi padre. Ha sido duro…

Kate le dedicó una sonrisa forzada.

—Sí, bueno, muchas gracias por los regalos. Muy considerada —dijo con sus modales intactos—. Estoy segura de que estás deseando acudir a tu celebración.

Simon dejó escapar una risa nerviosa.

—Sabrina, gracias por pasarte. Te acompañaré a la puerta.

Desde el recibidor llegó el sonido amortiguado de las voces, pero era difícil distinguir lo que estaban diciendo. Todos guardaron un silencio tenso, esperando a que Simon regresara. Por fin Kate se levantó y se alisó la falda.

—¿Por qué tarda tanto? —preguntó, caminando hacia el recibidor justo cuando regresó él—. Qué bien que vuelvas con nosotros. ¿Por qué tardabas tanto?

—Estaba despidiéndome de ella —respondió Simon encogiéndose de hombros.

—¿Qué es eso? —preguntó Kate señalando el bulto que llevaba Simon en el bolsillo.

—¿Podemos hablar del tema más tarde?

Blaire miró a Harrison, preguntándose si se sentiría tan incómodo como ella.

—¿Qué te ha dado? —preguntó Kate alzando la voz.

Simon sacó algo del bolsillo y se lo dio.

—Era de su padre. Pensó que me gustaría tenerlo.

Kate agarró la cajita y la abrió. Se quedó con la boca abierta.

—¿Un anillo? ¿Te ha dado un anillo?

—Ya te he dicho que era de su padre. Sabes lo unido que estaba a él.

Blaire sabía que Kate estaba a punto de explotar y no podía culparla. Aquella mujer tenía mucho descaro.

—Lo hablaremos más tarde. Voy a encargarme de la cena —dijo Kate con la voz de hielo—. Y, Hilda —agregó mirando hacia atrás mientras salía de la habitación—, deshazte de esos bombones. No es seguro para mí, cosa que Sabrina probablemente ya supiera.

Tras abandonar la habitación, Harrison se acercó a Simon y ambos estuvieron hablando en voz baja, de modo que Blaire no pudo oírlos. Imaginó que estaría reprendiendo a Simon por lo que acababa de ocurrir. Ella seguía tan furiosa que echaba humo.

La tensión no se disipó durante el resto del día de Navidad. Cuando por fin llegó la hora de acostarse, Blaire agradeció poder refugiarse en la paz y tranquilidad del dormitorio de invitados situado junto al de Kate. Era una habitación grande con una pared entera de ventanales hasta el techo, sobre la que colgaban unas cortinas de seda de un gris claro. En un rincón había un sillón tapizado en blanco y un butacón a juego, frente a la cama doble de color blanco. Los tonos eran suaves, entre el gris y el blanco, y otorgaban a la estancia una sensación de paz; la chimenea era la guinda del pastel aquella fría noche de diciembre. Se dio un baño y acababa de meterse en la cama a leer cuando oyó las voces agitadas procedentes del otro lado de la puerta. Se incorporó y trató de descifrar las palabras, pero no sirvió de nada. Se quedó así unos minutos, pero las voces cesaron igual de rápido que habían empezado, así que volvió a tumbarse y agarró su libro una vez más. Le pitó el teléfono y lo agarró pensando que sería Daniel. Era un mensaje de Facebook de Carter.

Gracias por la solicitud de amistad. ¿Por casualidad estás libre para cenar? Me encantaría tener tiempo para ponernos al día sin interrupciones. Besos.

Blaire sonrió y empezó a escribir.

Me encantaría. ¿Te parece bien en el Prime Rib mañana por la noche?

Carter respondió unos segundos más tarde.

Será un placer. ¿Nos vemos a las ocho?

Hecho.

21

A la mañana siguiente, a Kate le invadieron de nuevo los acontecimientos del día de Navidad. Se puso furiosa al recordar a Sabrina presentándose en su casa. ¿Quién se creía que era regalándole a Annabelle esa muñeca? Una muñeca Truly Me no era un regalo improvisado; tendría que haberla encargado con tiempo.

Agarró su móvil y marcó el número del detective Anderson.

—Anderson —respondió al primer tono.

—Quiero que investigue de nuevo a Sabrina Mitchell.

—¿Doctora English?

—Sí, soy Kate. ¿Me ha oído?

—Parece disgustada. ¿Ha sucedido algo?

—Esa mujer se presentó ayer en mi casa con regalos para mi marido y para mi hija. De hecho, le dio a mi marido un anillo. ¡Un anillo!

—¿Qué clase de anillo?

—Era el anillo grabado de su padre. Dijo la chorrada de que sabía que su padre habría querido que lo tuviera Simon. Pero sé lo que se propone. Está actuando como si Simon fuese su marido. Le dije a mi madre que estaba intentando interponerse entre nosotros. —Las palabras le salían ahora con rapidez—. Mi madre iba a hablar con Simon. Sabía lo suyo con Sabrina. ¿Y si lo planearon juntos?

—Voy para allá.

Kate abrió la puerta y se puso furiosa al ver que no había nadie frente al dormitorio. ¿Dónde estaba Alan?

—¡Annabelle! ¡Hilda! —gritó mientras bajaba corriendo las escaleras.

El guardia de la entrada —¿era Scott o era Jeff?— se dirigió a ella.

—¿Va todo bien, doctora English? —Kate se detuvo, lo miró y se vio reflejada en el espejo que había tras él. Llevaba puesto el camisón y tenía el pelo revuelto. Parecía una loca. Tomó aliento y se obligó a calmarse.

—¿Dónde está Alan?

—Su turno terminó a las siete. Su marido le dijo que podía marcharse.

Normalmente ella ya estaba levantada a esa hora, pero, aun así, le había dicho a Alan que solo le hiciese caso a ella. Hablaría con él cuando regresara esa noche.

—¿Has visto a mi hija?

—Creo que está en la cocina con su niñera, señora.

Kate le hizo un gesto con la cabeza y corrió escaleras arriba a vestirse. Era una locura tener a todas esas personas en la casa espiándola. Se duchó deprisa, se puso unos vaqueros y una camiseta de manga corta y se cepilló el pelo. Se miró al espejo y asintió. Mejor.

Al llegar a la cocina, Annabelle levantó la mirada de su libro de colorear.

—Hola, mami. Has dormido hasta tarde. Papi decía que no te encontrabas bien.

—¿Dónde está papi? —le preguntó ella, mirando a Hilda.

—Está en su despacho —respondió Hilda—. Y Blaire estaba aquí hace un rato. Está trabajando en el estudio. Me pidió que te dijera que fueras a buscarla cuando te levantaras. ¿Quieres un café?

Kate negó con la cabeza, dirigiéndose ya hacia la puerta. Tenía que hablar con Simon y después iría a buscar a Blaire.

Atravesó el recibidor y se detuvo frente a su puerta. Tenía la mano puesta en el picaporte cuando oyó su voz. ¿Con quién estaba hablando? Acercó la oreja a la puerta tratando de distinguir la conversación.

—Sí, lo sé. Es que…

Kate se pegó más a la puerta.

—Por supuesto, pero has de entender que…

Estaba hablando con Sabrina. Abrió la puerta y entró.

—¡Cuelga!

Simon la miró con incredulidad y tocó un botón de su teléfono.

—¡Kate! Estoy con un cliente. ¿Qué sucede?

—¿Qué sucede? ¿En serio? ¿Después de lo que hizo tu novia ayer y ahora estás aquí hablando con ella? Cuelga el teléfono. Tenemos que hablar. —Se dejó caer en la silla situada frente al escritorio, se cruzó de brazos y esperó.

Él negó con la cabeza y levantó un dedo.

—Barry, escucha, me ha surgido una cosa. ¿Te puedo llamar en unos minutos? Gracias. —Colgó el teléfono—. Kate, no puedes entrar aquí así. Es un cliente importante al que estamos a punto de perder.

—Sí, claro —contestó ella agitando la mano—. Nadie trabaja el día después de Navidad. —Estaba a punto de decirle que lo sabía todo, que se daba cuenta de que Sabrina y él estaban conspirando contra ella, pero entonces reparó en que eso le pondría sobre aviso. Tenía que fingir que estaba enfadada por su infidelidad para que no supiera que sospechaba de él—. Escúchame, Simon. Quería que te fueras antes de que pasara todo esto y ahora lo quiero aún más. No pienso seguir viviendo bajo el mismo techo que tú.

—No pienso dejaros a Annabelle y a ti solas cuando hay un asesino por ahí suelto —respondió él con la cara roja.

—Tenemos guardias. Y, además, ¿qué has hecho tú para protegernos? No te necesitamos aquí.

—Kate, por favor. Te quiero. Siento lo de ayer. Le he dicho a Sabrina que no puede volver a nuestra casa. Y ya te dije que le devolveré el anillo. Lo eres todo para mí. Tienes que creerme.

Hubo un tiempo en que lo creía. Antes de que Sabrina volviese a sus vidas, habría apostado hasta su último dólar a que Simon nunca se fijaría en otra mujer. Sus amigas siempre bromeaban diciendo que, si tuvieran un marido como Simon, nunca lo perderían de vista, pero él nunca le había dado motivos para estar celosa, siempre le hacía sentir como si fuera el centro de su universo. En muchos aspectos, le había recordado a su propio padre y a lo atento que era con Lily. Simon le enviaba flores al hospital sin ninguna razón especial, solo para que supiera que estaba pensando en ella. En las fiestas, a veces lo pillaba mirándola desde el otro lado de la habitación y su sonrisa crecía cuando sus miradas se encontraban. Tras quince años de matrimonio, lograba hacerle sentir como si estuviera viéndola por primera vez.

Antes de que naciera Annabelle, pasaban gran parte de los sábados haciendo el amor. En la playa, a veces volvían a la casa por la tarde y se tumbaban el uno junto al otro sobre las sábanas frías. Cuando se ponía el sol, las puertas de cristal estaban abiertas y dejaban que el aire salado del mar acariciase sus cuerpos desnudos. Después se duchaban juntos, se vestían y paseaban por la arena de la mano, riéndose, disfrutando de su compañía. Incluso después de Annabelle, habían logrado reservarse una noche a solas cada pocas semanas, decididos a hacer de su relación una prioridad. Pero entonces Sabrina se trasladó a Baltimore, le pidió un trabajo y todo cambió. Cuando Simon miraba a Sabrina, Kate veía ese mismo brillo en sus ojos, esa misma mirada de amor que antes solo le reservaba a ella.

—No tengo por qué creer tal cosa. Si de verdad me quieres, entonces despídela.

Simon reaccionó como si le acabaran de decir que se había muerto su perro.

—Kate, no puedo hacer eso.

—¡Claro que no! Supongo que tu declaración de amor son solo palabras vacías.

—Esto no es propio de ti. Tú no eres una persona injusta. ¿Cómo puedes pedirme que la despida cuando está haciendo un buen trabajo? Cuando, de no ser por su padre, probablemente yo no habría ido nunca a la universidad ni tendría una carrera. Puedo excluirla de mi vida personal, pero no la despediré.

—Entonces no tenemos nada más que hablar. Quiero que te vayas antes de que acabe el día.

—No voy a ninguna parte hasta que no estés fuera de peligro —respondió él alzando la voz.

Llamaría a su abogado para ver si había alguna manera de obligarle a marcharse.

—Entonces me quedaré aquí sentada. Así que, si quieres trabajar algo, será mejor que te vayas a tu oficina de verdad. —Quería que estuviese fuera de casa mientras hablaba con Anderson.

Simon se puso en pie, agarró el maletín y metió dentro unos papeles.

—Está bien. Pero volveré esta noche.

Kate salió del despacho y regresó a la cocina para ver cómo estaba Annabelle.

—Annabelle quiere ir a ver a los caballos —le dijo Hilda.

—De acuerdo —respondió ella—. Pero asegúrate de llevar con vosotras a un guardia.

Oyó que se abría la puerta del garaje. Simon se marchaba; bien. Se sirvió una taza de café y sacó una hoja de papel. Tenía que escribírselo todo a Anderson. Sabrina podría haber enviado las flores a casa de Selby si Simon le había dicho que estarían allí.

Levantó la mirada al oír un ruido. Blaire entró en la cocina.

—Hola. ¿Cómo estás?

—Estoy nerviosa —respondió Kate dejando el bolígrafo—. Simon estaba hablando con ella por teléfono. He estado pensando.

¿Y si él es quien metió ese dibujo en el libro de colorear de Annabelle? Es arquitecto; sabe dibujar. Y Sabrina también.

—Supongo que es posible.

—Le he dicho que se fuera, pero se niega. Al menos he conseguido que se marche hoy a su oficina.

Blaire se sirvió una taza de café y se sentó a la mesa.

—Así que estará aquí para la fiesta de Annabelle mañana por la noche.

—Sí. No puedo impedirle eso, pero voy a hablar con mi abogado para ver si puedo hacer que se vaya de la casa. He llamado a Anderson. Viene para acá.

—Creo que vas por el buen camino —le dijo Blaire.

—¿Y sabes qué más? Creo que mi madre debió de decirle algo a Simon. Tal vez fue Sabrina la que se presentó en casa de mi madre. Quizá fue ella quien la mató y después llamó a Simon, y ahora mienten para cubrir sus huellas. —Miró a Blaire horrorizada—. Ahora vienen a por mí.

Blaire la miraba atentamente y asentía con la cabeza.

—Tu padre me dijo que Lily mencionó el problema con Sabrina. Así que desde luego lo tenía en mente. Veamos qué dice Anderson.

Se oyó entonces la puerta.

—Debe de ser él —dijo Kate poniéndose en pie.

Cuando Anderson entró en la cocina, pareció sorprendido de ver allí a Blaire.

—Doctora English, señorita Barrington.

—¿Quiere tomar algo? —le preguntó Kate.

—No, gracias. —Ocupó una silla frente a Kate.

—Me preocupa tener a Simon en casa.

—De acuerdo, hablaremos de eso. Pero primero tengo algunas preguntas que son bastante personales. Quizá a la señorita Barrington no le importe dejarnos solos unos minutos.

Blaire se puso en pie antes de que Kate pudiera responder.

—Por supuesto. Estaré en el estudio.

Cuando se marchó, Kate miró al detective.

—¿De qué se trata?

—Tengo que preguntarle por el accidente de coche en el que murió su prometido. Aquel verano estuvo en terapia; una terapia intensa, según parece.

A Kate se le encendió la cara. No quería hablar del accidente. ¿Cómo sabía él que había ido a terapia? Su historial médico era privado.

—¿Qué tiene eso que ver con todo esto? ¿Y cómo lo sabía usted?

—De hecho, cuando interrogamos a la señorita Mitchell, nos lo dijo ella.

¿Sabrina? Simon debía de habérselo contado…

—¿Cómo lo sabía ella? ¿Cuándo se lo dijo?

Anderson se quedó mirándola a la cara unos segundos antes de continuar.

—Su marido es su coartada y ella es la de él para esa noche. Dicen que estuvieron juntos trabajando hasta tarde. Ayer volví a interrogarla y sigue insistiendo en que se quedó trabajando hasta tarde con él. Mencionó que su marido estaba preocupado por su comportamiento, que está siendo errático y que le preocupa que pueda estar sufriendo otra crisis nerviosa.

Estaban intentando hacer que quedara como una loca delante de Anderson. Pero ¿por qué? ¿Para que no tuviera en consideración sus sospechas?

—Para empezar, nunca he tenido una «crisis nerviosa» —le dijo a Anderson haciendo comillas con los dedos—. No es que sea relevante ahora mismo, pero viví una tragedia. Estuve acudiendo a terapia aquel verano por el trauma relacionado con el accidente. No me avergüenza decir que he tenido que luchar con la ansiedad durante casi toda mi vida, pero sé gestionarla, igual que millones de personas. No estoy delirando. —Se puso en pie y empezó a dar vueltas.

Anderson no dijo nada; la observó y esperó.

—¿No se da cuenta? El hecho de que Sabrina sepa lo de aquel verano, que ambos hablen sobre mi salud mental, es del todo inapropiado. ¿Qué más pruebas necesita para saber que están conspirando contra mí?

—Doctora English, no sugiero que esté loca o trastornada. Estoy de acuerdo en que esas conversaciones entre su marido y la señorita Mitchell son inapropiadas, pero debe intentar mantener la calma.

—¿Cómo voy a mantener la calma cuando un asesino podría estar viviendo en mi casa?

—Entiendo su preocupación, pero no tiene autoridad para obligarle a abandonar la casa. Sin embargo, le sugiero que le pida a su padre que venga a quedarse con usted un tiempo. Quizá así se sienta más segura.

—Sigo molesta con él. No me ha dicho por qué discutieron mi madre y él aquel día.

Anderson se quedó mirándola antes de responder.

—Lo he descartado como sospechoso, tenemos grabaciones de seguridad de su coche saliendo del hospital después de que su madre hubiera sido asesinada. Y el personal del hospital puede certificar su paradero durante toda la tarde antes de marcharse. El doctor Singer estaba de vacaciones la primera vez que interrogamos al personal y ahora ha confirmado que estuvo con su padre durante las dos horas en las que no podíamos verificar su paradero. Es imposible que estuviese en casa cuando su madre fue asesinada.

Kate sintió un profundo alivio. Claro que su padre no tenía nada que ver con el asesinato de su madre. ¿Cómo había podido pensar eso aunque fuera por un minuto? Lo llamaría cuando Anderson se marchara y le pediría que fuese a instalarse con ella. Blaire se había ofrecido a quedarse también los próximos días. Simon no intentaría nada con ellos allí. Y se aseguraría de que el guardia estuviese frente a su puerta y de que Annabelle estuviese a salvo con ella toda la noche.

—También quería decirle que hemos recibido información de la floristería. Como era de esperar, se utilizó una tarjeta Visa de prepago para comprar las rosas. Hemos estrechado el cerco e intentaremos determinar dónde se compró.

Al menos era algo, pensó Kate.

—Por favor, cuídese —le dijo Anderson al ponerse en pie—. Vigilaremos a la señorita Mitchell y se lo haré saber en cuanto tengamos más información sobre la tarjeta de crédito.

—Gracias.

Cuando se marchó, Kate fue al estudio a hablar con Blaire. Al abrir la puerta, la vio sentada en una silla en un rincón de la habitación, escribiendo en el portátil.

—¿Interrumpo?

—Te lo agradezco —respondió Blaire levantando la mirada—. Estoy atascada en este capítulo. ¿Qué quería Anderson?

Kate se acercó y empezó a caminar de un lado a otro.

—No te lo vas a creer.

—¿Qué?

—Sabrina le dijo lo del accidente y lo de mi terapia de aquel verano. Dijo que Simon está preocupado por mi estabilidad emocional.

Blaire se quedó con la boca abierta.

—¿Sabrina? ¿Y cómo lo sabía?

—Se lo dijo Simon. ¿Cómo si no?

22

Blaire debía reunirse con Carter en el restaurante Prime Rib del centro a las ocho, de modo que se ausentó después de que el detective Anderson se marchara. No le había contado a Kate que iba a ver a Carter, porque no quería que se hiciese una idea equivocada. La verdad era que no tenía ningún interés en el poco encanto masculino que le quedaba a Carter, solo le interesaba lo que estuviese dispuesto a contarle sobre su negocio y el de Simon. Parecía que Kate por fin estaba abriendo los ojos a la traición de Simon.

De vuelta en su *suite* en el Four Seasons, abrió el armario y sacó el traje que había comprado especialmente para esa noche. Tras ponerse el vestido verde —el verde siempre había sido el color favorito de Carter—, se puso un poco de perfume Clive Christian y se calzó los zapatos enjoyados Miu Miu que realzaban sus piernas. En los labios, Cherry Lush de Tom Ford. Sería justo lo contrario a su aburrida esposa.

Al entrar en el restaurante y mirar a su alrededor, se alegró de haber sugerido que se vieran allí. Poseía una atmósfera sensual, con su barra negra y brillante y su iluminación suave y dorada. Vio a Carter esperando en la barra y le dedicó una sonrisa cálida al acercarse. A él se le iluminó la cara al ponerse en pie y recorrió su cuerpo con la mirada. Blaire le dio un abrazo y dejó los labios en su mejilla solo unos segundos más de lo necesario, satisfecha de ver el rubor de su rostro al apartarse.

—¡Estás sensacional! Me alegra mucho que me localizaras —le dijo él mientras se sentaban en los taburetes de cuero de la barra—. ¿Qué vas a tomar?

Blaire se echó hacia atrás y cruzó las piernas, consciente de que él seguía mirándoselas.

—Bowmore. Sin hielo. Doble —dijo al fin, sabiendo que a él le gustaba el *whisky* escocés. Carter le hizo un gesto al camarero y pidió dos. Bien. Quería que se relajase y sabía que él se obligaría a seguirle el ritmo—. Por los viejos amigos —dijo levantando su copa—. Y por los viejos amantes.

Carter juntó su vaso al de ella y después dio un trago. Estaba prácticamente babeando.

—Casi no me creo que esté aquí sentado contigo. No sabes la de veces que he pensado en ti a lo largo de los años. —Se inclinó más hacia ella—. A veces sueño contigo, ¿sabes?

Le ponía enferma con tanta adulación, pero fingió sentirse halagada.

—¿De verdad? Con los años me he preguntado si seguías pensando en mí.

—Más de lo que imaginas —respondió Carter—. ¿Tú has pensado en mí?

«He pensado en lo mucho que me jodiste y en lo pomposo que eres», le dieron ganas de decir.

—Por supuesto —respondió en su lugar.

—La otra noche, en mi casa —continuó él tras dar otro trago—, parecía que estabas muy enamorada de tu marido.

Ella ladeó la cabeza y le lanzó una mirada coqueta.

—Es cierto, lo estoy. Quiero a mi marido, pero no hay nadie comparable al primer amor —se obligó a decir, aunque le costó un gran esfuerzo.

—No lo sabía —contestó él con los ojos muy abiertos—. Oh,

Blaire. Si lo hubiera sabido… ¿Por qué no te pusiste en contacto conmigo en todo este tiempo?

Como si eso hubiera cambiado algo.

—Ya no importa —respondió ella encogiéndose de hombros—. Ambos tenemos nuestra vida. Pero eso no significa que no podamos recuperar parte de la magia, ¿verdad? —Dio un largo trago a su copa y vio que él hacía lo mismo—. Tienes una buena vida. Hijos. Tu propia empresa. Parece que lo tienes todo.

—Supongo que sí que lo parece —respondió él, le puso la mano en el muslo derecho y la deslizó arriba y abajo—. Pero no tengo todo lo que deseo —agregó con una mirada cómplice.

Blaire puso la mano sobre la suya y se la apretó. Si soportar aquello la llevaba a descubrir al asesino de Lily, entonces…, bueno, habría merecido la pena.

—¿Y quién dice que no puedes? —Se acercó a él y lo besó en los labios. Él le devolvió el beso y le metió la lengua en la boca. Blaire se apartó—. Quizá deberíamos reservar eso para luego. Recuerda que estamos en público. Mi hotel no está lejos de aquí.

Carter estaba mirándola con la mirada vidriosa y ella contuvo el deseo de abofetearlo. Se obligó a respirar. Agarró su vaso y volvió a levantarlo.

—Por lo que pase luego —anunció antes de apurar la copa.

Carter la imitó.

—Voy a ver si está lista nuestra mesa. Cuanto antes comamos antes podremos marcharnos —le dijo con un guiño.

—¿Por qué no cenamos aquí en la barra? Es más acogedor.

—Buena idea.

Pidieron. Un filete para ella y langostinos rebozados para él. Mientras esperaban, pidió dos copas más.

—Seguro que es a ti a quien se le ocurren las grandes ideas en tu empresa —se aventuró a decir—. Simon no me parece tan brillante.

Carter estiró los hombros y asintió sutilmente.

—Bueno, supongo que sí que se me ocurren muchas ideas creativas y aporto muchos contactos nuevos. Pero no me malinterpretes —se apresuró a añadir—. Simon es muy buen arquitecto también.

Blaire descruzó las piernas y volvió a cruzarlas.

—Pero tú eres la verdadera estrella, ¿verdad? Admítelo, Carter. Conmigo no tienes que fingir.

—Bueno… —Carter sonrió y agachó la cabeza un segundo antes de volver a mirarla—. Supongo que podría decirse que sí.

Seguro. Por muy mal que le cayese Simon, sabía bien lo encantador que podía ser. Y además era listo. No podía negarle eso. Apostaría a que Simon era el eje en torno al que giraba la empresa, la persona con quien querían tratar los clientes.

—Y supongo que también eres tú quien vigila el dinero.

Carter se terminó el resto de la copa y suspiró.

—Cuando hay dinero que vigilar. Hace unas semanas perdimos un trabajo importante. Un cliente a largo plazo.

—¿Qué ocurrió? —le preguntó ella.

Antes de que pudiera responder, el camarero regresó con su comida.

—¿Van a querer algo más? —preguntó educadamente.

—No, gracias, con esto está bien —respondió ella, y devolvió su atención a Carter—. Entonces… ¿Qué fue lo que pasó?

—La verdad es que no estoy seguro. Era una de las cuentas de Simon. Pero tenemos que compensarlo o si no acabaremos teniendo que poner más dinero nuestro. Mucho más.

—Entiendo. —Blaire observó mientras se metía un langostino en la boca. Un hilillo de mantequilla le resbaló por la barbilla y de nuevo pensó en lo lejos que quedaba de la elegancia y sofisticación de Daniel.

La siguiente media hora fue más de lo mismo. Estaban perdiendo dinero y Simon y él iban a tener que aportar una gran cantidad de capital para salvar la empresa. Pero Blaire quería conocer todos los peligrosos ingredientes que podían convertir a Simon en un asesino.

—¿Y qué hay de esa nueva empleada? Sabrina, creo que se llama.

Carter dejó de comer con el tenedor levantado.

—La contrató Simon. Lo último que necesitábamos era otra arquitecta en nómina. Pero he de admitir que se le dan muy bien los clientes.

Blaire estaba segura de que Carter disfrutaba devorándola con la mirada igual que lo hacían los clientes.

—De hecho —continuó—, me enfadé con Simon por no haberla llevado con nosotros cuando nos reunimos con un posible cliente en Nueva York. Era ella la que había conseguido la reunión. Probablemente habríamos conseguido el trabajo si hubiera venido con nosotros.

—¿Y por qué no fue?

—No estoy seguro —respondió Carter alzando las manos—. Pero fue después de que Simon recibiera una llamada de Lily.

—Continúa —le dijo Blaire con interés.

—Yo estaba en su despacho cuando su ayudante le pasó la llamada. Simon pareció algo sorprendido. Pasados unos minutos, se puso rojo y me hizo un gesto para que saliera. Poco después le dijo a Sabrina que tenía que quedarse allí.

—Mmm. ¿Así que crees que Lily le dijo algo sobre Sabrina?

—Supongo. Ya sabes cómo sois las mujeres y vuestros celos. Quizá quería proteger a Kate, si acaso Kate estaba celosa. Aunque me parece que fue un poco inapropiado por su parte interferir. No quiero hablar mal de los muertos —añadió apresuradamente.

Blaire se preguntó si Carter sabría más sobre Sabrina y Simon de lo que le estaba contando. Tomó aliento y le puso una mano en la pierna.

—Yo también estoy un poco celosa. Cuando pienso que trabajas codo con codo con una mujer tan guapa. ¿Cómo sé que no hay nada entre Sabrina y tú?

Carter colocó una mano rolliza sobre la suya y trató de deslizársela por su pierna. Ella no se resistió, curiosa por ver hasta dónde pensaba llegar. Se detuvo al llegar al final del muslo.

—No tienes razón para estar celosa —le dijo inclinándose hacia delante—. Sabrina no puede compararse contigo —le susurró al oído.

—Me alegra oírlo —respondió Blaire, pensando que tenía que encarrilar la conversación—. Pero ¿qué hay de Simon? ¿Crees realmente que está obteniendo algún beneficio extra? —Arqueó una ceja para hacerle creer que estaba siendo juguetona.

—La verdad es que no lo sé. Podría si quisiera; en la oficina todo el mundo tiene claro que ella está coladita por él. Pero es un tipo bastante discreto.

—¿No habláis de cosas de chicos?

—No. Pero no le culparía.

Menudo cerdo asqueroso. Apartó la mano de su muslo.

—¿Nos tomamos la última copa en tu hotel? —le preguntó él humedeciéndose los labios.

—Vaya, Carter. La verdad es que de pronto me ha entrado un horrible dolor de cabeza. ¿Por qué no pagamos la cuenta y lo hacemos en otra ocasión? Pagamos a medias.

—Claro —respondió él con evidente decepción—. En otra ocasión. —Agarró la carpeta de cuero donde estaba la cuenta—. Invito yo. Insisto.

—Gracias, Carter. A la próxima invito yo.

Aunque no habría una próxima vez. Gracias a Dios.

23

—¿Cuándo empieza mi fiesta, mami? —le preguntó Annabelle a Kate, haciendo que levantara la mirada del teléfono que tenía en la mano. Estaba en Facebook, mirando la página de Sabrina para ver si había añadido fotos nuevas. Desde que Blaire se la había enseñado, no había parado de entrar en la página. Cerró el teléfono.

—Vienen todos a las cinco, en unas pocas horas. Esta noche puedes quedarte levantada hasta tarde.

Simon y ella siempre se habían asegurado de que el cumpleaños de su hija se celebrara en toda regla pese a que fuese pocos días después de Navidad. No quería que se arrepintiera jamás de haber nacido tan cerca de las fiestas.

—Pero no demasiado tarde —intervino Hilda.

—Es tu cumpleaños y puedes quedarte levantada hasta cuando tú quieras —respondió Kate, molesta, lanzándole una mirada a Hilda, que no dijo nada más.

—¡Tengo casi cinco años! —exclamó Annabelle, radiante. Kate le sonrió cuando se sentaron a comer algo—. ¿Puedo tomar zumo de manzana?

—Claro, cielo. Voy a buscarlo —respondió Hilda antes de que Kate tuviera oportunidad.

La niñera se quedó delante del frigorífico abierto durante unos segundos y se dio la vuelta.

—Kate, ¿qué hacen aquí tus inyecciones de epinefrina?

—¿Qué? —Kate se levantó y se acercó corriendo—. ¿Quién haría algo así? —Todos los que trabajaban en la casa sabían que la epinefrina había que almacenarla a temperatura ambiente.

Hilda las sacó negando con la cabeza.

—No tengo ni idea.

Kate sintió el calor en el pecho. Hilda la miraba como si pensara que había sido ella. Se las arrebató y las tiró a la basura.

—¡Ya no sirven de nada!

Volvió a sentarse junto a Annabelle. Estaba intentando poner buena cara para su hija, pero estaba de mal humor. El día antes había recorrido la casa y había comprobado la fecha de caducidad de todas las inyecciones de epinefrina. El mensaje sobre las estadísticas de alergia a las nueces la había puesto nerviosa. Pero había vuelto a dejarlas todas en su sitio, ¿verdad? Había dejado algunas en la balda de arriba de un armario el día anterior, justo cuando Hilda la interrumpió para preguntarle algo sobre la fiesta de cumpleaños. Pero no podría haber estado tan distraída como para meterlas en la nevera.

Hilda sacó el zumo de manzana del frigorífico y le sirvió un vaso a Annabelle.

—Voy a por una de las inyecciones de epinefrina del comedor.

La voz de Hilda la sobresaltó. Tal vez era ella la que estaba intentando volverla loca. Le vibró el teléfono. Miró la pantalla, preparándose para lo peor, y respiró aliviada al ver que era Blaire.

—Hola —dijo.

—Hola. Quería saber si necesitas que recoja algo para la fiesta de esta noche mientras estoy fuera.

—Gracias, pero creo que Fleur ya se ha encargado de todo. ¿Tienes muchos recados que hacer?

—Solo un par. Pero además he decidido que mis uñas no están visibles, así que voy a hacerme la manicura. Tengo que pasarme otra vez por el Four Seasons a por más ropa, así que me la haré allí. Volveré antes de que empiece la fiesta para ayudar. Pareces estresada.

Kate se puso en pie y se fue al recibidor para que Annabelle y Hilda no la oyesen.

—Blaire, tengo la cabeza acelerada. Alguien ha metido mi epinefrina en la nevera. ¡Creo que ha sido Hilda!

—¿Qué?

—Quizá esté intentando sabotearme —dijo aceleradamente—. O a lo mejor es Simon. No lo sé. Alguien está intentando hacerme quedar como una loca. ¿Cuándo va a terminar esto?

—Intenta calmarte. Haz algo para intentar relajarte. ¿Quizá un té? O date un baño. Te veré en unas pocas horas, ¿de acuerdo?

—Un baño caliente suena bien. Te veré más tarde. —Colgó el teléfono y volvió a la cocina—. Me voy arriba. ¿Quieres llevar a Annabelle cuando haya terminado de comer?

Una vez arriba, se sentó al borde de la cama con la pierna inquieta. Pensó en Hilda, que se comportaba como si Annabelle fuese hija suya. La hija de Hilda se había marchado hacía unos años con su nieta, que debía de rondar la edad de Annabelle. ¿Y si la razón por la que su propia hija se había mudado a California era que Hilda se mostraba inestable? Había muchas historias de niñeras locas.

Aun así, podría ser cualquiera. Georgina siempre había estado celosa de Lily, envidiando su belleza y su encanto. ¿Envidiaría también a su marido? O Selby. Quizá durante todos esos años solo hubiese fingido ser una buena amiga. Era una de las pocas personas que tenían fácil acceso a su casa, a Annabelle. ¿Podría estar compinchada con Georgina? Pero sabía que aquello era improbable. Simon era el sospechoso más probable. Había admitido el otro día que el cliente con quien hablaba estaba descontento. Sin olvidar la llamada urgente que había atendido el día del funeral de su madre. Quizá su negocio sí que atravesase dificultades. Gran parte de su dinero estaba invertido en la fundación. Tal vez Simon estuviese al corriente de las provisiones que Lily tenía pensado dejarles. El dinero era un fuerte motivo para el asesinato.

Se recostó sobre la almohada y cerró los ojos. Estaba muy cansada. Quizá pudiera dormir unos minutos. Le dolían las sienes y sentía como si miles de voces le gritaran en la cabeza.

—¡Mami! ¡Mami!

—¿Qué? —Kate abrió los ojos de golpe.

A Annabelle le temblaba el labio inferior y entonces empezó a llorar.

—Estaba hablando y no me respondías.

Hilda estaba de pie junto a ella.

—Lo siento, Kate. He llamado varias veces. Quería asegurarme de que estás bien.

—Me he quedado dormida un segundo. Puedes dejar a Annabelle conmigo. —Estiró los brazos hacia su hija—. Lo siento, cariño. Ven aquí.

—De acuerdo —respondió Hilda con aparente sorpresa—. ¿Estás segura de que no quieres que me quede con ella para que tú puedas vestirte?

Era evidente que la mujer estaba intentando interponerse entre ellas.

—No. Muchas gracias.

—Bueno, vale —dijo Hilda con una expresión extraña—. ¿Y si la visto yo para la fiesta cuando termine la película?

—¿Y si te tomas la tarde libre? Yo la vestiré. Te veré en la fiesta.

Hilda salió de la habitación y Annabelle se sentó junto a ella.

—Echo de menos a la abuela. Quiero que venga a mi fiesta.

Kate parpadeó para tratar de contener las lágrimas y notó el dolor en el pecho. Cuando acabara todo aquello, tendría que llorar su pérdida.

—Yo también la echo de menos. Nada me gustaría más que verla aquí hoy. Pero está en el cielo. Te estará viendo, te lo prometo.

Annabelle se bajó de la cama y se quedó de pie frente a ella.

—No quiero que esté en el cielo. No es justo. Me prometió que me llevaría a una comida de chicas mayores en Nueva York por mi cumpleaños. ¿Por qué se ha marchado?

—Oh, cielo, no es culpa suya. Ella no quería marcharse. A veces ocurren las cosas sin más. —Se esforzó por encontrar las palabras adecuadas. Ingenuamente creía que Annabelle había aceptado su explicación de que a la abuela le había llegado la hora de irse al cielo, pero era lógico que la niña no lo entendiese. Era demasiado pequeña para entender la rotundidad de la muerte. A ella le había afectado tanto todo lo demás que no se había centrado lo suficiente en el bienestar emocional de Annabelle.

—Hilda dijo que una persona mala le hizo daño.

—¿Qué más te dijo? —le preguntó Kate.

—No sé —respondió su hija—. Quiero ver *La bella y la bestia*.

Kate no quería presionarla, pero no se olvidaría de indagar más. Hilda no debería hablarle del asesinato de Lily, por muy imprecisa que pensase que estaba siendo.

—Vale, cariño. La veré contigo.

Puso la película y ambas se acurrucaron en la cama, aunque ella estuvo cabeceando casi todo el tiempo.

—Ya se ha terminado, mami.

Kate se frotó los ojos y miró el reloj.

—Oh. Es hora de vestirse.

Escogió un alegre jersey rosa y unos pantalones azul marino para ella y se obligó a parecer contenta.

—Bueno, cumpleañera, ¿lista para ponerte tu vestido de fiesta?

—¿Es la hora de mi fiesta?

—Casi.

Cuando entraron en la habitación de Annabelle, su vestido ya estaba sobre la cama, junto con los zapatos, los calcetines y un lazo para el pelo. Kate volvió a enfadarse. Le había dicho a Hilda que se encargaría ella de vestir a la niña. ¿Acaso se pensaba que no era capaz de escoger la ropa para su propia hija?

—Vamos a buscar un vestido diferente —le dijo a Annabelle.

—No, mami, me gusta este.

Kate no pensaba dejar que Hilda se saliese con la suya.

—Pero tienes muchos otros vestidos más bonitos. Venga.

Annabelle dio un pisotón en el suelo y empezó a hacer pucheros.

—La abuela me regaló ese vestido. Quiero ponérmelo. Lo escogí esta mañana.

De pronto Kate se sintió avergonzada.

—Oh, cariño, lo siento mucho. Claro que puedes ponértelo. Es un vestido precioso.

Annabelle seguía haciendo pucheros, pero Kate logró vestirla y bajarla a la sala de estar sin mayor alboroto.

Cuando entraron, Simon estaba terminando con los adornos. Había transformado la sala de estar; pancartas y banderines, enormes animales de peluche con globos pegados. Kate no se había parado a pensar en eso. ¿Cuándo habría tenido tiempo de comprarlo todo? ¿Le habría ayudado Sabrina a elegirlo?

—¡Papi! Me encanta la habitación de la fiesta.

Simon la tomó en brazos y le dio vueltas por el aire.

—Cualquier cosa para mi princesa, que pronto cumplirá cinco años.

La dejó en el suelo y la niña corrió a sentarse sobre el poni de peluche situado en un rincón. Simon miró a Kate.

—Estás muy guapa.

Ella se apartó el pelo de la cara y lo miró.

—Gracias —respondió con frialdad.

Miró el reloj. Eran las cuatro y media. Esperaba que Blaire hubiera vuelto ya. Estaba a punto de escribirle cuando entró en la habitación con una enorme caja envuelta.

—Iba a escribirte —le dijo Kate a modo de saludo.

—¡Lo siento! —exclamó Blaire, sin aliento—. He tardado más de lo que pensaba en el salón de belleza. —Levantó la mano para mostrarle las uñas rojas—. ¿Dónde pongo el regalo de Annabelle?

Kate señaló la mesa situada contra la pared.

—¿Qué es?

—Tendrás que esperar a que Annabelle lo abra —respondió Blaire con una sonrisa.

—Abrir ¿qué? —preguntó Harrison al acercarse a ellas. Kate borró la sonrisa al ver a Georgina entrar detrás de él. ¿Habían ido juntos?

Blaire levantó la caja para mostrársela.

—Hola a todos —dijo Harrison tras darle un beso a Kate en la mejilla—. ¿Dónde está la cumpleañera? —preguntó mirando a Annabelle.

La niña corrió hacia él y lo abrazó.

—¡Abuelo! ¡Esta noche cumplo cinco años! Ven a ver los nuevos animales que ha traído papá.

—Kate, querida —dijo Georgina dándole un beso al aire. A Blaire solo la saludó con un gesto de cabeza.

—Pensé que vendrías con Selby —le dijo Kate.

—No, no había sitio para mí en su coche. Además, tu padre ya estaba en mi casa comiendo. Se está quedando en los huesos. Quería prepararle una auténtica comida casera.

¿Su padre había pasado la tarde en casa de Georgina? Tenía otros amigos, parejas, que estarían encantados de darle de comer y hacerle compañía. ¿Por qué pasaba tanto tiempo con ella?

—No recordaba que te gustara mucho cocinar —le dijo Blaire—. ¿O querías decir que tu cocinera le ha preparado una auténtica comida casera? —preguntó riéndose.

Georgina le lanzó una mirada fulminante.

—Harrison está muy acostumbrado a que el personal se encargue de todo. Lily tampoco se ensuciaba las manos en la cocina.

Blaire dejó el tema, pero no parecía muy molesta.

—¡Tía Kate! —Tristan, el hijo pequeño de Selby, corrió hacia ella—. ¡Gracias por el palo Warrior! Mola mucho.

Tristan era el ahijado de Kate y de Simon y prácticamente había nacido con un palo de *lacrosse* en la mano. Le agradecía a Simon que se hubiera acordado de regalarle algo por Navidad; al menos se portaba bien con los niños. Le acarició el pelo a Tristan.

—De nada. Estoy deseando verte jugar con él.

Selby, que entró justo detrás de Tristan, le dio un abrazo a Kate.

—¿Te encuentras bien?

Ella asintió.

—Hola, Selby —dijo Blaire.

—Blaire —respondió ella con un gesto seco de cabeza—. Bueno, voy a saludar a la cumpleañera. ¿Dónde estáis dejando los regalos?

Kate señaló la mesa.

—Ya le hiciste a Annabelle un precioso regalo de Navidad, el traje de montar de Pikeur. Eres un encanto, pero te has vuelto a exceder.

—Bueno, no puedes culparme por malcriar a mi niña —respondió Selby, y miró a Blaire—. Al fin y al cabo, es mi ahijada.

Carter había entrado en la habitación y estaba de pie junto a su esposa, con aspecto nervioso y agitado. Saludó a todos y se acercó a la barra.

Llegó Morgan, la amiga de Annabelle, y Kate presentó a sus padres. Las horas posteriores transcurrieron entre charlas y risas. Kate lo observaba todo ausente, se sentía desconectada, como si estuviese supervisando la fiesta, observándola desde lejos. Georgina y Harrison estuvieron sentados juntos y, aunque de vez en cuando Selby o uno de los niños invadían su sociedad secreta, parecían totalmente indiferentes a lo que sucedía a su alrededor.

Se fijó en Simon, sentado con Annabelle, que tenía en el regazo el enorme libro de caballos que le había regalado y estaba pasando las páginas. No oía lo que le decía, solo veía su boca moverse y Annabelle exclamando algo mientras señalaba las imágenes de la página. ¿Estaría intentando demostrar que era suficiente para ella? ¿Que estaría bien sin su madre? Hacía tan solo unas pocas semanas a Kate le preocupaba romper su familia con la separación. Ahora le aterrorizaba dejar huérfana a Annabelle. Sentía que había perdido a toda su familia; no podía confiar en nadie.

Los observaba a todos, uno detrás de otro, imaginando de qué podrían ser culpables, qué secretos ocultarían. Quería que se fueran de su casa. Blaire era la única persona con la que podía hablar.

De pronto empezó a sudar y decidió ir arriba a cambiarse. Al salir de la habitación, se detuvo un momento para hablar con el guardia, que estaba junto a la puerta en el recibidor.

—Enseguida vuelvo. Asegúrate de que Annabelle no salga de la habitación. Con nadie.

—Sí, señora.

Subió las escaleras intentando no apoyar el peso en el tobillo del esguince. Tenía la frente sudorosa y, al llegar a su dormitorio, se sentó en la cama para tomar aliento. Pasados unos segundos se puso en pie y fue al armario para decidir qué quería ponerse. Se quedó allí parada, desconcertada, incapaz de decidir.

¿Qué le pasaba? Agarró una camiseta azul marino, tiró la percha al suelo, se quitó el jersey y se la puso. Recorrió el pasillo hasta el cuarto de baño de la *suite* de invitados para pintarse los labios, pero, al abrir la puerta, una sombra fugaz llamó su atención. ¿Había alguien ahí? Examinó la habitación con la mirada. Estaba vacía, pero tres de sus velas del piso de abajo estaban en el borde de la bañera. Encendidas.

Se dio la vuelta con el pulso tan acelerado que lo notaba en las sienes. Se dejó caer al suelo y miró debajo de la cama. Al incorporarse de nuevo, corrió hacia las ventanas y descorrió las cortinas, temiendo que alguien fuese a echársele encima. No había nadie en el dormitorio. De vuelta en el cuarto de baño, apagó las velas y se echó agua en la cara. Corrió escaleras abajo para ir a buscar a Blaire y la llevó a un lado.

—¿Qué sucede? —le preguntó—. Pareces asustada.

—He encontrado velas encendidas en mi cuarto de baño. No recuerdo haberlas encendido —susurró Kate mirando furtivamente a su alrededor—. Solo hago eso cuando me doy un baño, y hoy no lo he hecho.

Blaire la miró con cariño y se aclaró la garganta.

—Cielo, ¿recuerdas que dijiste que ibas a darte un baño antes de la fiesta? ¿Estás segura de que no las encendiste y te olvidaste de apagarlas?

Kate negó vehementemente con la cabeza.

—Al final no me di el baño. Me quedé dormida y después vi una película con Annabelle. —Recordaba haber llamado a Blaire esa tarde…, pero ¿se había llevado las velas al piso de arriba? La doctora que llevaba dentro sabía que era posible que su mente estuviera jugándole malas pasadas (estaba muy cansada y distraída), pero, aun así, Blaire debía de estar equivocada.

—Disculpe, doctora English. ¿Dónde pongo esto? —Fleur llevaba una enorme bandeja de sándwiches.

—Se lo enseño yo. Tú ve a sentarte un minuto, Kate —dijo Blaire.

Kate miró a su alrededor y se fijó en Simon. Estaba hablando con Selby. Probablemente estarían hablando de ella. Estaría diciéndole a Selby lo loca que estaba, todas las cosas raras que hacía. Cuando la miró y vio que estaba mirándolo, se volvió de nuevo hacia Selby.

Selby empezó a reírse. ¿Estaría riéndose de ella?

Carter había arrinconado a Blaire. Estaba muy cerca de ella, invadiendo su espacio personal, y Blaire no paraba de retroceder.

Menudo imbécil, flirteando delante de su esposa y haciendo sentir incómoda a Blaire.

—Disculpa —dijo Kate al acercarse—, pero tengo que hablar con Blaire un momento.

—¿Va todo bien? —le preguntó su amiga mientras se apartaban.

—Solo quería rescatarte, nada más.

—Gracias —respondió Blaire con una sonrisa—. Se ha comido un sándwich de atún y le apesta el aliento.

Por alguna razón, a Kate aquello le hizo mucha gracia y empezó a reírse. Ambas se rieron, pero pronto Kate empezó a soltar sonoras carcajadas mientras se llevaba la mano al costado, incapaz de parar. La habitación quedó en silencio y todos se volvieron para mirarla. Eso hizo que se riera aún con más fuerza, hasta que empezaron a resbalarle las lágrimas por las mejillas.

Simon se acercó y la llevó a un lado.

—¿Qué te hace tanta gracia?

Ella lo apartó.

—¿Por qué no sigues hablando con Selby? Parece que tú también te estabas riendo.

—¿Qué es lo que te pasa? —le preguntó él, mirándola como si estuviera loca—. Solo estábamos hablando.

—Siempre tienes una excusa, ¿verdad? —le espetó ella antes de alejarse.

Caminó como en una nube durante un rato más, ansiosa por que terminara la velada. El plan original había sido esperar hasta las ocho para cantar *Cumpleaños Feliz* y cortar la tarta, pero necesitaba que la fiesta terminara antes de perder el control por completo.

A las siete y media decidió acelerar el proceso. Miró a su alrededor en busca de Simon, para que pudiera ayudar con los regalos, pero no lo encontró. Muy típico que estuviese en otra parte cuando lo necesitaba. Cargó con todos los regalos que pudo y se los llevó al comedor, los dejó sobre la mesa y después fue a la cocina a buscar a Fleur. Mientras ambas colocaban la tarta y los platos, se abrió la puerta del garaje y entró Simon.

—Estaba buscándote —le dijo Kate, molesta—. ¿Dónde estabas?

—En ningún lado. Me he acordado de que me había dejado el teléfono en el coche —respondió tocándose el bolsillo—. ¿Qué necesitabas?

—Ve a por el resto de los regalos y llévalos al comedor —le dijo ella sin molestarse en mirarlo mientras se alejaba.

Reunió a todos en el comedor y, en cuanto Simon apagó las luces, Fleur trajo la tarta con las velas encendidas, junto con el cuchillo de plata de Kate. Simon entró corriendo con el resto de los regalos mientras cantaban *Cumpleaños Feliz*. Cuando Annabelle sopló las velas, la habitación quedó sumida en la oscuridad.

—Papi, enciende la luz —se oyó la voz asustada de Annabelle entre risas.

Se encendió la luz y, al mirar hacia abajo, Kate vio todos los paquetes envueltos sobre la mesa. Pero el cuchillo de la tarta… El cuchillo había desaparecido. Estaba a punto de gritar cuando vio a Simon empuñándolo, dispuesto a cortar la tarta, y respiró aliviada.

—Venga, cariño —le dijo a Annabelle estrechándole la mano—. Vamos a cortar juntos la tarta. El primer pedazo es para ti, porque eres la cumpleañera.

Kate sonrió al mirar a su hija.

—Cuando todos se hayan comido la tarta, podrás abrir los regalos.

—Vale —respondió la niña mientras pasaban los platos. Dio dos bocados a su porción de tarta, dejó el tenedor y la miró—. Ya es suficiente, mami. He terminado. ¿Puedo abrir ya los regalos?

—Por supuesto —respondió ella riéndose. Le acercó los paquetes a Annabelle, que eligió primero una caja cuadrada envuelta con papel azul y un enorme lazo amarillo. El lazo se le resistió hasta que Kate acudió en su ayuda y, a los pocos segundos, su hija ya había rasgado el papel y, al abrir la caja, descubrió un juego de construcciones luminoso Design & Drill. Era uno de los regalos que ella le había comprado.

—Ohh, es justo lo que quería —exclamó Annabelle.

Extendió el brazo hacia el resto de los regalos y escogió una pequeña caja rectangular envuelta con papel blanco decorado con purpurina roja.

—Mira, mami. Qué bonito.

Desenvolvió la caja y levantó la tapa. Kate se inclinó por encima de ella y ladeó la cabeza para poder verlo mejor.

—Déjame ver eso —dijo, le quitó la caja a su hija y lo miró con más atención—. ¿Quién te ha regalado esto? ¿Dónde está la tarjeta? —preguntó con voz temblorosa.

—¿Qué es? —preguntó Simon levantándose de su silla.

—¡Mami, quiero mi regalo! —dijo Annabelle, extendiendo los brazos para intentar arrebatárselo.

Kate miró a su alrededor, asustada, y después contempló de nuevo la caja que tenía en la mano. Dentro había un pequeño ataúd de madera, hexagonal y más estrecho en un extremo, al estilo del Salvaje Oeste. Tomó aire y se alejó de la mesa mientras lo sacaba de la caja.

—¿Qué es? —le preguntó Simon de nuevo.

Kate se quedó de pie frente al aparador, lejos de los demás, y abrió el ataúd. Al hacerlo, un movimiento llamó su atención. Sintió pánico. De pronto la habitación empezó a dar vueltas y se le revolvió el estómago. La caja estaba llena de una masa viscosa y blanca. Se movía, se retorcía y trepaba por los laterales del ataúd. ¡Gusanos! El martilleo de sus oídos se volvió ensordecedor. Dejó escapar un grito gutural y tiró la caja al suelo, pero entonces los gusanos empezaron a esparcirse por allí y muchos de ellos se le subieron al pie derecho.

Tuvo otra náusea, el estómago le daba vueltas como si estuviera en una montaña rusa. Iba a vomitar. Se sacudió los parásitos del pie y retrocedió observando la habitación, pero aquel mar de caras era una masa borrosa. Simon se acercó y ella retrocedió asustada.

—Aléjate de mí —dijo extendiendo las manos frente a ella—. ¡Blaire! —gritó, escudriñando la sala con lágrimas en los ojos—. Llama a la policía. Deprisa.

La policía les había dicho a todos que esperasen en el comedor, donde uno de los agentes montaba guardia mientras llevaban a los invitados, uno por uno, al estudio para interrogarlos. La tensión en la habitación era insoportable, todos se miraban, tratando de adivinar quién podría ser culpable. A Blaire le recordaba a la novela *Diez negritos*, de Agatha Christie.

A ella la llamaron casi al final. Un agente de policía la acompañó hasta el estudio.

—Por favor, siéntese, señorita Barrington —dijo Anderson señalando una silla que tenía delante.

Blaire se sentó y esperó a que hablase.

—¿Tiene idea de si esa caja se encontraba entre los regalos que el señor English llevó a la habitación?

—No lo sé. Había muchos regalos. No estoy segura de si estaba o no.

—¿Vio a alguien llegar con ese regalo a la casa?

—No.

—¿Vio a alguien ausentarse del comedor antes de que se abrieran los regalos?

—No. Estaba oscuro. Acabábamos de cantar *Cumpleaños Feliz*.

—¿Y justo antes? ¿Vio a alguien salir del comedor antes de que empezara la canción?

Lo pensó durante unos segundos.

—No puedo estar segura. La verdad es que no me fijé. Estaba mirando a Annabelle.

—Intente recordar —insistió él.

Blaire levantó la mirada y trató de recordar quién estaba alrededor de la mesa. Simon y Kate estaban a ambos lados de su hija, Carter se hallaba frente a ella con Selby y sus tres hijos, y Harrison, Georgina y los padres de la amiga de Annabelle estaban en el mismo lado de la mesa.

—Estaban todos allí —dijo al fin—. Fleur trajo la tarta, Simon apagó la luz y cantamos. Solo estuvimos a oscuras unos segundos después de que Annabelle soplara las velas.

—¿Cuál era su regalo?

—Annabelle no lo ha abierto aún. Es grande. Un perro mecánico a tamaño real. —Se quedó mirándolo—. Por desgracia no llegó a abrirlo.

—Entiendo. ¿Usted ha estado aquí todo el día?

—No. Tenía unos recados que hacer y después volví a mi hotel a hacerme la manicura y recoger algunas cosas.

—¿Y qué hotel es ese?

—El Four Seasons. En el centro.

Anderson escribió en su libreta, se detuvo y volvió a mirarla.

—¿Alguien actuaba de forma extraña? ¿Con nerviosismo?

—No. Era una fiesta. Todos estaban contentos…, bueno, contentos dentro de lo que cabe, dadas las circunstancias. Kate estaba nerviosa, pero ¿quién puede culparla?

—¿Más nerviosa que en los últimos días? —preguntó él con el ceño fruncido—. ¿Desconfiaba de alguien en particular?

Blaire vaciló unos instantes.

—De Simon. Le tiene miedo. Cree que está haciendo cosas para que dude de sí misma.

—¿Qué clase de cosas?

—Cambiar las cosas de sitio, hacerle pensar que no recuerda haber hecho algo, esa clase de cosas.

—¿Cree usted que eso es posible? —le preguntó Anderson—. ¿O podrían ser imaginaciones suyas? ¿Cómo evaluaría su estado mental?

Vaciló, pensando en la risa histérica de Kate esa tarde, y en las velas del cuarto de baño. Si se lo contaba a Anderson, sin duda desacreditaría las palabras de Kate. Pero, dado que su amiga no era sospechosa, no veía razón para contarle nada de eso. Era necesario que se tomase en serio sus sospechas sobre Simon.

—Creo que Simon bien podría estar haciendo esas cosas. Nunca he confiado en él. Quizá usted ya lo sepa, pero aquella noche que estuve en casa de Gordon, descubrí que Simon ha perdido algunos clientes importantes últimamente. También me dijo que casi todo el dinero de Kate está en la fundación, y sé que firmó un acuerdo prenupcial. ¿Usted lo sabía? Kate heredó mucho dinero al morir Lily. Según Carter Haywood, su socio, necesitan una inyección de fondos para su negocio.

—Entiendo —dijo Anderson—. ¿Conoce algún detalle más sobre las dificultades económicas del señor English?

—La verdad es que no sé más que eso. Solo que Gordon Barton cree que Simon tiene problemas. ¿No puede ver los informes económicos de su empresa?

—Podemos, pero nos llevará algo de tiempo.

Aquel hombre le resultaba exasperante.

—¿Por qué? ¿Cuánto tiempo?

—Existe una cosita llamada Cuarta Enmienda, señorita Barrington. No podemos acceder a los informes económicos de la gente sin su permiso o una orden.

—Soy muy consciente de ello —respondió ella con frialdad—. Escribo sobre delitos.

—Ya lo sé. Y yo me dedico a eso en la vida real. Agradezco la información. Lo investigaremos. ¿Algo más?

—Creo que deberían investigar más la relación entre Simon y Sabrina Mitchell. La noche que encontré las fotos en casa de

Gordon, los había visto juntos en un restaurante del centro. A Kate le dijo que tenía una cena de negocios.

—Estamos al corriente de eso. ¿Algo más?

Eso le resultó interesante.

—¿Están siguiendo a Simon?

Anderson la miró con impaciencia.

—Le repito, señorita Barrington, ¿algo más que desee decirme?

—Una cosa más.

Él arqueó las cejas y esperó.

—Carter Haywood me dijo que el mes pasado Simon recibió una llamada de Lily en la oficina y que, inmediatamente después, cambió de opinión sobre llevar a Sabrina a un viaje de negocios. A mí me parece que Lily sabía que había algo entre ellos y le dijo que parase.

—Gracias por contármelo —le dijo Anderson—. Lo investigaremos. No dude en llamarme si se le ocurre algo más. —Se volvió hacia el agente que había junto a la puerta—. Por favor, acompaña a la señorita Barrington y vuelve a traer al señor English.

Blaire se levantó y regresó al comedor, donde estaba Harrison sentado solo.

—¿Dónde está Kate? —le preguntó.

—Annabelle y ella están durmiendo en su habitación. Me alegra que te quedes. Kate te necesita. Le he dicho que yo también me quedaría y le he prometido que haría que Simon se fuera.

Blaire se preguntó cómo iba a lograr eso. Se oyó la puerta de la entrada.

—Supongo que Anderson ya se marcha.

Simon entró en la habitación con cara de cansancio, la camisa por fuera del pantalón y el pelo revuelto. Se dejó caer en un asiento.

—No sé cuánto más podré aguantar esto. ¿Cómo diablos habrá llegado aquí ese regalo? ¿Quién podría estar haciendo esto?

—Quizá sea alguien del personal —sugirió Blaire—. Sé que Anderson los ha investigado, pero es la única explicación. No creo que hayan sido los padres de la amiga de Annabelle. Y eso nos deja con Selby, Carter y Georgina. Y nosotros.

Harrison se quedó callado unos segundos y después miró a Simon.

—¿Por qué sospecha Kate de ti? En Navidad me creí tu palabra de que no había nada entre esa mujer y tú. Pero ahora…

Simon se puso en pie con la cara roja.

—No puedes hablar en serio.

—Hablo muy en serio —dijo Harrison alzando la voz—. Alguien ha matado a mi mujer y ahora está amenazando a mi hija. Alguien muy cercano, según parece. Si te tiene miedo, entonces debes marcharte.

—No puedes creer de verdad que soy yo —le dijo Simon con cara de dolor—. ¡Harrison, venga!

—No sé qué creer. Lo único que sé es que mi hija está muy asustada y, si tanto te preocupas por ella, le darás su espacio. Aunque solo sea por su salud mental.

—Pero no está a salvo. No puedo dejarla sola aquí.

—No está sola —intervino Blaire—. Yo estoy aquí, y también Harrison. Y hay muchos guardias y policías.

—Está bien —respondió Simon con los ojos entornados—. Me quedaré en el sofá de mi oficina, pero solo temporalmente. Hasta que encontremos a la persona que está haciendo esto. Entonces ambos lamentaréis haberme acusado.

Kate se sentía mejor con Simon fuera de casa. Al vestirse a la mañana siguiente, se notaba más ligera por primera vez en días. Pero le quedaba una cosa más por hacer. Al abrir la puerta del dormitorio de Annabelle, le dirigió una sonrisa a su hija.

—Hola, cielo. El abuelo y la tía Blaire están en la cocina. ¿Por qué no bajas a verlos? Tengo que hablar con la señorita Hilda.

Hilda la miró extrañada cuando Annabelle salió corriendo y bajó las escaleras.

—¿Va todo bien?

—¿A ti te parece que va bien? —le preguntó Kate con las cejas arqueadas—. ¿Estás compinchada con él?

—No entiendo qué me estás preguntando —respondió Hilda dando un paso atrás.

Kate resopló.

—Las velas, la epinefrina, la medicina para la tos, el jersey… Estás compinchada con Simon. He estado a punto de creer que estaba perdiendo la cabeza. Ahora me doy cuenta de que estás intentando librarte de mí para poder ser la única mujer que cuide de Annabelle.

Había estado investigando esa mañana. Había revisado la solicitud de empleo de Hilda y había encontrado el número de su hija, que aparecía como contacto de emergencia. Pero era un número antiguo, de antes de mudarse, y no localizó el nuevo. La encontró en Facebook, aunque solo pudo ver unas pocas fotos debido a la configuración de privacidad. Estaba en lo cierto. Beth, la hija de Hilda, tenía una niña de la edad de Annabelle. Incluso se parecía a Annabelle; pelo largo y rubio, ojos grandes y marrones. Después había buscado a Beth en Google y había encontrado un blog sobre maternidad. No mencionaba a Hilda por ninguna parte, pero había una entrada sobre expulsar a la gente tóxica de tu vida. Eso fue prueba suficiente de que Hilda le traería problemas.

—Kate…

—No te molestes —la interrumpió Kate alzando una mano—. Estoy harta de tus mentiras. Recoge tus cosas y vete. Estás despedida.

Hilda palideció y se le llenaron los ojos de lágrimas.

—Kate, estás equivocada…

—¿Equivocada? —preguntó alzando la voz—. No estoy equivocada. La equivocada eres tú si crees que puedes seguir engañándome. —Se dio la vuelta y se alejó antes de que Hilda pudiera decir nada más. Bajó las escaleras, entró en la cocina y vio a Harrison y Blaire sentados a la mesa—. Ahora estamos a salvo.

—¿Qué, mami? —preguntó Annabelle.

—No te preocupes, cielo. Todo va bien.

Harrison se levantó y se acercó a ella.

—Kate, ¿estás bien?

—Ahora sí —le respondió con una sonrisa triunfante—. Acabo de despedir a Hilda. Una traidora menos. —¿Por qué su padre parecía tan disgustado?

—Katie, Katie —le dijo poniéndole las manos en los brazos—. Hilda no es ninguna traidora. ¿Dónde está?

Kate lo miró con los ojos entornados.

—Haciendo la maleta. Quiero que se vaya.

Su padre fue a decir algo, pero entonces se detuvo.

—Vale —dijo al fin—. Voy a verla y me aseguraré de que se marche.

—Muchas gracias.

Harrison regresó a la mesa y le susurró algo a Blaire.

—¡Eh, nada de secretos! —exclamó Kate.

—Claro que no —le dijo Blaire con una sonrisa—. ¿Por qué no vienes a sentarte y te preparo algo de desayunar?

—Puedo prepararme mi propio desayuno. Además, no tengo hambre. —Se preparó una taza de café y regresó a la mesa—. ¿Por qué no hacemos hoy algo divertido? ¿Vamos al zoo?

—¡Me encanta el zoo! —exclamó Annabelle con el rostro iluminado—. ¿Podemos ir a ver a los monos?

—Creo que hace demasiado frío para el zoo —contestó Blaire—. Hay nieve en el suelo.

—Supongo que tienes razón —admitió Kate mirando por la ventana—. ¿Y si vamos al acuario?

—Vale, si te apetece salir.

—Me encantaría ir con vosotras, pero tengo que ir al hospital —dijo Harrison—. Volveré a primera hora de la tarde. —Se volvió hacia Blaire—. ¿Estarás aquí todo el día?

Ella asintió.

—Fantástico. —Kate respiró profundamente. Ahora que Simon se había marchado, era como si le hubieran quitado un peso de encima—. Voy a ver mi *email* del trabajo y nos vamos.

Corrió escaleras arriba hasta su despacho e hizo clic con el ratón. Respiró aliviada al mirar sus correos y no ver nada fuera de lo normal. Leyó los nuevos y estaba a punto de levantarse cuando oyó el pitido de un nuevo mensaje. Se fijó en el asunto: *EL TIEMPO SE ACABA*. Contuvo la respiración y lo abrió.

Querías mucho a Jake, ¿verdad?
Bueno, no lo suficiente para salvarlo.
Pero no te preocupes, pronto estarás con él.
Puedes dormir con diez guardias frente a tu puerta,
pero eso no te salvará.

Este es el último mensaje que recibirás,
porque hoy es el último día de tu vida.

Intentó gritar, pero no le salió la voz. Marcó el número de Blaire en el móvil.

—¿Kate?

—Estoy en mi despacho. Ven —susurró.

Sacó una foto a la pantalla mientras esperaba y, a los pocos segundos, Blaire estaba a su lado.

Se inclinó hacia ella para mirar mejor la pantalla. Le quitó el ratón.

—Eh, Kate…

—¿Qué? —Kate estaba mirando al vacío.

—Este mensaje es tuyo.

—¿De qué estás hablando?

—Mira —le dijo Blaire señalando el hueco con la dirección—. Está enviado desde tu dirección personal. K English treinta y cuatro arroba gmail punto com.

—¡Yo no he enviado esto!

Blaire se quedó callada, mirándola con una expresión que nunca antes le había visto.

—¿Por qué iba a enviarlo?

Blaire se agachó más aún y la miró a los ojos.

—Estás sometida a mucho estrés. Sabes tan bien como yo que…

—¡No! —Kate la apartó y se levantó de la silla—. No estoy loca —insistió. Aunque empezaba a dudarlo.

Justo en ese momento sonó su teléfono. Era el detective Anderson.

—¿Lo ha visto? —le preguntó al descolgar.

—Doctora English, hemos rastreado la dirección IP. Ese *email* venía de su red wifi.

26

Blaire se daba cuenta de que Kate estaba haciendo todo lo posible por aparentar calma, su única señal visible de ansiedad era el constante movimiento de sus dedos mientras esperaban sentadas en el salón a que llegara Anderson.

—Creen que me he enviado ese *email* a mí misma, ¿verdad? No es así. Tú me crees, ¿verdad? No piensas que estoy loca, ¿verdad? —Kate estaba sentada muy rígida en su silla, frotándose las manos.

—Claro que no estás loca —respondió Blaire—. Seguro que hay una explicación razonable.

Kate parecía dubitativa. Últimamente tenía siempre esa mirada sombría y atormentada. No comía, se mantenía a base de café y Valium. La veía jugar con la comida en el plato, pero sin llevársela nunca a la boca.

—Estoy segura de que no he sido yo. No he sido yo, ¿verdad? —le preguntó—. ¿Cómo han podido rastrear la dirección IP hasta aquí? —Se llevó las manos a la cara y lloró en silencio.

Daba igual que intentara tranquilizarla; era evidente que Kate estaba dudando de sí misma, pensaba que tal vez sí se había enviado el *email*. Blaire estaba deseando que llegara la policía. Se preguntaba si podrían tranquilizar a su amiga y aclarar todo aquello de una vez.

Cuando oyeron el timbre, Kate se puso en pie y se secó las lágrimas.

Brian hizo pasar a Anderson. Lo acompañaba otro hombre, uno al que Blaire no había visto antes, aunque dio por hecho que sería un compañero.

Anderson se quitó el sombrero y las saludó con un gesto de cabeza.

—Doctora English, señorita Barrington. —Señaló entonces al hombre que había entrado con él—. Este es el detective Reagan. Forma parte de la Unidad Técnica.

—Hola —dijo Kate, y lo miró expectante—. ¿Está seguro de que el *email* ha salido de aquí?

—No hay duda, señora —respondió Reagan—. Su casa es donde está localizada la dirección IP.

—Pero yo no lo he enviado —le dijo a Anderson.

—Lo sabemos.

Blaire vio una mirada de alivio en el rostro de Kate y esperó a ver qué decía Anderson después.

—La dirección del remitente no era la suya —dijo Reagan.

—Pero… —empezó a decir Kate.

—La dirección del remitente era K English uno tres cuatro arroba gmail punto com. Debió de pasar por alto el número uno cuando miró la dirección.

Kate se acercó a recoger el portátil de la mesita y lo abrió.

—Sí, sí. Tiene razón. No es mi dirección.

—¿A quién pertenece la dirección? —le preguntó Blaire.

Anderson se volvió hacia Reagan, que respondió:

—Ha sido desactivada. No hay manera de saberlo.

—Tenemos que encontrar el dispositivo desde el que fue enviado. Está aquí. En algún lugar de la casa —aseguró Anderson.

—Pero ¿cómo es posible? —preguntó Kate—. Usted ve todo lo que entra y sale de nuestros teléfonos y ordenadores. ¿Cómo puede haber salido de mi casa? —Todavía tenía la mirada perdida.

—Solo hemos estado controlando los dispositivos para los que usted nos dio permiso, doctora English. Cualquier otro *smartphone*, *tablet* u ordenador portátil utilizados aquí usarían su dirección IP, pero no los tendríamos controlados.

Era la primera vez que Blaire percibía tanta paciencia en su voz. Esperaba que empezase por el despacho de Simon. Tuvo que hacer un esfuerzo por no abrir la boca y sugerírselo.

—Bueno —dijo Kate, que parecía estar más tranquila—. ¿Por dónde quiere empezar?

Anderson le hizo un gesto con la cabeza y se levantó.

—Por el despacho de su marido.

Al salir de la habitación, ambos se pusieron guantes y ellas los siguieron.

El escritorio de Simon era de madera clara —arce, supuso Blaire— y no tenía ningún papel encima. Había dos fotografías con marco de plata; un retrato de Kate en el que estaba preciosa y una foto de Kate, Simon y Annabelle juntos.

—¿Tenemos su permiso para registrar este lugar, doctora English? —preguntó Anderson situándose detrás del escritorio.

—Sí, desde luego —respondió ella con voz temblorosa.

Anderson empezó por el escritorio, abriendo un cajón tras otro. Blaire y Kate lo observaron mientras levantaba un globo terráqueo y lo examinaba dándole vueltas.

—¿Su marido tiene caja fuerte? —preguntó.

—Sí, en nuestro dormitorio. Puede registrarla, pero justo anoche guardé ahí mi anillo de boda. Solo hay joyas.

—La registraremos luego. Terminemos aquí primero —le dijo a Reagan.

Recorrió el perímetro de la habitación, mirando detrás de cada cuadro y cada premio colgado de la pared. Se volvió hacia Reagan.

—Vamos a ver las estanterías.

Ambos empezaron a registrar las baldas situadas tras la mesa de Simon mientras Blaire y Kate los observaban en silencio. Las hileras de libros llegaban casi hasta el techo y parecía que los detectives iban a abrirlos todos. Tardarían una eternidad.

—¿Por qué no nos sentamos? —le preguntó Blaire a Kate—. Podrían tardar un rato.

Kate se sentó, pero parecía incapaz de dejar de mover el pie con nerviosismo. Volvía a tener esa mirada distante. Reagan se subió a la escalerita, empezó a sacar libros de la penúltima balda y de pronto se detuvo y le entregó uno a Anderson. Blaire y Kate se levantaron para ver qué era. No se trataba de un libro: era una caja de cuero que parecía un ejemplar de *Moby Dick*. Observó el contenido e intercambió una mirada con Reagan, que se bajó de la escalera.

—¿Qué es? —preguntó Kate acercándose.

Anderson apretó los labios, negó con la cabeza y les mostró la caja. Dentro había un *smartphone* negro. Junto a él había una bolsita de plástico que contenía una pulsera de diamantes.

Blaire oyó un grito ahogado junto a ella.

—Dios mío, es la pulsera de mi madre —dijo Kate justo antes de caer al suelo.

27

Kate sintió un dolor en la cabeza, abrió los ojos y vio a Blaire encima de ella.

—¿Qué ha ocurrido?

—Te has desmayado.

Tardó unos segundos en recordarlo todo. Simon. El teléfono. La pulsera de su madre. Trató de incorporarse, pero se mareó y volvió a recostarse sobre la almohada con los ojos cerrados.

—Doctora English —dijo el detective Anderson con su voz profunda. Abrió los ojos y se incorporó ligeramente. Era como si lo viera y lo oyera todo a cámara lenta.

—Aquí tienes. —Blaire le ofreció una botella de agua—. Quizá te ayude.

Dio un pequeño sorbo y le devolvió la botella. Sentía que iba a vomitar. Aunque tenía sus sospechas sobre Simon —su fidelidad y su culpabilidad con respecto a las amenazas y a su madre—, se quedó igualmente sorprendida al enfrentarse a las pruebas irrefutables. ¿Cómo había podido vivir con él todos esos años sin saber que era capaz de asesinar y de hacerle luz de gas? No lo entendía.

Necesitaba respuestas, algo para encontrarle sentido. ¿Qué clase de monstruo mata a su suegra y conspira contra la madre de su hija? Si tantas ganas tenía de marcharse, ella le habría concedido el divorcio. Habría sido generosa, pese al acuerdo prenupcial.

Entonces se le ocurrió otra cosa y se sintió aterrorizada. ¿Y si alguien de seguridad le había estado ayudando? Tal vez aún siguiera en peligro.

Miró a Blaire.

—Líbrate del equipo de seguridad —le dijo—. Los contrató Simon. No me siento segura con ellos aquí.

—No creo que sea sensato quedarte sin protección hasta que lo hayan arrestado —le dijo Blaire—. Nosotros contratamos a una empresa para controlar a la multitud cuando hacemos promoción. ¿Quieres que los llame?

Kate asintió, después se pasó las manos por el pelo y cerró los ojos.

—¿Doctora English? —le dijo el detective Anderson.

Blaire y ella lo miraron al mismo tiempo.

—Hemos encontrado algo más. —Se aclaró la garganta—. Matarratas.

Kate se dobló hacia delante, sin poder respirar. Cada revelación era como un nuevo golpe. Simon había planeado envenenarla. Se acordó del café con el sabor raro y se preguntó si ya habría empezado.

Blaire se acercó a ella y le pasó un brazo por los hombros.

—Lo siento, Kate. Lo siento mucho.

—Todos los mensajes y correos salieron de este teléfono —agregó el detective mostrándoles el *smartphone*.

—De verdad quería matarme. ¿Tanto me odia como para torturarme también?

—Es evidente que quería aparentar que era otro el responsable, o hacerte quedar a ti como una loca —le dijo Blaire. Miró entonces a Anderson—. Una cosa que no entiendo es por qué Simon iba a utilizar una dirección de Gmail tan parecida. ¿No sería más efectivo para hacer quedar mal a Kate haber usado la suya?

—No conoce mis contraseñas —respondió Kate. Entonces se le ocurrió otra cosa—. Mi marido no está aquí. ¿Cómo iba a enviar el correo si el teléfono estaba aquí?

—Según parece, el correo estaba programado —le explicó el detective Reagan—. Podría haberlo programado hace días.

—Simon debió de olvidar llevarse el teléfono cuando tu padre le obligó a marcharse —dijo Blaire—. Por eso no estaba encendido esta vez.

—Un golpe de suerte —dijo Anderson.

Cuando llegó Harrison, Reagan ya se había marchado y solo quedaba Anderson.

—Kate, ¿qué ha ocurrido?

—Siéntate, papá.

—¿Qué sucede? —preguntó Harrison sin sentarse.

—Han encontrado la pulsera de mamá.

—¿Dónde?

—Aquí, escondida en las estanterías de Simon. —Empezó a llorar—. Siento haberlo metido en nuestras vidas, papá. Mamá aún seguiría viva si no…

Harrison se quedó perplejo, como si estuviera hablándole en un idioma desconocido.

—¿Estás diciendo que Simon mató a tu madre?

—Sí.

De pronto su padre se puso como loco y se le encendieron los ojos.

—Voy a matar a ese hijo de perra. Lo mataré con mis propias manos. —Estaba divagando, decía cosas que ella no entendía, con la cara roja y escupiendo saliva.

Kate entendía su rabia, pero su vehemencia le dio miedo. Temió que fuese a darle un paro cardíaco.

El detective Anderson se acercó a él y le puso una mano en el hombro.

—Eh, tranquilo. Aún no hay nada seguro. Nos llevaremos las pruebas y veremos qué podemos averiguar. —Se volvió hacia Kate—. ¿Simon está ahora en su oficina?

Blaire respondió por ella.

—Supuestamente.

La idea de enfrentarse a su marido le daba pánico, igual que todo lo que estaba a punto de suceder, que destrozaría aún más sus vidas.

Anderson apretó los labios y suspiró.

—Iremos a arrestarlo ahora. Debería llamar a su abogado.

—¿Abogado? ¿Por qué vamos a ponerle un abogado? —preguntó su padre—. Que se pudra en el infierno.

—De acuerdo, estaremos en contacto —concluyó Anderson antes de salir por la puerta.

Kate se volvió hacia su padre. Fue doloroso ver cómo su rabia anterior se convertía otra vez en sufrimiento, ver la tristeza en su mirada.

Él le estrechó la mano y se quedó mirando al vacío.

—¿Por qué? ¿Por qué? —repetía una y otra vez—. No tiene sentido. —Miró entonces a su hija—. Al menos ahora lo sabemos. Y tú estarás a salvo —dijo antes de abrazarla.

A Kate le pareció un pequeño consuelo.

A la mañana siguiente, Kate se quedó junto a la puerta de la entrada y se despidió de Annabelle con la mano mientras Harrison se la llevaba. Aunque la policía había arrestado a Simon la noche anterior, seguía hecha un manojo de nervios y habían acordado que sería mejor que Annabelle se marchara un tiempo con su abuelo. Iba a llevársela a la casa de la playa; un lugar muy tranquilo fuera de temporada. La casa estaba en silencio sin todos los guardias de seguridad; Blaire se había deshecho de ellos nada más marcharse Anderson. El equipo que ella usaba en sus promociones vendría aquel mismo día. Kate y ella querían asegurarse de que, si Simon no había actuado solo, pudieran estar a salvo.

Había hablado con el detective Anderson a primera hora de la mañana y este le había dicho que Simon había contratado a un abogado. Ella ya se había puesto en contacto con su abogado y le había contado la situación. No pensaba contribuir a la defensa de la persona que le había arrebatado a su madre.

Tenía los ojos hinchados de tanto llorar y la cabeza algo embotada por el Valium que se había tomado antes mientras recorría la planta de abajo, yendo de una habitación a otra, enderezando un cuadro, moviendo una revista, cualquier cosa para evitar volverse loca.

Blaire entró en el salón.

—¿Cómo lo llevas?

—No lo sé. Lo único que hago es repetirlo todo en mi cabeza hasta que creo que voy a volverme loca.

—Toma, he preparado té —le dijo Blaire acercándole una taza—. Vamos a sentarnos.

—Gracias —respondió ella al aceptar la taza—. La casa está muy vacía sin Annabelle. Quizá no debería haber dejado que mi padre se la llevara a la playa. ¿Y si tienen un accidente de coche? —Se levantó de un brinco, consumida por el pánico—. Voy a llamarle. No quiero tenerla tan lejos.

—No pasa nada. Estarán bien. No llames mientras están en la carretera. Le distraerás.

Kate tomó aliento. Blaire tenía razón. Podría hacer que tuviera un accidente. Sería mejor llamarlo más tarde.

—No has comido desde ayer. Vamos a prepararte algo.

—No, no tengo hambre.

—Kate, una tostada, algo. Vas a caer enferma. Annabelle necesita una madre fuerte.

—Está bien —accedió—. Solo medio trozo.

—Enseguida vuelvo. Tómate el té.

Kate dio unos pocos sorbos y se recostó en el sofá. ¿Por qué el corazón seguía latiéndole tan deprisa? Habían arrestado a Simon. Tenían al asesino de su madre. Ya estaba a salvo. Se imaginaba a Simon esposado, declarando su inocencia mientras lo arrastraban.

Ella había querido ir, observar desde detrás del cristal mientras lo interrogaban, pero el detective Anderson le había dicho que era mala idea. Y al final le dio la razón.

Blaire regresó a los pocos minutos.

—Aquí tienes. —Le entregó un plato con una tostada cortada por la mitad y cubierta de mermelada.

—Gracias. —Dio un pequeño bocado y sintió las náuseas en el estómago. Dejó el plato a un lado y dio otro sorbo al té—. Mmm, qué bueno. ¿Menta?

—Sí —respondió Blaire con una sonrisa—. Recordaba que siempre te había gustado. Yo sigo siendo una adicta al café. —Se estiró y bostezó—. ¿Qué podemos hacer hoy? Ahora que ya no tienes que estar prisionera en tu propia casa, deberíamos celebrarlo.

Kate arqueó una ceja.

—No sé si descubrir que mi marido es un asesino es razón para celebrar.

—Claro que no, no me refería a eso. Pero ¿no te apetece salir? Aunque solo sea a dar un paseo por el centro comercial. Algo.

La idea de poder hacer lo que quisiera sin preocuparse de que estuvieran vigilándola resultaba liberadora.

—De hecho, me parece una buena idea. Me encantaría ir a una librería y dar una vuelta.

—No seré yo quien ponga pegas —contestó Blaire poniéndose en pie con una sonrisa—. Vamos.

Kate levantó un dedo.

—¿Crees que habrán llegado ya a la playa? Quiero hablar con ellos antes de marcharnos.

—Espera media hora más. —Blaire volvió a sentarse—. Hace siglos que no voy a la casa de la playa. Seguro que ha cambiado mucho.

—No tanto. Hemos actualizado algunas cosas. Las habitaciones siguen más o menos igual. Annabelle se ha quedado con la mía. Sigue teniendo las sirenas. Al final, mi madre nunca llegó a cambiarlo. Pero a Annabelle le encanta.

—¿Y mi habitación? —preguntó Blaire con cierto temblor en la voz.

Kate se quedó desconcertada.

—Oh, bueno, Simon la usa como despacho.

—Claro.

—¿Qué significa eso? —le preguntó, confusa.

—Nada. Me refería a que se queda con todo lo que le viene en gana sin pensar en los demás. —Se recostó en la silla situada frente a ella—. Pero bueno, ya ha salido de tu vida. Es un alivio que hayamos descubierto la verdad antes de que pudiera haceros daño a Annabelle o a ti.

Kate tragó saliva. No había pensado que pudiera ser una verdadera amenaza para su propia hija. Seguía intentando entender por qué había matado a su madre.

—No lo entiendo. ¿Crees que mató a mi madre como una cortina de humo? Para poder matarme a mí y que la policía lo atribuyese a un loco psicópata. —Removió el té con la cucharilla mientras subía y bajaba la bolsita sin darse cuenta.

Blaire la miró con compasión.

—Sí, lo creo. Lo siento, cielo. Estaba esperando a que te encontraras mejor para contarte lo que he descubierto. Carter me dijo que tu madre sí que llamó a Simon. Sabrina y él iban a ir de viaje de negocios a Nueva York, pero Simon hizo que se quedara en tierra después de hablar con tu madre. Lily debió de hacerle entrar en razón. Obviamente a él no le gustó aquello. Creo que Sabrina y él lo planearon todo. Me refiero a que él sabía lo de tu ansiedad. Cómo provocarte. ¿Y qué clase de cabrón enfermizo tortura a animales inocentes? Matar a esos pobres periquitos y pintarlos de negro. Es horrible.

Kate levantó la cabeza. ¿Qué acababa de decir Blaire?

—¿Por qué no pruebas a llamar ahora a tu padre? Así podremos marcharnos.

—De acuerdo. —Kate sacó su móvil y probó a llamarlo. Sonó cuatro veces antes de que saltara el buzón de voz—. No contesta. Quizá hayan pillado tráfico. —Seguía pensando en lo que acababa de decir Blaire hacía unos segundos.

—¿Por qué no nos vamos? Puedes intentar llamarle desde el coche —le sugirió—. Conduciré yo.

Kate seguía pensando en los pájaros. ¿Cómo sabía Blaire que eran periquitos y que los habían pintado? Ella no se lo había dicho, ¿verdad? Estaba segura de que solo le había contado que se trataba de pájaros negros.

—¿Sabes qué? Me está empezando a doler la cabeza. Creo que necesito descansar un poco antes de marcharnos. ¿Te importaría acercarte a la farmacia a por Tylenol? No me queda.

—Yo tengo Advil —respondió Blaire poniéndose en pie—. Voy a buscarlo.

—No, no puedo tomar ibuprofeno —le dijo Kate—. Me hace daño al estómago. No te lo pediría, pero está muy cerca de aquí, a pocos kilómetros. —Estaba mintiendo, pero necesitaba que Blaire saliera de la casa.

Se quedó mirándola unos segundos y sonrió.

—Claro. Enseguida vuelvo.

Nada más oír que se cerraba la puerta de la entrada, subió cojeando las escaleras hasta la habitación de invitados donde se alojaba Blaire. La habitación estaba impoluta. Todas sus cosas estaban ordenadamente apiladas sobre la cómoda, las maletas cerradas una junto a la otra en el portaequipajes de madera situado en el rincón. Abrió primero el bolso de viaje de Mulberry. Revolvió todo lo más rápido que pudo y sacó algunos libros, un neceser de maquillaje, cajitas con joyas. Ni siquiera sabía qué estaba buscando. Volvió a guardarlo todo tratando de asegurarse de dejarlo como estaba. Después abrió la maleta. Vaqueros y camisetas bien dobladas. Sacó la ropa y la dejó con cuidado sobre la cama. En el fondo de la maleta había un diario de cuero. Lo sacó y lo abrió. Se encontró con la caligrafía de Blaire. Pasó las páginas y llegó hasta el día del funeral de su madre.

Vuelvo a la ciudad. No es así como habría planeado nuestro reencuentro, pero no pienso perderme el funeral de Lily. No es así como tenía que ser. Todos estos años he estado alejada de ella. La culpa es tuya por mantenernos separadas y por privarla de mi amor y a mí del suyo. Podría haber sido muy distinto. Podríamos haber sido una verdadera familia, pero tu orgullo era más importante. No te mereces mi amistad, pero fingiré. Estaré ahí, te ayudaré y fingiré que siento pena por ti, quizá incluso te dé la mano. Pero por dentro estaré furiosa, planeando mi próximo movimiento, disfrutando con tu cara de terror y de sufrimiento.

Se dejó caer sobre la cama, horrorizada, y pasó la página para leer la siguiente entrada.

Si hubiera podido ver tu reacción cuando descubriste los ratones. ¿Gritaste, o tu trabajo te ha insensibilizado frente a la muerte? ¿Te imaginas si a ti te espera ese mismo destino? Confío en que mi pequeño regalo al menos te sacara de tu estupor. Sé que estás triste, pero, en serio, Kate, tenías invitados y no supiste hacerte cargo de ellos. Lily te educó mejor que todo eso, ¿no es así? Se habría quedado horrorizada al ver que se acababa el café y la leche y que nadie supervisaba al personal para que lo repusieran. Siempre fui para ella mejor hija que tú. No la merecías. Y ahora nunca podré volver a verla debido a tu egoísmo.

¿Blaire estaba detrás de todo? Sintió la bilis en la garganta. Tenía las manos frías y notaba los dedos dormidos. Iba a vomitar. ¿Blaire había matado a su madre?

—¿Qué estás haciendo aquí? —la voz de Blaire rompió el silencio.

Kate dio un respingo, levantó la mirada y cerró el diario.

—¿Fuiste tú? —Apenas podía hablar, le costaba trabajo respirar—. ¿Tú la mataste?

A Blaire se le encendieron los ojos al ver el diario en su mano.

—¡Eso es privado!

—¡Blaire! ¿Qué has hecho? ¿Por qué la mataste?

—No la maté. Te prometo que no.

—Entonces ¿qué es esto? —le preguntó mostrándole el diario—. ¡Me odias!

—¡No! Al principio sí. Cuando me llamaste para contarme lo de Lily, te culpé a ti. Volví para hacerte daño. Pero, tras estar contigo, mis sentimientos cambiaron. Mira. —Abrió de nuevo el diario y señaló—. Aquí hablo de lo feliz que soy por haber hecho las paces. Y que se ha hecho justicia por Lily. Empecé por venganza, pero te he perdonado por lo que hiciste.

Kate notaba el corazón cada vez más acelerado.

—Blaire, me estás asustando. No lo entiendo. Yo te quería…, ¿por qué ibas a hacer todo esto? Tú me enviaste los ratones, los pájaros, los gusanos, sabiendo lo frágil que era. Pensaba que habías venido a ayudarme.

—Estaba intentando ayudarte —le dijo Blaire con expresión lastimera—. Al principio quería vengarme, pero luego, al darme cuenta de que Simon era culpable, tuve que seguir para que pudieran pillarle. La última vez que intenté advertirte sobre él, me echaste de tu vida. ¿Recuerdas?

Kate empezó a temblar, tenía mucho frío.

—Blaire, lo siento. Era joven. —Intentaba pensar a toda velocidad. Aquella no era la Blaire que había conocido años atrás. Trató de recordar lo que había aprendido en sus prácticas de psiquiatría en la escuela de medicina sobre cómo tratar a los enfermos mentales—. Tenías razón —dijo con voz tranquila—. Ahora me doy cuenta. Jamás debería haberme casado con él.

—No, no deberías. Tenía que hacer que te dieras cuenta. Por eso puse la pulsera y el teléfono para inculparlo mientras tú ibas por ahí acusando a la pobre Hilda.

—¿Simon es inocente?

Blaire empezó a dar vueltas de un lado a otro.

—¡No es inocente! Es culpable de todo. El hecho de que yo tuviera que ayudar a la policía a conseguir pruebas para inculparlo no significa que Simon sea inocente. Ya te lo dije. Tu madre lo llamó y le dijo que dejase de tontear con esa zorra.

—Pero tu diario…, tú enviaste los ratones. ¿Estás compinchada con él? ¿Estáis liados?

Blaire le lanzó una mirada de incredulidad.

—¿Qué? No. Él no hizo nada salvo matar a Lily. El resto fue cosa mía.

—Pero ¿cómo sabías lo que llevaba puesto? La sudadera.

—Puse una cámara en tu dormitorio. Muy inteligente por mi parte sugerir a la policía que buscara dispositivos. Claro que, para entonces, ya la había quitado. He aprendido muchas cosas sobre tecnología con la documentación para mis libros. No fue difícil engañarte.

—¿Hiciste todo esto para hacerle parecer culpable? Mi madre te quería. Yo te quería. —Aquello era demasiado para asimilarlo—. ¿Por qué mataste a mi madre?

Blaire resopló con fastidio.

—¡No me escuchas! Yo no la maté. ¡Yo la quería! Volví para resolver el asesinato y para hacerte sufrir por arrebatármela. Pero ya te lo he dicho, Kate, cambié de opinión cuando vi que nuestro vínculo era tan estrecho como nunca. Durante las navidades… viviendo aquí contigo… lo recordé todo.

Kate trató de mantener la voz serena. No creía a Blaire. Tenía la pulsera de Lily. Tenía que ser la asesina.

—Tenías su pulsera, Blaire. Dime la verdad.

—Compré otra pulsera de diamantes. No son difíciles de encontrar y recordaba cómo era. Estaba allí cuando tu padre se la regaló en la fiesta de su vigésimo aniversario. —Blaire se golpeó la sien con el dedo y negó con la cabeza—. En serio, Kate, usa la cabeza.

—No lo entiendo. ¿Quién la mató entonces?

—Ya te lo he dicho. Tu marido. ¿Quién si no?

Kate pasó corriendo junto a ella y bajó las escaleras todo lo rápido que pudo. Le palpitaba el tobillo. Tenía que avisar a Anderson lo antes posible. Oía las pisadas de Blaire tras ella.

—¿Dónde vas? ¡Kate, para!

¿Dónde había dejado su móvil? Fue al salón. Cuando se disponía a alcanzarlo, sintió un fuerte golpe en la mano que le hizo gritar. Se llevó la mano al pecho y vio que Blaire empuñaba el atizador de la chimenea.

—Siéntate, Kate. No vas a llamar a nadie.

—Blaire, baja eso —le rogó.

Blaire negó con la cabeza.

—Vas a llamar a la policía. Vas a decirles lo que he hecho. Y no puedo permitir que hagas eso. Dejarán a Simon en libertad y quedará impune. Eso no puede suceder. No puedes dejar que me encierren, no hasta que te diga algo más.

Kate levantó las manos, tratando de demostrarle que no era una amenaza. No dejaba de mirar el atizador.

—Vale, vale. Te escucho.

—Recibí una carta de Lily. Llegó dos días antes de que me llamaras para decirme que había sido asesinada. —Las lágrimas empezaron a resbalar por su cara—. Kate, escúchame. Ella también era mi madre.

—Blaire, sé que pensabas en ella de esa forma. Y lo siento, lo siento mucho, por todos los años que te perdiste, y acepto la culpa, pero no puedo volver atrás.

La expresión de Blaire se volvió severa.

—No me estás escuchando. No pensaba en ella como si fuera mi madre. Era mi madre. Me dio en adopción.

De pronto Kate sintió que se quedaba sin aire. Blaire estaba alucinando. ¿De qué hablaba?

—Eso no tiene ningún sentido. ¿Cómo iba a ser tu madre? Somos de la misma edad. Es imposible. —Pero, incluso mientras lo decía, algo le rondaba por la cabeza.

—No, idiota. Yo soy un año y medio mayor que tú, ¿recuerdas? La única razón por la que íbamos al mismo curso es porque Mayfield me obligó a repetir octavo curso. Lily me concibió mientras estaba prometida con tu padre.

Kate se sentía confusa.

—¿Te dio en adopción porque estaba embarazada antes de casarse? ¿Y por qué mi padre y ella no adelantaron la boda?

Blaire se tomó unos segundos para responder.

—Porque Harrison no es mi padre.

—¿De qué estás hablando? Eso no tiene sentido. ¿Quién es tu padre?

—No lo sé. Iba a decírmelo. Pero entonces…

Kate no sabía qué creer. ¿Se trataba de una fantasía ideada por Blaire, o podría ser cierto? Solo sabía que tenía que calmarla y lograr que soltara el atizador.

—Escucha, Blaire. Lo siento mucho. Si somos hermanas, entonces tenemos que empezar de nuevo.

—¿Estás dispuesta a olvidar sin más todo lo que he hecho? ¿A perdonarme?

—Por supuesto —mintió Kate.

Blaire comenzó a dar vueltas. Mientras estaba de espaldas, Kate movió lentamente la mano para abrir el cajón de la mesa que tenía al lado. Palpó una inyección de epinefrina, la agarró, la sacó del cajón y la dejó caer entre los cojines del sofá antes de que Blaire se diera cuenta. Si lograba atacarla con eso, la sorpresa le daría ventaja y podría escapar. Observó con atención a su vieja amiga, esperando el momento justo para actuar.

—¿Cómo sé que puedo creerte? —Blaire apartó la mirada y Kate levantó la epinefrina, preparada para clavársela en el cuello. Antes de darse cuenta de lo que pasaba, Blaire se dio la vuelta, se lanzó sobre ella y agarró la epinefrina—. ¿Cómo has podido? Incluso ahora que sabes la verdad, sigues traicionándome. —Se secó la cara con el dorso de la mano.

Kate tenía que calmarla como fuera.

—Blaire, por favor, no voy a llamar a la policía. Siéntate para que podamos hablar. Te quiero. Somos hermanas. Podemos solucionar esto. Deja que te ayude. —Intentaba pensar con claridad, tratando de adelantarse a ella.

—¿Hermanas? —Blaire resopló—. Me echaste de tu vida. Igual que hizo mi madre adoptiva. Igual que hizo mi padre. Igual que Carter. Pensaba que eras diferente, pero eres igual que los demás. Me doy cuenta de que te he dado una oportunidad que no mereces. Lo siento, Kate, pero no has superado la prueba. Pero al menos me quedará Annabelle.

—No te atrevas a hacerle daño a Annabelle —le gritó Kate.

—¿Hacerle daño? No quiero hacerle daño. Es mi sobrina. Sangre de mi sangre. Estará mejor sin ti. Vendré a visitarla cuando hayas muerto. Le contaré las cosas tan horribles que hiciste cuando tenga edad para entenderlo. Sabrá que fue todo culpa tuya. Que su pobre tía Blaire nunca pudo tener hijos por el egoísmo de su propia madre. Entonces me querrá y nunca me abandonará.

—¿Culpa mía? ¿De qué estás hablando?

—Del accidente, Kate. El que tuvimos porque estabas tan borracha que me distrajiste. Inclinándote sobre el asiento, toqueteando la radio, y yo no paraba de gritarte que te estuvieras quieta. Quizá hubiera podido esquivar al conductor que nos embistió si me hubieras hecho caso.

—Pero si ni siquiera resultaste herida. Jake murió aquella noche. ¿No crees que me he torturado por eso todos los días de mi vida desde entonces? Viviré con esa culpa para siempre. Pero éramos unas crías, Blaire. Unas crías estúpidas.

—¿Esa es tu excusa para todo? ¿La juventud? Responsabilízate un poco. Estabas demasiado absorta en tu desgracia para fijarte en cómo me afectó a mí. ¿Se te ocurrió preguntar por qué rompió Carter conmigo? Estaba embarazada. Y tu temeridad me costó el bebé y el hombre con el que iba a casarme.

La idea de que también hubiera sido responsable de la pérdida de un bebé era demasiado abrumadora.

—Oh, Blaire. Lo siento mucho. No sabía que estuvieras embarazada.

Blaire acercó la cara a la suya.

—Lo siento, lo siento —repitió haciéndole burla—. Es demasiado tarde para sentirlo. El aborto me provocó una infección. Mi marido me ha abandonado porque no puedo darle hijos, y es todo culpa tuya.

—¿A qué te refieres con que te ha abandonado? Te envió flores. Y aquella nota tan bonita.

—Yo envié esas flores. No podía permitir que en Baltimore supieran que mi marido ya no me quiere.

—Blaire, por favor, escúchame. Necesitas ayuda. Puedo ayudarte. Por favor, podemos solucionar esto.

—Me rompiste el corazón, Kate —le respondió Blaire con cara de pena—. Dos veces. No me has dejado otra opción. No puedo permitir que le digas la verdad a nadie.

El miedo de Kate dio paso a la desesperación.

—¿Y cuál es el plan entonces? ¿Dejar que Simon vaya a la cárcel por algo que no ha hecho y matarme a mí?

—No voy a matarte —dijo Blaire con brillo en la mirada—. Te matará el fuego. Todo el mundo sabe lo mucho que te gustan las velas. De hecho, siempre se te olvida apagarlas. A nadie le sorprenderá que acabes chamuscada por tu descuido. Quizá incluso piensen que lo has hecho a propósito. Últimamente te comportas como una loca. Una pena que yo estuviera de compras cuando sucedió. Entre el Valium y las velas, no tenías ninguna oportunidad. Qué lástima que los de seguridad ya no estén y el servicio se haya marchado ya, aquellos a los que no has despedido, claro.

Kate miró de nuevo a su alrededor, frenética.

—¿De verdad me matarías? No eres una asesina, Blaire —dijo, tratando de centrarse.

—No me has dejado otra opción. —Agarró el atizador y le dio un golpe en la cabeza. Mareada, Kate cayó al suelo. Blaire se sacó un mechero del bolsillo y encendió las dos velas que había sobre la mesita que tenía delante. Junto a una de ellas colocó un trapo de cocina. Tiró la vela y vio como el trapo comenzaba a arder y después el fuego consumía el periódico que había extendido sobre la mesa. Los detectores de humo empezaron a sonar. Pero imaginó que los bomberos tardarían demasiado en llegar, dada la rapidez con la que se extendía el fuego.

—Adiós, Kate —dijo mientras se alejaba.

—¡Blaire, no! ¡Espera! Por favor, ayúdame —le gritó Kate.

Trató de levantarse, pero era incapaz de mantener el equilibrio, se sentó de nuevo, respirando profundamente para intentar centrarse. «Piensa». Se levantó otra vez con piernas temblorosas. El fuego estaba tragándose los libros y las fotografías. La habitación se estaba llenando de humo a toda velocidad. Se puso a cuatro patas al verse rodeada. Cuando el aire se volvió demasiado denso, se tapó la boca con la camiseta y empezó a toser mientras se arrastraba por el suelo hacia el recibidor, sintiendo el dolor en la pierna.

—¡Ayuda! —gritó con la garganta seca, aunque sabía que no había nadie allí. No podía dejarse llevar por el pánico. Debía intentar calmarse, conservar el oxígeno. No podía morir así y dejar sola a su hija. Simon ya estaba bajo custodia. Annabelle se quedaría huérfana. El humo se había vuelto tan denso que ya no podía ver más que a unos pocos centímetros de distancia. Sentía el calor de las llamas acercándose. «No voy a lograrlo», pensó. Le escocían la garganta y la nariz.

Con la poca fuerza que le quedaba, se arrastró hacia la entrada. Se quedó allí tumbada, jadeando por el esfuerzo. Le daba vueltas la cabeza, pero el frío suelo de mármol era agradable contra su cuerpo. Pegó la mejilla a su superficie. Ahora podría dormirse. Se le estaban cerrando los ojos y sintió que se desvanecía hasta que todo quedó a oscuras.

28

Blaire acababa de salir por la puerta de la casa cuando se detuvo. Si se marchaba ahora, Kate moriría. Se acabaría todo. No tendría más oportunidades de hacer las cosas bien. Acababa de darle una noticia impactante. Quizá, cuando tuviera tiempo de pensar en ello, se daría cuenta de que la sangre tira más y de que ella solo había hecho lo que pensaba que tenía que hacer para salvarla de Simon. Pero, si Kate moría, eso nunca sucedería. Tenía que salvarla. Daba igual lo que hubiera hecho Kate, era su hermana. No podía dejar que se quemase viva.

Se dio la vuelta y tiró de la puerta para abrirla, aliviada al ver que no la había cerrado con llave. Volvió a entrar, decidida a sacar a Kate. Quizá hubiese una manera de hacerle entender que todo lo que había hecho lo había hecho por ella. Sin duda, Kate entendería por qué había estado tan enfadada. La había mantenido alejada de su madre durante más de quince años por una estúpida pelea. Y por un hombre que ni siquiera se merecía estar con Kate: un mentiroso y un asesino.

Kate tendría que perdonarla por lo que había hecho, igual que ella la había perdonado. Al fin y al cabo, lo que Kate había hecho era mucho peor. Lo único que había hecho Blaire era asustarla un poco y ayudarla a librarse del hombre que les había arrebatado a su madre, un hombre que se merecía sufrir durante el resto de su patética vida. Kate acabaría por darse cuenta de eso. Y, en definitiva, Blaire le había salvado la vida. Tal vez entendiese que todo lo que ella había hecho había sido necesario para sacar a Simon de su vida. Sin su ayuda, jamás lo habrían pillado. Sí, Kate entendería que a veces era necesario tomar medidas drásticas. Siempre había contado con su apoyo, y así seguiría siendo.

Empezó a toser al entrar en la habitación llena de humo. Debía darse prisa. Vio que Kate había llegado hasta el recibidor, pero se había desmayado ahí. El fuego estaba devorando el salón y empezaba a extenderse por la entrada. La agarró por debajo de los brazos y comenzó a arrastrarla hacia la puerta. Las llamas acariciaban el papel pintado del recibidor. Sentía el calor en la cara mientras retrocedía con su hermana. De pronto, las piernas extendidas de Kate golpearon una mesa que había pegada a la pared y eso hizo que un enorme jarrón cayese contra el suelo de mármol. Blaire sintió un pinchazo en la muñeca.

Cuando al fin la sacó al jardín, le soltó las manos y comenzó con la reanimación cardiopulmonar. Le sangraba la muñeca por el corte profundo de la esquirla de cristal.

Sorprendida al ver el coche de policía en la entrada, se levantó y agitó las manos. Mientras los dos agentes corrían hacia ella, gritó:

—¡Llamen a los bomberos! Deprisa, se ha desmayado. Creo que ha inhalado demasiado humo.

Uno de los agentes se arrodilló junto a Kate para tomarle el pulso.

—¿Qué ha ocurrido aquí? —preguntó el otro mirando a Blaire.

—No sé cómo ha empezado. He llegado a casa y estaba en llamas. He entrado corriendo y la he encontrado. ¡Gracias a Dios que he vuelto a tiempo! Al entrar en la casa, las llamas casi habían llegado al recibidor.

—Es una suerte —comentó el agente.

Kate todavía no había despertado. De pronto le entró el pánico. ¿Qué había hecho? ¿Y si no sobrevivía?

Minutos más tarde oyó el lamento de la sirena del camión de bomberos.

29

Cuando Kate abrió los ojos, su padre estaba de pie a su lado. Parpadeó, sin saber dónde estaba, y giró la cabeza sobre la almohada. Percibió el fuerte olor a humo y empezó a recordarlo todo. El fuego. Blaire diciendo esas locuras. Después de eso, todo estaba borroso.

—Kate —dijo su padre con evidente alivio. Se sentó al borde de la cama y le estrechó la mano.

Le dolía el cuerpo, pero se incorporó todo lo deprisa que pudo.

—Papá, ¿qué ha ocurrido? ¿Cómo he llegado aquí? —Oía el pánico en su propia voz.

—Tranquila, tranquila. Cálmate. —Su padre trató de tranquilizarla—. Estás en el hospital. Ha habido un incendio.

¿Cuánto tiempo llevaba allí?

—Estabais en la playa. ¿Cuándo habéis vuelto?

—Has intentado despertar varias veces en las últimas horas. Vine en cuanto me llamó Anderson.

—Blaire —dijo Kate negando con la cabeza. Comenzó a llorar.

Su padre la abrazó, le acarició la espalda y después se apartó para mirarla.

—Blaire está bien. Está descansando en esta misma planta. Te sacó del incendio.

Quiso apartarse; sabía que tenía que decirle algo, pero era incapaz de ordenar sus pensamientos, y primero había algo que necesitaba saber.

—¿Annabelle?

—No te preocupes, está con Georgina. La llamé y le pedí que se reuniera conmigo aquí para llevársela mientras yo estaba contigo. No sabía bien cómo te encontrarías o si Annabelle podría verte. Georgina se la ha llevado a su casa.

—Gracias a Dios. —Cayó aliviada sobre la almohada y miró a su padre—. ¿La casa ha quedado destrozada? —susurró con la voz áspera y la garganta dolorida.

—Los daños son considerables, pero lograron extinguir el fuego.

Pensó en todas las fotos familiares, las notas, las tarjetas de su madre, años y años de recuerdos que tal vez se hubieran perdido. Al menos su hija y ella estaban a salvo. Eso era lo único importante.

—Kate —le dijo su padre con dulzura—. Dime qué ocurrió exactamente.

Le dijo todo lo que recordaba y vio como iba poniéndose cada vez más rojo, frunciendo el ceño. De pronto se levantó de la cama.

—Cree que mamá era su madre. —Esperó a ver la mirada de sorpresa en la cara de su padre, pero percibió otra cosa en su lugar—. Papá, ¿me has oído? Cree que mamá la dio en adopción antes de casaros.

Su padre apartó la mirada, con la cara pálida, y negó con la cabeza.

—Yo no sabía que ella era el bebé —susurró.

—¿Qué?

Giró entonces la cabeza lentamente hacia ella y la miró con lástima.

—Kate, querías saber por qué discutimos tu madre y yo antes de que muriera. —Empezó a dar vueltas de un lado a otro hasta que por fin se detuvo y volvió a sentarse—. Me dijo que se había acostado con otro. Solo una vez. Una noche cuando estábamos prometidos y yo estudiaba medicina en California. Que había tenido un bebé y lo había dado en adopción. Por eso gritábamos. No quiso decirme quién era el padre, ni nada sobre el bebé. Dijo que primero tenía que hablar con las demás partes implicadas. —Se puso rojo otra vez y apretó los puños—. Yo no quería que tú lo supieras. Mancillar el recuerdo de tu madre. Estaba furioso. —Hizo una pausa y le estrechó la mano—. Aún lo estoy, pero lo peor de todo es que no puedo perdonarme a mí mismo el hecho de que las últimas palabras que le dije a tu madre fueron crueles.

¡No podía ser cierto! ¿Su madre había tenido una aventura de una noche? Debía de haber algo más. Pero ahora, con lo que Blaire decía…, la historia debía de tener algo de verdad.

—El padre podría ser quien la mató. ¿Has pensado en eso? —le preguntó Kate—. ¿Cómo has podido ocultarle esta información a la policía?

—Se lo dije. Pero Lily me prometió que yo era el único que lo sabía. Iba a decirme quién era el padre. Dijo que quería esperar a que me hubiera calmado un poco.

—Quizá por eso quería cambiar el testamento. Para incluir a Blaire. —De pronto todo tenía sentido.

—Eso es —confirmó Harrison.

Kate se recostó y cerró los ojos, agotada de pronto. El cansancio la invadió y, con el murmullo de las voces y de las máquinas, fue quedándose dormida.

Blaire estaba esperando a que el médico le diese el alta. Era todo muy injusto. Kate iba a hacerle quedar como la mala una vez más. Pensó en la última vez que había estado en una cama de hospital, después de la noche que lo cambió todo. Carter había tenido que meter a Jake, que estaba desmayado, en el asiento de atrás, y ella había insistido en que Kate la dejase conducir, dado que era la única sobria. Carter se montó en el asiento del copiloto mientras Kate se sentaba en la parte de atrás con su novio. Estaba lloviendo y circulaban por una de las carreteras secundarias oscuras. Ella había apagado la radio para poder concentrarse mejor. Kate no quería. Se había inclinado sobre el respaldo y había manipulado el dial hasta encenderla de nuevo.

—Venga, me gusta esa canción —murmuró.

—Kate, déjalo ya —le dijo ella dándole un manotazo—. Estoy intentando concentrarme.

Pero Kate insistió. Volvió a encender la radio y empezó a sonar la música. Kate iba cantando a pleno pulmón. Blaire miró hacia abajo para intentar encontrar el botón y apagar la radio, pero no estaba familiarizada con el coche. Al volver a levantar la mirada, vio la camioneta que se les echaba encima. Todavía veía los faros cegadores. El chirrido de las ruedas y el metal al chocar fue lo último que oyó antes de despertarse en ese mismo hospital. Había salido relativamente ilesa, con solo algunos rasguños y hematomas, pero, aun así, habían insistido en examinarla.

Jake había muerto en el acto.

Carter se había roto un brazo.

Kate no tenía ni un rasguño.

Las autoridades determinaron que era culpa del otro conductor, que duplicaba la tasa de alcohol permitida. Blaire recordaba la culpa que había consumido a Kate después de aquello, diciéndose a sí misma que podría haber esquivado la camioneta si ella no la hubiera distraído.

La hemorragia comenzó dos días después. Nadie salvo Carter sabía que estaba embarazada, y habían planeado fugarse para casarse antes de Navidad. Ella había querido confesárselo a Kate al descubrirlo, pero Carter le había rogado que no dijera nada hasta que estuvieran casados, por miedo a que se enterase su familia. Su madre habría acabado por aceptarla, sobre todo cuando le diera un nieto.

Cuando la hemorragia empeoró, llamó a Carter y él la llevó a una clínica de Filadelfia, donde sabían que nadie los conocería. Un amable doctor le dijo que se estaba desangrando. El accidente le había provocado un aborto. Había perdido al bebé y había vuelto a clase sin que nadie lo supiera. Después Carter la llamó y rompió con ella. Tal vez, si hubiera llamado a la clínica cuando le empezó la fiebre y hubiera tomado antibióticos, las cosas hubieran sido distintas. En su lugar, diez años después, estaba en una clínica de fertilidad de Manhattan cuando un doctor le dijo que la infección prolongada le había dañado el útero y le había cerrado ambas trompas de Falopio. Ya no podría quedarse embarazada.

Daniel y ella estuvieron intentándolo tres años más hasta que él empezó a insistir en que adoptaran. Lo último que ella quería era cuidar al bebé de otra persona. Pero él insistía y al final le dio un ultimátum: o se despedía de él y de la vida que habían construido juntos o encontraba la manera de formar una familia. No podía abandonarla, robarle el sustento, arrebatarle a su maravillosa familia.

Blaire estaba harta de que la abandonaran. Shaina la había abandonado. Su padre había elegido a Enid antes que a ella. Carter la había abandonado. Y Kate, su mejor amiga, su hermana, la había abandonado por Simon, la había reemplazado con Selby, y Lily se había visto obligada a ponerse del lado de Kate. Por culpa de Kate, había perdido a Lily para siempre y había perdido toda posibilidad de tener una familia. Y ahora a Kate ni siquiera parecía importarle que fueran hermanas. Que Annabelle fuera su sobrina. La había echado de su vida… hasta la muerte de Lily. Había despreciado su vínculo por una estúpida pelea.

Antes de la boda de Kate, en el mes de agosto, Blaire había hecho todo lo posible por mantener la boca cerrada y fingir que se alegraba por ella. Había ido a todas las pruebas del vestido y le había organizado una despedida de soltera. Incluso se había abstenido de comentar el hecho de que habían tenido que prescindir de su habitual mes en la playa debido a la planificación de la boda, pese a que era el último verano antes de entrar en el mundo real, y Blaire llevaba meses deseándolo. En su lugar, tuvieron que quedarse en Baltimore, escogiendo cubertería y regalitos para los invitados. Pero el colmo había sido en la cena de ensayo, cuando Selby, recién prometida, había levantado su copa para brindar por Simon y Kate.

—El verano que viene seremos Carter y yo. Pensad en lo bien que nos lo vamos a pasar los cuatro juntos.

—Carter, gracias por hablar bien de mí en Bachman and Druthers —dijo Simon con una sonrisa—. Estoy deseando empezar las prácticas cuando volvamos de la luna de miel.

—Ha sido un placer —respondió Carter—. Algún día tendremos nuestro propio estudio de arquitectura. Seremos socios.

—Los casados tenemos que mantenernos unidos —le dijo Selby a Blaire.

—Tengo la impresión de que vamos a pasar mucho tiempo juntos —comentó Simon entre risas.

Solo Kate percibió la incomodidad de Blaire y estuvo lanzándole miradas comprensivas toda la noche, sobre todo porque Selby presumía ante ella de estar saliendo con Carter. Por dentro Blaire echaba chispas. Selby iba a ocupar el lugar en la vida de Kate que por derecho le pertenecía a ella. Y Simon, ese idiota, actuaba como si aquel fuese su lugar pese a haber aparecido en escena apenas unos meses antes. Había pasado la cena echando humo y, para cuando regresaron a casa de Lily y de Harrison aquella noche, se encontraba a punto de explotar.

Por la mañana, supo que tendría que hacer algo para evitarlo. Harrison y Lily estaban arriba vistiéndose y Kate y ella se hallaban en la cocina, preparando el desayuno.

—Estás cometiendo un error —le dijo Blaire.

Kate se volvió desde el frigorífico.

—¿Qué?

—Al casarte con Simon. No es bueno para ti.

Kate suspiró y se acercó a la mesa.

—Blaire, por favor, no hagas esto. Nos vamos a casar esta tarde. Sé que al principio eras escéptica con él, pero prometiste que me apoyarías.

—Lo siento. Pero soy tu mejor amiga y no puedo quedarme de brazos cruzados sin decir nada mientras arruinas tu vida.

—No estoy arruinando mi vida —le dijo Kate poniéndose roja—. Simon es un chico maravilloso.

—¡Ajá! ¿Lo ves? No has dicho que le quieres. No has superado lo de Jake. Simon no es más que un repuesto.

—¿No crees que ya he llorado bastante por Jake? —le preguntó Kate con expresión sombría—. Murió. Tengo que seguir con mi vida.

Blaire se dio cuenta de que no estaba consiguiendo nada, así que cambió de táctica.

—Lo siento. Sé lo duro que debió de ser, pero puedo ayudarte. No tengo que volver a casa. Puedo quedarme aquí, buscar trabajo. No necesitas a Simon.

—Voy a casarme hoy —insistió Kate—. Le quiero. Eres mi dama de honor. Compórtate como tal.

Blaire se sintió rabiosa y frustrada. Solo intentaba velar por los intereses de Kate. ¿Por qué no se daba cuenta?

—Me comporto como tal. Es ridículo. Empiezas en Hopkins en menos de un mes. Allí no tendrás tiempo de acordarte de Jake. Simon es un chico guapo sin sustancia. Es un insulto para la memoria de Jake. —Sabía que así daría en la diana, le recordaría a Kate quién era realmente, y quién le importaba en realidad.

Pero Kate se puso furiosa.

—¿Cómo te atreves a hacerme sentir culpable por casarme? Estás siendo una zorra celosa.

—¿Por qué no debería hacerte sentir culpable? No pareces sentirte culpable por haber matado a Jake. —Nada más decirlo, supo que había ido demasiado lejos.

—¡Sabía que siempre me habías culpado! ¡Lárgate! No te quiero en mi boda. No quiero que vengas a la boda. ¡No te quiero en mi vida!

—Kate, cálmate, no pretendía…

—¡Vete! Ni siquiera puedo mirarte.

Blaire se daba cuenta ahora de que su comentario había sido insensible, pero todo el mundo decía cosas en el ardor del momento de las que después se arrepentía. Eso no significaba que tuvieras que echarlas de tu vida. Pero eso era justo lo que había hecho Kate. Horas antes de la boda. Blaire había recogido sus cosas y se había marchado entre lágrimas, sin ni siquiera despedirse de Lily y de Harrison.

Todo el mundo pensaba que Kate era una heroína. Salvaba vidas, hacía el bien. Había perfeccionado tanto esa fachada que probablemente hasta se la creyese. Todo le había venido rodado.

Nunca había mostrado un interés especial en tener hijos, pero el universo le había regalado a Annabelle, porque, claro, ella lo tenía todo. Y, cuando nació Annabelle, ¿acaso la valoraba? No, trabajaba el mismo número de horas y dejó a Hilda a su cuidado. Esa mujer era más madre de Annabelle de lo que Kate había sido nunca. Pero ¿acaso a Kate le importaba? No. Despidió a Hilda sin una buena razón.

Cuando Kate la llamó para contarle lo de Lily, se quedó destrozada. Con los años, habían mantenido el contacto esporádicamente por correo electrónico, pero había recibido la carta de Lily contándole la noticia tan solo dos días antes. Tras la sorpresa inicial, se puso furiosa. ¿Cómo era posible que nunca le hubiera contado la verdad? Había estado a punto de hacer pedazos la carta de lo enfadada que estaba. Pero entonces se dio cuenta de que aún tenía familia. Lily quería que volviese a Baltimore. Que ocupase su lugar con ellos. Necesitaba una familia; la que había creado con Daniel había acabado por desmoronarse.

Daniel se había sentido frustrado por su reticencia a adoptar. Ella había intentado explicárselo, pero no lo entendió. Quería tener su propio hijo, alguien de su misma sangre. Ahora, sabiendo lo que sabía sobre su propia historia, se preguntaba si Shaina se habría sentido alguna vez conectada con ella. ¿El hecho de que no fuese su hija biológica sería el motivo por el que le había resultado tan fácil abandonarla? Y su padre… enviarla lejos después de casarse, convirtiendo a Enid en su prioridad. Quería saber lo que se sentía cuando alguien tuviera su misma sangre. Hasta Kate había podido reemplazarla por Selby sin pensárselo dos veces. Ella quería un hijo que jamás pudiera abandonarla.

Se quedó devastada cuando Daniel se marchó y, en un impulso, llamó a Lily. Normalmente se enviaban correos cada pocos meses, pero hacía mucho tiempo que no oía su voz.

—Hola, Lily —le dijo tratando de contener un sollozo—. Soy Blaire.

—¿Blaire? Cariño, ¿qué sucede?

—Me ha dejado. Daniel me ha dejado. Estoy sola. No me queda nadie.

Habían hablado durante horas aquella noche y, antes de colgar, Lily le dijo las últimas palabras que Blaire le oiría decir jamás.

—Todo saldrá bien, te lo prometo. No estás sola. Confía en mí: las cosas mejorarán.

Y luego, una semana más tarde, había recibido su carta. No podía llamar a su padre y exigirle saber por qué nunca se lo había contado. Nunca había tenido idea de que fuera adoptada. Pero su padre ya no estaba, y no le daría a Enid la satisfacción de preguntárselo.

Volvió a pensar en la última vez que los había visto. Había vuelto a Nuevo Hampshire por penúltima vez después de que Kate la echara de su vida. Aquella noche había dado vueltas en la cama, furiosa, tumbada en un colchón duro que habían puesto en su antigua habitación, que ahora estaba llena con los trastos de manualidades de Enid. Se imaginó a Selby junto a Kate en la ceremonia, arreglándole la cola del vestido, sujetándole las flores y dando después un discurso en el banquete. Estarían todos pasándoselo bien, sin pensar en ella.

Su padre se había mostrado impaciente y malhumorado aquel fin de semana, y Blaire dio por hecho que no la querría allí. Ni Enid ni él le contaron la verdad. De modo que decidió marcharse a la mañana siguiente. Le pidió a su padre que le prestara algo de dinero para volver a Nueva York mientras buscaba trabajo. Le extendió un cheque generoso y después ella se marchó. Seis meses después, recibió una llamada de Enid.

—Blaire, ¿puedes volver a casa? Tu padre no está bien.

—¿De qué estás hablando?

Se oyó un largo suspiro al otro lado de la línea.

—Me hizo prometer que no te lo diría. Ha estado enfermo. Sufre una insuficiencia cardíaca congestiva. Desde hace dos años. Los medicamentos ya no le hacen nada. No creo que dure mucho.

¿Por qué le había ocultado aquello? De haber sabido la razón de su mal humor, jamás se habría marchado. Habría cuidado de él, aunque siguiera enfadada por la intrusión de Enid en sus vidas.

Había vuelto corriendo a Nuevo Hampshire y lo había encontrado hospitalizado, conectado a todo tipo de máquinas. Pasados diez días, falleció. A Enid le fue bien. Había heredado los concesionarios de su padre y los millones que tenía en el banco, mientras que ella heredó solo cien mil dólares.

Cuando Kate la llamó para decirle que Lily había muerto, no se lo podía creer. Qué cruel jugada del destino. Después de volver a encontrarla, la había perdido para siempre. Ya nunca tendría la oportunidad de conocer el amor de su madre. Jamás podría compensar los años que habían perdido. Había querido gritarle a Kate, decirle que era todo culpa suya. Que era la responsable de haber alejado a Lily de ella. Estaba tan consumida por el odio y la rabia que no sabía si sería capaz de ocultarle sus verdaderos sentimientos. Pero tenía que hacerle pagar. Alguien tenía que hacer pagar a Kate de una vez. Fue más fácil de lo que había pensado, porque Kate era totalmente ajena a su dolor. Y, claro, no pensaba marcharse hasta no encontrar a la persona que le había arrebatado a Lily y hacer que esa persona pagara el precio.

Al principio, no tenía claro quién había sido. Pero pronto se dio cuenta de que había estado en lo cierto con Simon. Estaba engañando a Kate y solo miraba por sí mismo. Después de que Carter y Gordon le describieran la situación —un hombre mujeriego con problemas de dinero—, había logrado encajar las piezas. Al descubrir que Lily sabía lo de Sabrina y había llamado a Simon por teléfono, supo que él era el culpable. Pero no podía demostrarlo. Fue entonces cuando modificó su plan.

Al principio, ver cómo Kate iba desmoronándose poco a poco con cada mensaje le había resultado gratificante. Había sido muy fácil aparentar que el asesino iba también a por ella. Pero, tras pasar tiempo con ella y ver que su vínculo era más fuerte que nunca, se dio cuenta de que deseaba recuperarla. Tal vez no tuviera madre, pero sí tenía una hermana. Así que hizo que volviera a depender de ella. La ayudó a darse cuenta de que Simon era culpable. Y esta vez Kate la elegiría a ella antes que a él.

Si Simon no hubiera entrado en escena, nunca habría perdido a Kate y a Lily. Kate seguía siendo la responsable de haberla dejado estéril, pero, ahora que había vuelto, compartiría a Annabelle con ella. Con Simon en la cárcel, sería como si Annabelle les perteneciese a ambas. Apostaría a que Kate incluso permitiría llevársela a Nueva York algunos fines de semana. Pero ahora todos sospechaban de ella.

Oyó pasos que se detenían al otro lado de la cortina, y la voz familiar del detective Anderson.

—¿Puedo entrar a hablar con usted, señorita Barrington?

—Sí —le respondió.

Tenía expresión seria cuando entró y acercó una silla, con la libreta en la mano.

—Señorita Barrington, me gustaría preguntarle por el incendio. —La miró con frialdad al aclararse la garganta—. ¿Puede decirme qué ha ocurrido hoy?

—Como sabe, estaba viviendo en casa de Kate. Harrison y Annabelle se habían ido y Kate quería que fuese a la farmacia a por Tylenol. Al volver, de la chimenea salía humo y habían saltado las alarmas. Sabía que Kate seguía dentro, así que entré y la encontré desmayada. La saqué a rastras. Gracias a Dios que volví a tiempo. —Se fijó en la cara de Anderson, pero este permaneció impasible.

—Entiendo. ¿Y compró alguna otra tarjeta Visa de prepago mientras estaba en la farmacia? —Se recostó y cruzó una pierna con una ligera sonrisa en los labios.

—¿Para qué iba a necesitar una Visa de prepago? Tengo un crédito excelente —respondió con calma.

—Hay imágenes de seguridad en las que aparece alguien muy parecido a usted comprando una. Casualmente, quien encargó las flores a nombre de la doctora English utilizó una tarjeta de esa misma tienda.

No se alteró; había tenido cuidado. Jamás podrían identificarla en esa grabación.

—Bueno, sí que es casualidad.

—Tiene una carrera de éxito como escritora, ¿verdad, señorita Barrington?

Blaire lo miró con atención.

—Ha vendido millones de libros. —Se detuvo y guardó silencio—. Usted y su marido —dijo al fin.

Blaire siguió mirándolo.

—Usted escribió también algunas cosas por su cuenta, ¿verdad? Antes de empezar su colaboración con el señor Barrington —prosiguió Anderson.

—No sé de qué está hablando.

—¿No lo sabe? Su relato breve. Una lectura muy interesante, debo decir.

Blaire deseaba borrarle aquella mueca burlona de la cara. Estaba harta de juegos.

—Vaya al grano, detective.

—El grano, señorita Barrington, es que las canciones infantiles que recibió la doctora English tenían un tono muy similar a las que aparecían en la historia que usted escribió. Algunas estaban casi calcadas palabra por palabra. No pinta muy bien, ¿no le parece?

—Le gusta mucho hacer preguntas retóricas, ¿verdad?

Anderson le lanzó una mirada severa.

—Cualquiera podría haber leído ese relato y haber usado las rimas infantiles para inculparme. Lo sabe tan bien como yo, ¿verdad? —le dijo con una sonrisa—. Eso sí que es retórico.

Anderson hizo clic varias veces con el bolígrafo y pareció a punto de decir algo más, pero se lo pensó mejor y se puso en pie.

—Eso es todo por ahora. Probablemente, tendremos que hacerle más preguntas más adelante.

Sí, claro. Aquella sería la última vez que veía al detective pesado.

—Me van a dar el alta pronto y volveré a Nueva York.

Anderson se acercó a la cortina que rodeaba el box de urgencias, se detuvo y se volvió hacia ella.

—Por cierto, la doctora English se pondrá bien. Pensé que le gustaría saberlo.

—Ya lo sé. Fue lo primero que le pregunté a la enfermera.

Cuando se marchó, Blaire se recostó sobre la almohada. «Hasta la vista, listillo». Se tenía por un detective de primera.

Se levantó de la cama y se sentó en la silla de plástico del cubículo a esperar, hasta que, por fin, veinte minutos más tarde, firmó los papeles y se preparó para marcharse. Descorrió la cortina y comenzó a caminar hacia las puertas dobles de salida de urgencias. Nada de aquello había salido como había planeado, pero, nada más regresar a Nueva York, encontraría la manera de recuperar a Daniel.

31

Kate no sabía cuánto tiempo llevaba durmiendo cuando alguien le zarandeó suavemente el brazo.

—Doctora English. —Era el detective Anderson.

Parpadeó varias veces, todavía tenía los ojos secos por el humo.

—¿Qué está haciendo aquí? —le preguntó al incorporarse en la cama.

—Quería ver cómo estaba y ponerle al corriente de algunas cosas. —Acercó una silla y se sentó—. Algo en esas canciones infantiles me llamaba la atención. Ninguno de nuestros sospechosos me parecía alguien capaz de tomarse el tiempo de escribir esos poemas retorcidos. Estuve hojeando uno de los libros de la señorita Barrington y la investigué un poco, para averiguar cosas sobre su pasado. Encontré un relato que escribió con su nombre de soltera, Blaire Norris. Se publicó hace más de diez años en *Strand Magazine*. Me hice con una copia y ¿sabe qué? El asesino envía canciones infantiles a su víctima.

Kate tenía emociones encontradas.

—Supongo que ahora tenemos pruebas.

—He hablado con ella. Lo niega todo. Y cualquiera podría haber leído el relato. También hemos rastreado la tarjeta empleada para enviar esas rosas y al parecer fue adquirida en una farmacia CVS de York Road. Hemos visto horas de grabaciones de seguridad.

Tenemos a alguien que podría ser la señorita Barrington, pero no podemos identificarla con certeza. Bastó para convencerme de que estaba usted en peligro, así que envié una unidad a ver que todo iba bien, y fue entonces cuando vieron el fuego.

—Me ha salvado la vida. —Kate le alcanzó la mano y se la apretó. Por primera vez, le pareció que la miraba con cariño—. Gracias. ¿Cree que Blaire mató a mi madre? Lo ha negado, pero…

Anderson le soltó la mano y continuó.

—No. Está claro que se encontraba en Nueva York la noche en que murió su madre.

—Dice que compró otra pulsera como la de mi madre. Pero no sé.

—La pulsera que encontramos en el estudio de su marido era distinta a la de su madre. No tiene los mismos quilates.

Kate asimiló aquella noticia. Era un alivio saber que Blaire no era la que había matado a su madre. Pero, si no era ella, entonces ¿quién?

—¿Encontraremos alguna vez al responsable?

A Anderson empezó a sonarle el teléfono, miró la pantalla y se levantó.

—Disculpe un minuto. Tengo que contestar.

Kate se recostó y cerró los ojos de nuevo mientras él salía al pasillo. Pocos minutos después, le oyó volver a entrar y abrió los ojos.

—¡Tenemos novedades con el caso! Un nuevo testigo.

—¿Quién? —preguntó Kate incorporándose sobre la cama.

—Randolph Sterling, el chófer de Georgina Hathaway. La llevó a casa de su madre la noche en que fue asesinada.

—¿Qué? ¿Georgina estuvo allí? —De pronto se puso alerta—. ¿Qué más ha dicho?

—Dice que a Georgina le preocupaba verse implicada, así que le pidió que no le dijese a nadie que estuvo allí esa noche.

—¿Por qué iba a mentir al respecto? A no ser que tuviera algo que ver con ello. —De pronto le entró el pánico. Georgina estaba con Annabelle.

—No se preocupe, voy ahora mismo a interrogarla.

—Tiene a Annabelle —le dijo alarmada—. ¡Tiene a mi hija! Tiene que acudir antes de que le haga daño.

Nada más marcharse Anderson, Kate se había levantado de la cama de un salto y había estado a punto de chocar con su padre, que entraba en la habitación.

—Kate, ¿qué sucede? Tienes que estar en la cama.

—¡Georgina! Estuvo allí esa noche. ¡Tenemos que recuperar a Annabelle! —exclamó con la respiración entrecortada y empezó a toser.

—¿De qué estás hablando? Que Georgina estuvo ¿dónde?

Kate se apretó la bata del hospital y después agarró una manta de la cama para taparse.

—Estuvo allí la noche en que murió mamá. Randolph mintió por ella, pero acaba de contar la verdad.

Harrison se quedó con la boca abierta.

—No lo entiendo.

—Vamos —le dijo ella dándole la mano—. Tenemos que ir allí. ¡Deprisa!

—Pero si no te han dado el alta.

—¡Papá! ¿Y si tuvo algo que ver con la muerte de mamá? ¿Y si le hace daño a Annabelle? ¡Tenemos que irnos!

Su padre por fin pareció registrar la información y ambos salieron corriendo de la habitación; ella cargando el peso en el tobillo bueno con ayuda de él. Cuando llegaron a la entrada del hospital, Harrison se volvió hacia ella.

—Espera aquí. Hace demasiado frío para que salgas vestida así.

Kate no paraba de frotarse los brazos mientras esperaba a que llegase con el coche. Parecía estar tardando una eternidad. ¿Por qué había ocultado Georgina el hecho de que había estado allí? ¿Habría tenido algo que ver? No tenía ningún sentido, pero le preocupaba que Georgina pudiera estar loca. Celosa de Lily. ¿Y si decidía utilizar a Annabelle como rehén cuando la policía se presentase en su casa?

Por fin apareció su padre y ella corrió a sentarse en el asiento del copiloto de su Infiniti, temblando de frío.

—Deprisa, papá.

—Esto no tiene sentido. Debe de haber una explicación razonable a la mentira de Georgina.

—No se me ocurre ninguna —respondió ella agitando el pie nerviosamente.

Guardaron silencio el resto del trayecto, ambos perdidos en sus propios pensamientos. Su padre conducía por encima del límite de velocidad y llegó a casa de Georgina en menos de quince minutos.

Al detenerse frente a la imponente mansión colonial de Roland Park, Kate vio que el coche de Anderson ya estaba allí. Se bajó del vehículo y subió los escalones del porche todo lo rápido que pudo, sintiendo el dolor que se le extendía desde el tobillo. Pulsó el timbre una y otra vez, hasta que una sirvienta de uniforme abrió la puerta, justo cuando Harrison la alcanzaba.

—La señora Hathaway les está esperando en el salón —dijo la joven mientras les hacía pasar.

—Pobrecilla —dijo Georgina con los brazos extendidos para darle un abrazo—. Debes de estar destrozada. —Se apartó de ella y le lanzó una mirada altiva al detective Anderson—. Sigo sin entender qué hace aquí. Ya le he dicho todo lo que sé.

—¿Dónde está Annabelle? Tengo que ver a Annabelle —dijo Kate.

—Está bien, Kate —le aseguró Georgina—. Está en la habitación de juegos. Mi doncella está con ella. Se lo está pasando de maravilla con las viejas casas de muñecas de Selby. No te preocupes.

Siéntate en ese sofá y caliéntate junto al fuego. —Señaló el sofá más cercano a la chimenea.

—No —respondió Kate negando con la cabeza—. Quiero verla.

Georgina pulsó el botón del intercomunicador y habló.

—Trae a Annabelle.

Pocos segundos después, Annabelle apareció en el rellano de arriba.

—¡Mami! —Kate se sintió aliviada al verla bajar corriendo los escalones—. Mami, la señorita Lucy y yo estamos jugando a las muñecas. Ven a ver.

Kate le dio un fuerte abrazo antes de alisarle el pelo mientras la miraba a la cara.

—Vuelve a jugar, cariño. Mamá subirá enseguida.

—¿Lo ves? —le dijo Georgina con una sonrisa—. Todo va bien. Ahora siéntate.

Kate permaneció en pie.

—¿Por qué fuiste…?

Anderson la interrumpió y le dirigió una mirada de advertencia.

—Por favor, doctora English. Déjeme a mí hacer las preguntas.

Se situó junto a la chimenea y apoyó el codo en la repisa.

—Solo para dejarlo claro. ¿Fue usted a casa de los Michaels la noche en que Lily Michaels fue asesinada?

Georgina alzó la barbilla y lo miró con arrogancia.

—Desde luego que no. ¿Por qué me pregunta eso?

—Su chófer nos ha dicho que la llevó allí.

—De… debe de haber un error —murmuró—. Seguro que se ha equivocado de día.

—No se trata de ningún error, señora Hathaway.

—Estoy segura de que no la vi esa noche. —Miró a Kate—. El detective acaba de decirme que fue Blaire la que provocó el incendio en tu casa esta mañana. Nunca me cayó bien. Esa chica causó problemas desde el principio, Kate. Se interpuso entre

Selby y tú. A Selby y a mí nos dio mucha pena. Nunca llegó a encajar entre nosotros. Estaba celosa de Selby, de vuestra amistad. Como digo, nunca me ha caído bien. —La voz de Georgina sonaba cargada de desprecio.

—Remover el pasado no tiene sentido —intervino Harrison mirándola con severidad—. La pregunta es: ¿estuviste en la casa esa noche?

—Ya he dicho que no. —Se volvió hacia Anderson—. Es la palabra de Randolph contra la mía. Esto es ridículo.

Anderson la observó unos instantes antes de hablar de nuevo.

—Su chófer tiene un registro muy detallado. ¿Qué razón iba a tener para mentir? Sobre todo si eso podría costarle su trabajo.

Kate observaba la escena con creciente frustración. Anderson tenía razón. ¿Por qué iba a mentir el chófer? Georgina debía de haber estado allí esa noche.

—Díganos la verdad —insistió el detective—. De lo contrario, una persona inocente irá a la cárcel. Simon English acaba de ser acusado de asesinato.

—¿Por qué lo acusan? —le preguntó Georgina—. Si Blaire intentó matar a Kate en el incendio, probablemente fue quien mató a Lily. Deberían arrestarla a ella.

—Puede que la señorita Barrington sea culpable de otras cosas, pero no de asesinato. Estaba en Nueva York la noche en que murió la señora Michaels. Tenemos pruebas irrefutables. No tengo motivos para detenerla.

—Le confesó a Kate que fue ella la que envió todos esos mensajes —dijo Harrison—. Seguro que pueden demostrar eso y acusarla.

—No tenemos pruebas de nada de eso —le dijo Anderson—. Hizo que pareciera que Simon los había enviado. Llegados a este punto, la señorita Barrington niega haber puesto ahí las pruebas, así que es su palabra contra la de la doctora English. El señor English no tiene coartada salvo su palabra de que se quedó en la oficina trabajando hasta tarde, y ahora creemos que la señorita Mitchell no es una testigo fiable.

—Pero… imagino que se darán cuenta de su error y lo dejarán en libertad —dijo Georgina.

—Todo apunta hacia él.

Kate se pasó las manos por el pelo y percibió el olor a humo, que se le había impregnado.

—Estuvo ahí esa noche, ¿verdad, señora Hathaway? —preguntó Anderson con los brazos cruzados.

—Ya le he dicho que no —respondió ella con la voz temblorosa.

Entonces todas las miradas se posaron en una figura alta que acababa de entrar y se aclaró la garganta.

—No puedo permitir esto sin contar la verdad —dijo Randolph—. No estoy equivocado ni estoy mintiendo. —Miró a Georgina—. Estoy dispuesto a testificar en un juicio que la llevé a casa de la señora Michaels la noche en que fue asesinada.

Georgina se irguió y lo miró con rabia.

—¿Cómo te atreves? Se te olvida cuál es tu lugar.

—No. Mi lugar es este. En esta habitación. Diciendo la verdad.

Kate vio que Georgina se ponía pálida.

—No toleraré esto, Randolph. Estás despedido. Largo de aquí.

—Despídame —dijo él—. Me da igual. Sé que no estoy mintiendo. La llevé allí esa noche. Estuvo en la casa durante más de una hora. La esperé fuera. Defenderé al señor English por encima de todo. Es un buen hombre que siempre ha hecho cosas buenas por mí.

—Será mejor que lo admita ahora, señora Hathaway —le dijo Anderson—. La verdad saldrá a la luz. Tengo una orden justo aquí. —Sacó un documento de su bolsillo—. Puedo registrar su casa y su coche. Dígame, ¿vamos a encontrar sangre de Lily Michaels en la tapicería o en las alfombrillas?

Georgina se puso roja entonces. Se acercó a la chimenea, apoyó una mano en la repisa y dejó caer la cabeza. Se quedó así un minuto sin decir palabra. Al fin suspiró y se volvió para mirarlos.

—Estuve allí.

Kate no podía seguir lo que Georgina estaba diciendo. Abrió la boca para hablar, pero la mujer continuó.

—Pero fue todo un terrible malentendido…

—¡Fuiste tú! —Kate se llevó la mano a la boca mientras miraba a Georgina con sorpresa.

—Georgina, ¿qué estás diciendo? —le preguntó Harrison, y Anderson levantó una mano para que guardara silencio.

—Lily me llamó aquella noche —admitió Georgina con la cara roja y los ojos entornados—. Me dijo que necesitaba verme de inmediato. Parecía muy nerviosa, así que fui enseguida. —Hizo una pausa y se pasó una mano temblorosa por el pelo—. Lily me contó lo de vuestra pelea —le dijo a Harrison—. Dijo que había admitido que se quedó embarazada cuando estabais prometidos. Lo que no te había dicho era que el padre era mi Bishop.

Kate sintió náuseas. ¿Bishop? ¿El padre de Selby y su madre se habían acostado?

—¿De qué estás hablando? —dijo Harrison—. ¿Bishop y ella tenían una aventura?

—Me dijo que solo sucedió una vez. Cuando tú estabas en Stanford. Palmer era un bebé. Fueron juntos a una fiesta. —Su voz se tornó furiosa—. Se suponía que debíamos ir todos juntos, pero Palmer no se encontraba bien. Le dije a Bishop que fuera sin mí. Qué estúpida fui, no le di importancia cuando regresó tarde a casa, apestando a alcohol. Qué tonta fui. Había estado con Lily. Pero pensé que era mi amiga. Mi mejor amiga. ¡Ja!

Harrison se había puesto pálido.

—¿Bishop sabía lo del bebé?

—No —respondió Georgina—. Según parece, Lily nunca se lo dijo. Nos tomaron por tontos, Harrison.

—¿Qué ocurrió aquella noche? —preguntó Kate con impaciencia—. ¿Qué le hiciste a mi madre?

—Cuando me dijo que se había acostado con mi marido, me puse furiosa. Me daba igual que hubiera ocurrido muchos años atrás. Era mi mejor amiga. ¿Cómo pudo hacerme eso? ¿Cómo pudo mentirme durante todos esos años, traicionarme, fingir que todo era normal? Perdí la cabeza. La empujé. Se cayó. De espaldas contra la mesita baja. No respiraba. Y había mucha sangre. Supe que estaba muerta. Oh, Dios, perdóname. —Comenzó a sollozar, temblorosa, con las manos entrelazadas como si rezara—. Me entró el pánico. Pensé que, si parecía un robo…, no sé. Fue entonces cuando me llevé la pulsera. Rompí una ventana. Y después agarré un sujetalibros de una estantería y le golpeé la cabeza. Dios mío, lo siento mucho. Lo siento. No pretendía matarla. Fue un accidente. No era mi intención. —Se había puesto histérica.

Kate se dobló hacia delante tratando de tomar aire. ¿Georgina había matado a su madre? Se la imaginó golpeándole la cabeza.

—¿Cómo has podido? —Se levantó de su asiento, agarró a Georgina por los hombros y la zarandeó. Sintió unos brazos que la apartaban. Se llevó las manos a la cara y la notó húmeda por las lágrimas.

El detective Anderson recogió su abrigo de la silla.

—Por favor, venga conmigo, señora Hathaway.

32

Blaire estaba preparándose para regresar a Nueva York. Pese a los intentos de Anderson y a las declaraciones de Kate, el detective no tenía suficientes pruebas para detenerla. Ella lo había negado todo, alegando que Kate se lo había inventado. Simon seguía en la cárcel cuando se marchó, pero al día siguiente oyó en las noticias que lo habían soltado. Resultó que era inocente. Bueno, al menos inocente del asesinato de Lily. Sin embargo, ella no se arrepentía de lo que había hecho. Al fin y al cabo, sí que había engañado a Kate. Y, lo más importante, era la razón por la que ella había perdido a Lily tantos años atrás. Simon había sido el responsable de arrebatarle a la única madre real que jamás había tenido. No había castigo suficientemente duro para eso.

Kate se había negado a contestar a ninguna de sus llamadas, pero a Blaire le sorprendió recibir un mensaje de Harrison en el hotel, pidiéndole que se encontraran en el Baltimore Coffee and Tea a la mañana siguiente. Ya estaba allí cuando ella llegó, pidió un café con leche y se reunió con él en una mesa apartada.

—Hola —dijo con cautela, sin saber qué esperar.

Él asintió.

—Blaire, te llamé por respeto a Lily. Si dependiera de mí, no volvería a verte después de lo que has hecho.

Blaire removió el café y esperó a que continuara.

—No me andaré por las ramas. He descubierto quién es tu padre.

Sintió un vuelco en el corazón. ¿Era posible que aún tuviera una oportunidad con un miembro de la familia? Se inclinó hacia delante y preguntó:

—¿Quién?

—Bishop Hathaway —respondió mirándola.

Blaire parpadeó y se tomó unos segundos para asimilar las palabras.

—¿Qué? ¿El padre de Selby? —Se le ocurrió entonces otra idea más triste—. ¿Selby y yo somos hermanas?

—Eso me temo.

Perpleja, se recostó en su silla y trató de imaginarse a Bishop. Lo había visto en contadas ocasiones a lo largo de los años, pero aún recordaba al hombre alto y atlético de pelo oscuro y personalidad arrolladora.

—¿Estás seguro? —le preguntó a Harrison.

Entonces él le contó el resto. Que Georgina había sido quien había matado a Lily en lo que la policía denominaba «un ataque de celos». Aseguraba que había sido un accidente, pero acababa de descubrir un secreto que su mejor amiga y su marido le habían ocultado durante casi cuarenta años. No podía ser un accidente. Blaire esperaba que la encerrasen de por vida. Qué irónico. Selby, la mujer a la que más odiaba en el mundo, estaba emparentada con ella. Sin embargo, daba igual lo que dijera la sangre. Jamás serían hermanas.

—¿Lo sabe Selby?

—Sí, por supuesto. Georgina ha sido detenida. Todo ha salido a la luz.

Su único consuelo era que Selby estaría más deprimida aún que ella al descubrir que eran parientes. Esa esnob, mirándola por encima del hombro todos esos años, cuando estaban cortadas por el mismo patrón. Bueno, sin duda el escándalo le arruinaría la vida. Carter y ella caerían varios puntos en el escalafón social. Y ahora también perdería a su madre. Les estaba bien empleado.

—Si no quieres preguntarme nada más, me voy a ir —dijo Harrison poniéndose en pie.

—Espera.

—¿Qué?

Blaire le entregó un sobre.

—Por favor, dale esto a Kate. Es una copia de la carta que Lily me envió. Da igual lo que pienses de mí, yo la quería.

Él asintió, aceptó el sobre, se dio la vuelta y se marchó.

A la mañana siguiente, Blaire se marchó a Nueva York.

Lo primero que hizo al llegar a casa fue volver a llamar a Daniel. Había intentado localizarlo numerosas veces mientras estaba en Baltimore y le había dejado mensajes, pero no le había devuelto las llamadas. Cuando al fin lo localizó pocos días más tarde, sonaba cansado.

—Blaire, ya te expliqué que cualquier cosa que tengas que hablar conmigo puedes decírsela a mi abogado. —Su tono era de exasperación. Ni siquiera le había preguntado cómo estaba.

—¿Por qué estás siendo tan cruel? No quiero hablar con tu abogado. ¿Por qué me rechazas de esta forma?

—Me ha llamado Kate —le dijo él tras un largo suspiro.

—¿Cómo ha conseguido tu número? —le preguntó agarrando con fuerza el teléfono.

—A través de mi agente. Escucha, Blaire. Me lo ha contado todo. Necesitas ayuda.

Blaire sintió el calor en la cara. Se daba cuenta de que había dicho «mi» agente, no «nuestro».

—¿Qué te ha contado?

—Todo. Que le enviaste esos horribles mensajes. Y los animales muertos.

—Está mintiendo. Su marido es un cazafortunas y ella no se quiere dar cuenta. Ha estado engañándola. Tengo fotos que puedo mostrarte. Me culpa a mí de todo para salvar su reputación.

—Blaire, me ha contado lo del incendio. Que intentaste matarla e inculpar a su marido.

—No, no. Está volviendo a escoger a su marido antes que a mí, y ahora intenta ponerte a ti en mi contra.

Se produjo un silencio al otro extremo de la línea y después oyó un suspiro.

—Lo siento, Blaire. Pero esto es demasiado. Las cosas ya estaban mal entre nosotros, pero esto… Ni siquiera sé quién eres ya. Necesitas buscar ayuda.

—¡No! —le gritó golpeando la pared con el puño—. Son todos unos mentirosos. ¿No te das cuenta? Daniel, tienes que volver conmigo. Te necesito.

—Voy a colgar. Por favor, no vuelvas a ponerte en contacto conmigo. Mi abogado se comunicará contigo.

Lanzó el teléfono al otro lado de la habitación y soltó un grito desgarrador. Corrió al comedor y comenzó a tirar copas de cristal contra la pared. Cuando se le agotó la ira, se dejó caer al suelo, con la cara sudada, y se quedó inmóvil contemplando el desastre.

Después de calmarse, se sirvió un *whisky* y sacó un viejo álbum de fotos del instituto. En casi todas las fotos aparecían Kate y ella juntas. Había fotos de ellas en la playa, en casa de Kate, en la habitación de Blaire en la residencia. Fiestas y eventos. Contempló sus caras, tratando de ver si resultaba evidente que fuesen hermanas. ¿Tenían los mismos hoyuelos alrededor de la sonrisa? Graduación y vacaciones. Se detuvo un momento en una foto de Lily con ella frente al Booth Theatre de Nueva York. Su madre. Su verdadera madre. Hermosa y amable. Había páginas y páginas de momentos felices, prueba del cariño que Lily y Kate sentían por ella. Prueba de que, en otra época, había formado parte de una familia que se quería. Notó algo húmedo en la mano y se dio cuenta de que estaba llorando. Los había querido a todos. Se lo había dado todo hasta quedarse sin nada. Pero eso no bastaba. ¿Por qué se marchaban? ¿Por qué todos al final se iban?

Sacó un segundo álbum, este lleno de fotos de firmas, eventos editoriales y artículos sobre Daniel y ella. Fotos del plató el primer día de su serie de televisión. Ambos formaban una buena pareja. Tenían que estar juntos. Estudió cada foto, evaluando su aspecto. Seguía siendo guapa. No le costaría encontrar otro marido. Pero esta vez se aseguraría de que fuera uno que no quisiera tener hijos, o quizá uno lo suficientemente mayor para tener hijos ya crecidos. De ese modo tendría una familia ya hecha. Pensó en uno de los actores de su serie de detectives. Sería perfecto. Cincuenta y muchos años, sexi como un zorro plateado, y además siempre la miraba de reojo.

Tal vez Daniel se hubiera marchado, pero a ella aún le quedaban sus admiradores. La adoraban. Pero ¿seguirían queriéndola si no sacaba más libros? Los admiradores también podían ser volubles. Al final se olvidarían de ella. No era estúpida. Tenía grandes ideas, pero sin Daniel la serie de libros había muerto. Tal vez debería dedicarse a la interpretación. Así todos la querrían de verdad. Sería famosa, no solo en las firmas de libros, sino en cualquier lugar al que fuera. Eso era. Elaboraría un plan al día siguiente. Tenía muchos contactos gracias a la serie. Conocía a productores, actores, gente con dinero. Solo tenía que investigar un poco, decidir cuál era su mejor opción y trazar su camino. Sería divertido. Un nuevo comienzo.

Cerró el álbum, fue a la cocina y abrió su portátil. Ya lo había hecho antes y podría hacerlo otra vez. Era hora de buscarse una nueva vida.

Kate sujetaba entre las manos la carta de Lily y lloraba. La había leído una y otra vez.

Mi querida Blaire:

¿Alguna vez has hecho algo que lo ha cambiado todo para siempre? ¿Un acto impulsivo cuyas consecuencias son más trascendentales de lo que podrías haber imaginado? Una mala decisión que te lleva a otra y a otra. Mi amor, Blaire, estoy aquí sentada, bolígrafo en mano, preguntándome cómo empezar. Cómo hacerte entender por qué hice lo que hice.

Ya conoces el mundo en el que fui educada. Un mundo de privilegio, riqueza y responsabilidad. No me quejo. Me querían y tuve una vida fácil. Sabía lo que se esperaba de mí; mi mundo estaba bien definido y mi futuro asegurado. Pero a veces los límites de ese mundo eran muy agobiantes. Conocí a Harrison en una fiesta el verano después de graduarme en Smith. Él acababa de empezar a estudiar medicina en Stanford. Fue un romance abrumador y él era todo lo que buscaba. Sabíamos que sería difícil mantener una relación a cinco mil kilómetros de distancia durante tres años hasta que él se graduara, pero lo conseguimos. Entre veranos, vacaciones y cartas cada semana, nuestro romance floreció. Nos prometimos el verano anterior a su último año en California.

Tras prometernos, Harrison cambió. Se preocupaba más por mí, me aconsejaba que no me quedara levantada hasta tarde, me animaba a empezar a sentar la cabeza. Estoy segura de que era difícil para él estar tan lejos, pero yo era joven e impulsiva. Estaba a punto de realizar el compromiso más importante de mi vida y él me pedía que me comportara como si ya estuviera casada. Empecé a sentirme agobiada de nuevo, preguntándome si estaría tomando la decisión acertada.

Me sentía inquieta la noche de la fiesta. Estaba allí la gente habitual, además de algunas caras nuevas. La música estaba alta y sonaba Bad Girls, *de Donna Summer, a todo volumen por los altavoces. Así me sentía aquella noche. Con toda esa energía luchando por salir. Nunca antes me había drogado, pero aquella noche quería probar algo nuevo. No buscaré excusas ni trataré de exculparme. Me apunté cuando salieron las pastillas, y lo siguiente que recuerdo es que estaba en uno de los dormitorios con el tipo equivocado. No sabía nada sobre drogas; alguien me dijo que eran metacualona, algo para hacer la fiesta más divertida. Después, me sentí consumida por la culpa y juramos no contárselo nunca a nadie. Y me di cuenta entonces de que sí que amaba a Harrison, y lo que más deseaba era una vida con él. ¿Cómo podía decirle lo que había hecho? Jamás me lo perdonaría. Y el hombre con el que me había acostado estaba también prometido a otra persona. Habría arruinado su vida si alguien lo hubiera descubierto. Prometimos dejarlo atrás y fingir que no había sucedido. Pero olvidar no fue fácil. Tres meses más tarde, descubrí que estaba embarazada. Era demasiado tarde para abortar, pero ya sentía una conexión con el bebé y no habría sido capaz de hacerlo de todos modos.*

Nunca le dije la verdad, pero debió de sospecharlo cuando abandoné la ciudad unos meses después con la excusa de cuidar de mi madre en Maine. Fue idea suya fingir que estaba enferma y mi padre nos siguió la corriente. Al fin y al cabo, querían proteger mi reputación. Lo más difícil que jamás he tenido que hacer fue darte en adopción. Mi madre y yo encontramos una agencia privada de adopción y entrevistamos a docenas de parejas. Tus padres me parecieron perfectos. ¿Cómo iba a saber que tu madre era inestable y que te abandonaría cuando aún eras muy pequeña? Me he mantenido en contacto con tu padre durante toda tu vida, y fue idea mía traerte a Mayfield cuando se casó con Enid. Se me alegró el corazón cuando Kate y tú os hicisteis amigas, y no imaginas la de veces que he querido contártelo. Lo mucho que deseaba abrazarte y contarte que eras mía. Me convencí a mí misma de que era casi tan bueno como el hecho de que supieses la verdad. Te mudaste con nosotros y fuiste una hija en todos los sentidos. Y por fin llegué a quererte.

Sé que creerás que escogí a Kate por encima de ti después de aquella horrible pelea. Pero no fue tan sencillo. Ahora sé que debería haberte contado la verdad entonces. Pero me dije a mí misma que, manteniéndome en contacto contigo durante los años, seguiría en tu vida sin necesidad de trastocar las vidas de muchas personas a las que afectaría. Y entonces conseguiste tu propia familia —Daniel y sus padres— y esperaba que algún día tuvieras hijos. Pero ahora, al descubrir que ya has perdido a un bebé y que no podrás tener otro a causa de ese horrible accidente, no puedo soportar imaginarte sola. Es hora de que la verdad salga a la luz. De que vuelvas a casa y

ocupes el lugar que te corresponde en esta familia, si tienes ga-
nas de perdonarme. Tómate tu tiempo. Cuando estés prepa-
rada, llámame y encontraremos un momento para reunirnos
y hablar de ello antes de hacerlo público. Sé que tendrás mu-
chas preguntas. Entonces te lo contaré todo.

Con todo mi amor,

Lily

Kate pensó en lo diferentes que habrían sido las cosas si su madre hubiera revelado la verdad antes. Quién sabe, tal vez hubiera rechazado a Blaire, sabiendo que era el producto de la relación ilícita de su madre con un amigo de la familia. No entendía cómo Bishop y su madre habían logrado mantenerlo en secreto todos esos años. Las familias habían sido muy amigas, incluso habían ido de vacaciones juntas. Georgina y su madre habían sido amigas desde niñas. La única razón que se le ocurría era que su madre se sentía demasiado culpable como para poner fin a la amistad. Al fin y al cabo, ¿qué excusa podría haber usado? Pero aquello debió de atormentarla durante años. Y Bishop era un hombre casado en el momento de concebir a Blaire. Incluso aunque su madre no supiera que esas pastillas le quitarían las inhibiciones, él debía de saberlo. Era un abogado criminalista muy experimentado, con clientes adinerados que le pagaban generosamente por su astucia y sus contactos. Kate estaba segura de que habría defendido a algún cliente en un caso de drogas en más de una ocasión. ¿Habría incitado a Lily a tomarlas de manera intencionada? A ella siempre le había parecido algo baboso. Recordaba cómo las miraba a ella y al resto de las amigas de Selby cuando nadaban en la piscina, haciendo que se sintieran incómodas. Y había oído rumores de que le gustaban demasiado las asistentes legales y las secretarias. Pero Lily tampoco estaba libre de culpa.

Ahora que sabía la verdad, tenía sentido que le hubiera dado a Blaire su propio dormitorio en la playa, que lo hubiera organizado todo para que viviera con ellos durante el instituto. Deseaba que su madre hubiera confiado en ella lo suficiente para contarle la verdad. Se dio cuenta de que había recreado una imagen de perfección en torno a ella. La había colocado en una torre de marfil, donde todo lo que hacía era correcto y adecuado. Pero Lily era humana, claro, igual que los demás, y se equivocaba. Le dolía pensar en su madre cargando con ese secreto durante más de veinte años después de que murieran sus padres. ¿Habría podido recurrir a su madre para llorar por la hija que había perdido, o habrían hecho como si nunca hubiera ocurrido y no lo habrían vuelto a hablar?

Kate no había visto a Blaire antes de que se marchara. No podía perdonarla aún por lo que le había hecho pasar. O quizá no podía perdonarse a sí misma por su responsabilidad al robarle a Blaire la madre que necesitaba. Solo sabía que aún no podía enfrentarse a ella. El recuerdo de su sistemática y cruel campaña de terror estaba demasiado reciente.

Habían liberado a Simon al día siguiente. Kate le pidió a su padre que fuera a recogerlo, nerviosa por cómo podría reaccionar al verla después del modo en que lo había tratado. Incluso aunque la hubiera engañado con otra, el hecho de creerlo capaz de matar a su madre y aterrorizarla a ella hacía que se sintiera avergonzada. Tenían que hablar largo y tendido sobre lo que harían a continuación, sobre la custodia de Annabelle. Ella había reservado una *suite* en el Sagamore Pendry mientras revisaban la casa en busca de daños estructurales, y le había pedido a su padre que esperase hasta la noche para llevar a Simon, para poder dormir a Annabelle y que pudieran hablar en privado.

Cuando Harrison entró con Simon, se levantó del sofá del salón, indecisa.

Simon tenía muy mal aspecto: la piel pálida y la ropa arrugada. Solo habían pasado unos días, pero veía que la cárcel le había pasado factura.

—¿Cómo estás? —le preguntó.

Simon corrió hacia ella y la abrazó.

—Gracias a Dios que estás bien. Casi te pierdo.

Sorprendida, fue a devolverle el abrazo, pero entonces se acordó de Sabrina y se apartó.

—Simon, tenemos que hablar.

—Estaré en el recibidor —dijo Harrison—. Llámame si me necesitas.

Simon y Kate se sentaron y empezó hablando ella.

—Siento la manera en que me he comportado. Perdí un poco el control. La ansiedad se apoderó de mí. ¿Podrás perdonarme algún día por creerte capaz de hacerle daño a mi madre? Creo que, en el fondo, siempre supe que no podías haber hecho eso.

—Te perdono —le respondió él, visiblemente relajado—. Estos han sido los peores días de mi vida. Encerrado en esa celda, sabiendo que creías que había hecho algo tan horrible. Gracias a Dios, Randolph contó la verdad.

Kate pensó en lo que había dicho el chófer.

—Dijo que habías sido bueno con él. ¿De qué estaba hablando?

—Se habían quedado sin la ayuda económica para la universidad de su nieto. Acudió a mí para que le ayudara. Recordé lo difícil que lo había tenido mi madre tras morir mi padre, así que le di el dinero. Nosotros nos lo podemos permitir. Sabía que Hilda querría ayudar a su hermano y no quería que se gastase sus ahorros.

—¿Por qué no me lo contaste? —le preguntó Kate, conmovida.

—Me pidió que lo mantuviese en secreto. Hablando de Hilda, tu padre me ha dicho que la has despedido.

Kate soltó un quejido. La había fastidiado de verdad.

—Creo que la paranoia me superó. Le he escrito una larga carta disculpándome y contándole mi historial de ansiedad. Todavía no he tenido respuesta, pero espero que me perdone y que vuelva.

—Creo que lo hará.

A Kate todavía le preocupaba una cosa. Tenía que saber la verdad sobre Simon y Sabrina de una vez por todas.

—Dime una cosa. ¿Estás enamorado de Sabrina?

—Por supuesto que no.

Quería creerlo, pero le costaba.

—¿Por qué le contaste lo que me había sucedido en la universidad?

—¿A qué te refieres? —le preguntó él, confuso.

—Le contó a Anderson que yo estaba loca. Que había tenido una crisis nerviosa en la universidad y que estabas preocupado por mí. —Empezó a enfadarse al recordarlo—. ¿Cómo pudiste hacer eso? Hablar con ella de detalles tan íntimos de mi vida.

—Kate, yo nunca… Tu padre y yo hablamos después de la fiesta de cumpleaños de Annabelle. Se pasó por la oficina para verme. Ella debió de oírnos.

Kate entornó los ojos. Podría preguntarle luego a su padre.

—¿Y qué hay de la noche que dijiste que tenías una cena con un cliente? Blaire te vio con Sabrina. Me enseñó las fotos en las que salís juntos.

—Era una cena con un cliente. Llegó más de una hora tarde. Estaba en un atasco provocado por un accidente. Por eso la cena se alargó tanto. Pero aun así, debería haber dado más credibilidad a tus dudas. Supongo que, como sabía que no había nada entre nosotros, no entendía que no me creyeses. —Negó con la cabeza—. Pero tenías razón con respecto a ella. Vino a verme a la cárcel. No paraba de hablar sobre empezar una nueva vida juntos. Dijo que no me culpaba por deshacerme de Lily. Me aseguró que encontraría la manera de sacarme de allí, creyendo en todo momento que era cierto, que yo la había matado. ¿Te lo puedes creer?

—Está realmente loca —contestó Kate, perpleja.

—Yo quería mucho a su padre. No quería romper la promesa que le hice. Se le rompería el corazón si viera en lo que se ha convertido su hija. Cambió cuando él enfermó. Creo que, como yo era la única persona cercana a él, en cierto sentido estar conmigo era una manera de aferrarse a su padre. No sabes lo duro que fue cuando mi padre murió. Mi madre se vino abajo y me quedé solo desde los trece años. De no haber sido por el padre de Sabrina, la verdad es que no sé dónde habría acabado. No quería decepcionarlo después de todo lo que había hecho por mí. —Levantó entonces una mano—. No estoy tratando de excusarme, Kate. Me equivoqué al defenderla, al ignorar tus preocupaciones. Ahora me doy cuenta de que Sabrina no tenía en cuenta tus sentimientos y no debería haber permitido que te tratara así. Mi lealtad estaba dividida, pero debería haberte apoyado solo a ti. Lo siento mucho.

—¿Y ahora qué?

—Voy a decirle que tiene que dimitir. Le daré un finiquito generoso y una buena carta de recomendación. Lo siento por todo. Debería haber cortado esto de raíz hace mucho tiempo.

—¿Mi madre te llamó para hablar de Sabrina?

—Sí —confirmó—. Le disgustaba que fuéramos a separarnos. Me dijo que no importaba que fuese inocente si las apariencias iban a destruir mi matrimonio. Fue entonces cuando le dije a Sabrina que no podría viajar a Nueva York conmigo.

Kate se quedó mirándolo unos segundos.

—¿Ella no pensaba que estuvieses engañándome?

—No. Dijo que sabía que te quería demasiado para hacer algo así. —Se llevó las manos a la cabeza—. La echo de menos.

Kate lo pensó durante unos instantes. Quizá Lily hubiera visto algo en Simon que ella nunca había sido capaz de ver.

—Siento que mi madre tuviese más fe en ti que yo misma. —Colocó un cojín sobre su regazo y lo rodeó con los brazos—. He estado pensando mucho después de todo lo que ha ocurrido.

Simon cambió de postura sobre su asiento.

—He pasado todos estos años torturada por la culpa, el dolor y el arrepentimiento. Te he privado del tipo de amor que deberías haber tenido de tu esposa. Después del accidente… —Hizo una pausa—. Tras morir Jake, nunca lo superé. Daba igual que el otro conductor fuese borracho, que el accidente fuera culpa suya. —Había empezado a llorar—. Yo también había bebido. Estaba comportándome como una loca, toqueteando la radio. Es culpa mía que Blaire no viera el coche hasta que no fue demasiado tarde.

Él se quedó en silencio, aguardando a que continuara.

—Siempre me he arrepentido de ello. Me ha atormentado, siempre he pensado que estaba ocultando este horrible secreto, que era una mala persona. Por eso ya no bebo nunca. Me avergonzaba demasiado contarte el verdadero motivo. Siempre que pensaba en Jake, se convertía en un héroe trágico, una luz brillante que yo había apagado. —Se quedó observando el rostro de Simon.

—Siempre ha estado ahí, entre nosotros.

—Tienes razón —confirmó ella—. Nunca he llegado a entregarme del todo. Nunca te he permitido ser para mí lo que pensaba que había sido Jake. Lo convertí en una figura grandiosa después de su muerte. —Se detuvo y miró a Simon con ternura—. Nunca habrías podido estar a la altura del fantasma de Jake.

Ambos guardaron silencio durante unos segundos.

—Lo intenté, Kate, pero siempre has sido tan fuerte, tan autosuficiente. No me malinterpretes —se apresuró a añadir—, te admiro por ello. Por tu fuerza y determinación. —Le dedicó una media sonrisa—. Supe desde el día en que entraste en clase de Filosofía que eras la indicada. Antes incluso de que habláramos. Por eso te pedí estar en mi grupo de estudio, antes de que te lo pidiera nadie.

—Simon, yo…

—No, déjame acabar —le dijo—. Siempre has sido tú, Kate. Me enamoré de ti desde el principio. Sabía que siempre habría en tu corazón un lugar para Jake, y no me importaba. De verdad. Pero acabó por ocupar tanto espacio en tu corazón que ya no quedaba sitio para mí. No me permitías acercarme demasiado.

Kate dejó caer la cabeza y se secó las lágrimas.

Simon le puso una mano debajo de la barbilla y le levantó la cara para mirarla a los ojos.

—Eres una mujer increíble. Respeto y admiro tu dedicación al trabajo, tu relación con Annabelle, la persona tan asombrosa que eres. Lo único que he querido en todos estos años era ser la persona que estuviera a tu lado, apoyándote, queriéndote. Quería cuidar de ti. Dejar que alguien cuide de ti no significa ser débil. Tenemos que cuidar el uno del otro.

—¿Podrás perdonarme algún día? He desperdiciado muchas cosas al centrarme en el pasado, en los errores que he cometido. Castigándome. Y castigándote a ti. A nuestra familia. Lo siento mucho.

—Te quiero. Espero que algún día sepas cuánto y que podamos empezar de nuevo.

—Yo también lo espero, Simon. —Le estrechó entonces la mano—. Yo también lo espero.

34

CUATRO AÑOS MÁS TARDE

Era la noche del estreno del debut cinematográfico de Blaire, y se encontraba dando los últimos retoques a su maquillaje. Su marido, Seth, estaba ya esperándola en la limusina. Sonrió para sus adentros al pensar en él. Era el rey de Hollywood, su productor y director más prolífico, fundador del mayor estudio de la ciudad. Lo había conocido en una fiesta celebrada por el productor de la serie de Megan Mahooney. Por entonces él estaba casado, era uno de los pocos iconos de Hollywood que aún estaban con su primera esposa. Pero Blaire sabía que eso significaba que su esposa lo daba por sentado. Y, nada más conocerla, estuvo perdido. Le dijo que era la mujer perfecta, a la que había estado esperando toda su vida. A los cuarenta y dos años, Blaire era lo suficientemente lista para darse cuenta de que, por muy bien que actuara —y, siendo sincera, llevaba actuando toda su vida—, jamás entraría en el cine sin un poco de ayuda. Después de haberse casado con Seth y de que él la hubiese sacado en su última película, nadie iba a decir nada. Y había estado brillante. Todo el mundo se lo había dicho. Y además era una suerte, porque había tenido que abandonar Nueva York y el mundo literario.

Tras separarse de Daniel, los libros de Megan Mahooney se terminaron. Daniel se había ofrecido a comprarle su parte para que él pudiera seguir escribiendo la serie en solitario, pero Blaire no pensaba permitir que disfrutara de la gloria de sus admiradores. No había tardado en volver a escribir y ella se había enfurecido al ver que alcanzaba de inmediato la lista de los más vendidos del *Times*. Ella también había intentado escribir en solitario, un libro sobre una amistad que sale mal, y esperó ansiosa a superar en ventas a Daniel. Las primeras semanas se vendió bien solo con su nombre, pero luego fue cayendo en las listas, hasta que desapareció por completo. Las multitudes de sus firmas comenzaron a mermar también, hasta que alegó cansancio y puso fin a su gira. Pero lo peor fueron las críticas. Reseñas hirientes llenas de veneno. Cada mañana entraba en Internet y las leía, saltándose las positivas y centrándose en las malas. Un día especialmente malo, se había hartado y había empezado a responder. Había leído la crítica en voz alta, con el corazón acelerado a cada palabra.

Una absoluta basura. Supongo que ahora sabemos quién tenía el talento. El debut en solitario de Blaire Barrington debería ser su final. Frases vurdas, personajes cliché y prosa dispersa. No, gracias.

Blaire había pinchado en la caja de comentarios y había empezado a escribir. *Cuando aprendas a escribir, podrás criticar mi trabajo. Se escribe burdas, idiota. Vuelve a estudiar.*

Se quedó muy a gusto. Pasó entonces al siguiente.

¡Totalmente irreal! Tengo muchas amigas y ninguna de ellas se ha comportado nunca como la protagonista de este libro. Y el final era muy predecible. No me ha gustado nada.

Blaire colocó las manos sobre el teclado mientras pensaba.

Quizá tus amigas sean tan estúpidas como tú. O quizá no tengas amigas. ¿Cómo puede ser irreal y predecible a la vez? Que te jodan.

Estaba riéndose, se divertía. Se pasó el resto del día respondiendo a las malas críticas. Eso les enseñaría una lección. ¿Quién se creían que eran? ¿Acaso habían escrito montones de libros? Probablemente fueran escritores frustrados que estaban celosos de ella. Ya era hora de que alguien defendiera a los autores.

Su agente la llamó al día siguiente.

—Blaire, ¿qué sucede? Por favor, dime que te han hackeado la cuenta.

—No me han hackeado. Ya era hora de que alguien se encargara de esos troles.

Se hizo el silencio al otro lado de la línea.

—¿Sigues ahí? —preguntó Blaire.

—Sí —respondió el agente tras un suspiro—. Blaire, la editorial amenaza con cancelar tu contrato. Todo el mundo está hablando de esto. Tiene mala pinta.

—Oh, venga. ¿Qué importancia tiene? ¿Ellos pueden decir cosas horribles sobre mí, pero yo no puedo decir nada de ellos? No es justo.

—Porque no se puede hacer. Te has rebajado a su nivel y eso ha hecho que parezcas loca y vengativa.

Pocas semanas más tarde, su editorial la dejó, después su agente, y ya nadie quiso saber nada de ella. Pero todo eso no importaba ya. Ser una estrella de cine era mucho mejor que ser escritora de éxito. Estaba deseando verse en la pantalla. Miró su reloj de Cartier. Ya casi era la hora.

Llamaron a su puerta.

—Adelante.

—Es hora de su medicación, señorita Barrington.

¿Dónde estaba su ayudante? ¿Quién era esa mujer?

—¿Qué estás haciendo en mi dormitorio? Es la hora de mi debut. ¿Dónde está mi ayudante?

—Tiene razón —le dijo la mujer con una sonrisa—. Ya casi va a empezar la película. Pero primero debe tomarse sus pastillas,

¿recuerda? Harán que se sienta mejor. —Entró con un carrito y sacó un vasito blanco y un vaso de agua que le ofreció a Blaire.

No era mala idea tomarse algo para calmar los nervios de la noche del estreno. Tomó el vaso y se tragó las pastillas.

—Por favor, llama a la limusina y dile a mi marido que enseguida bajo.

—Sí, señorita Barrington —dijo la mujer antes de salir de la habitación.

Blaire se miró una última vez en el espejo. Solo se veía de cintura para arriba. ¿Por qué Seth no le había comprado aún un espejo de cuerpo entero? ¿Cómo iba a verse bien en ese espejito de mierda? Abrió la puerta y salió al pasillo.

—Blaire, vamos. Te he reservado un asiento.

Una joven en bata le agarró la mano y tiró de ella hacia la otra habitación, donde habían colocado sillas plegables frente a una televisión.

—Tengo que irme, es la noche de mi estreno, Isabel. Estarán esperándome en la alfombra roja.

—Vamos, la película está a punto de empezar —le dijo Isabel.

Blaire no quería perdérsela. Se sentó en la primera fila. ¿Dónde estaba Seth? Ah, bien, ya empezaban los créditos del principio. Tendrían que empezar sin él. Allí estaba ella. Tenía que reconocer el mérito de los maquilladores. Habían hecho un trabajo espectacular. Apenas se reconocía. Se quedó sentada, embobada, mientras proyectaban la película. Se acercaba su parte favorita, la escena de los grandes almacenes donde Bette Midler y ella tenían la gran pelea. Bette era una actriz estupenda, pero ella había sabido defenderse. *Eternamente amigas* iba a ser un gran éxito. Quizá incluso ganara un Óscar.

Estaba deseando que sus amigas se enterasen. Se arrepentirían de haberle dado la espalda.

35

El vuelo de Kate había llegado al aeropuerto de Los Ángeles a última hora de la noche anterior. Al principio a Simon le preocupaba su plan, pero al final lo entendió. Al fin y al cabo, Blaire era su hermana y Kate sabía que, pese a todo, Lily habría querido que dejaran atrás el pasado y empezaran de nuevo. Y ella también lo quería. Había trabajado duro, con ayuda de un terapeuta, para controlar su ansiedad. Simon y ella habían pasado aquel primer año tras la muerte de Lily en terapia. Habían aprendido que los secretos eran veneno para un matrimonio. Pero el primer obstáculo que Kate tenía que superar era su rabia. Todavía le costaba asumir el hecho de que la más vieja amiga de su madre hubiera sido quien le había quitado la vida. Quería venganza, y los pocos años que le cayeron a Georgina por homicidio involuntario le parecían una nimiedad en comparación con lo que le había arrebatado. Le habían reducido la sentencia y ya había cumplido sus cuatro años. Ya estaba fuera. Libre y viva. No como Lily.

Kate había cortado el contacto con Selby y con todos los Hathaway. Pensaba en la última vez que había hablado con Selby, pocos días después de la detención de Georgina, cuando se pasó por el hotel en el que se alojaba.

—Kate, lo siento mucho. Ni siquiera sé qué decir. —La había abrazado y ambas habían estado llorando.

—Ven a sentarte —le dijo Kate, tratando de buscar algo que decirle a la hija de la asesina de su madre—. Doy por hecho que lo sabes todo.

Selby entrelazó las manos y negó con la cabeza.

—Sí. Tu madre y mi padre. No lo entiendo. Nunca lo entenderé. ¿Cómo pudo hacerle eso a mi madre?

Kate se quedó sorprendida al ver que Selby no entendía nada.

—Hablemos de Blaire. Es pariente de las dos.

—¡La odio! —exclamó Selby, furiosa—. Por ella tu madre ha muerto y la mía podría ir a la cárcel. Es todo culpa suya.

—¿Culpa suya? ¿Y eso por qué?

—Si no hubiera venido a fisgonear, haciendo todas esas locuras, nada de esto habría sucedido. Debería haber presentado sus condolencias y después marcharse. Pero, en su lugar, llevó a la policía hasta mi madre. Fue un accidente. Kate, tienes que hacer algo. Diles que dejen a mi madre en libertad.

Kate sintió la rabia crecer en su interior como lava ardiendo. Se puso en pie y miró a Selby.

—¡Tu madre mató a la mía! ¿Dejarla en libertad? Espero que no salga nunca de la cárcel. Empujó a mi madre y le golpeó la cabeza. ¿Y tienes el descaro de culpar a Blaire por eso? Tu madre habría permitido que viviéramos el resto de nuestras vidas sin saber qué ocurrió.

—No era su intención. ¡Discutieron y tu madre se cayó!

Los gritos hicieron que Simon se presentara en el salón de la *suite*.

—¿Qué sucede?

—¡Llévatela de aquí! —Kate notaba que la histeria empezaba a apoderarse de ella—. Antes de que haga algo de lo que después me arrepienta.

Había pasado mucho tiempo en la consulta de su terapeuta durante los últimos años y ahora podía decir con seguridad que su vida volvía a estar bien. Era como si al fin se hubiera liberado de la culpa con la que había cargado todos esos años. Era una compañera mejor, una madre mejor. Y, ella que se dedicaba a curar los corazones, al fin había abierto el suyo.

Y luego estaba Blaire. ¿Cuántas horas había pasado en terapia hablando de Blaire? Había llegado a darse cuenta de que tenía parte de responsabilidad en su descenso hacia la locura. No iba a cargar con la culpa de los actos de Blaire, pero sí que debía admitir que jamás se había parado a pensar en cómo le habría afectado el hecho de haberle arrebatado a Lily y a Harrison. Incluso aunque Lily no hubiera sido su madre biológica, había sido una madre para ella en todos los sentidos, más de lo que jamás en su vida había tenido. Kate sabía lo de Shaina. Blaire le había contado los días que pasó esperando recibir noticias suyas. Que iba corriendo al buzón después de clase todos los días y miraba en vano, esperando algo, cualquier cosa, que demostrara que su madre no se había olvidado de ella. Blaire sufrió mucho en todos esos años antes de conocerla, inventándose excusas para justificar que su madre nunca hubiera vuelto a por ella. Y después, cuando empezó a avanzar, llegó Enid a su vida y le quitó a la única persona estable que le quedaba: su padre. La familia de Kate se había convertido en su familia. Pero al final la habían rechazado, incluso Lily. No era de extrañar que hubiera perdido el control de la realidad al descubrir la verdad.

Tantos años tirados a la basura. Le entristecía. Los primeros años después de que Blaire se marchara, Kate estuvo tan ocupada con la escuela de medicina y el matrimonio que le resultó fácil olvidarse de su vieja amiga. Y, cuando le mencionaba a Simon la idea de llamarla, él siempre la desalentaba y le recordaba que Blaire había intentado separarlos. Pero no podía echarle la culpa de todo a Simon.

Blaire había sido su piedra angular, la había ayudado a superar su ansiedad en el instituto y después la depresión tras la muerte de Jake, sin aumentar su sentimiento de culpa confesándole que en el accidente ella había perdido a su bebé. Y después ella le había dado la espalda por una simple pelea. Jamás podría librarse de la culpa por eso. Sin embargo, aquella nueva Blaire, la que había hecho todas esas cosas horribles, era alguien con quien no sabía cómo conectar. Estaba perdida y, aunque deseaba poder borrar todos esos años de silencio, ya no había vuelta atrás. Pero, cuando Enid la llamó y le dijo que Blaire había tenido una crisis nerviosa, supo que no podía mantenerse al margen. ¡Era su hermana! Al fin y al cabo, la había sacado de la casa en el último momento. A la hora de la verdad, no había sido capaz de hacerle daño. Y su terapeuta le había explicado que, según la lógica retorcida de Blaire, creía realmente que todo lo que le había hecho tenía un noble propósito. Estaba intentando salvarla de Simon, a quien consideraba el auténtico villano.

Enid le contó que Blaire se había ido a Hollywood, como hiciera su madre tantos años atrás, en busca de la fama. Todos sus contactos le habían dado la espalda; todos habían visto su caída en desgracia en Internet y nadie le devolvía las llamadas. Entonces un día perdió totalmente el control, trató de apuñalar a un productor en el Polo Lounge y fue detenida. Su abogado era quien se había puesto en contacto con Enid, que había volado hasta allí para ingresar a Blaire en la mejor clínica psiquiátrica de Los Ángeles y evitar que fuera a la cárcel. Aunque Blaire tenía dinero de sobra, Kate había insistido en pagarle la estancia. No sabía el dinero que había pensado dejarle Lily, pero se sentía responsable como miembro de la familia y como alguien que había contribuido a su declive. Aun así, aquella era la primera visita que le hacía.

Enid la recibió en el vestíbulo de la clínica, que parecía más un lujoso club de campo que una institución médica. Hacía años que no veía a Enid y le pareció que había envejecido mucho.

—Gracias por venir —le dijo Enid al acercarse lentamente.

—Me alegra que me llamaras. ¿Podemos hablar en alguna parte antes de entrar a verla? —Kate estaba nerviosa y primero quería situarse un poco.

—Hay una sala frente a su pabellón —le dijo Enid—. El ascensor está por aquí. Te registrarás arriba.

Subieron en silencio hasta el quinto piso, donde Kate la siguió hasta la sala.

—He de decir que me sorprende que estés aquí —le dijo Kate—. Pensé que Blaire y tú os odiabais.

Enid tomó aliento y negó con la cabeza.

—Yo nunca la odié. Intenté ser una madre para ella, pero no quería saber nada de mí. No te mentiré, Kate. Nunca nos hemos apreciado. Pero sí que quería a su padre. Y cuando me casé con él prometí hacer todo lo posible por cuidar de su hija. Traté de mantenerme en contacto con ella durante los años, pero se distanció de mí tras morir su padre. Le había ingresado dinero en un fondo, pero, para cuando pudo retirarlo, ya no lo necesitaba y me dijo por dónde podía metérmelo. Le he enviado correos a través de su página web, pero nunca me respondió. Me alegra que su abogado se pusiera en contacto conmigo cuando sucedió.

—Blaire siempre se comportó como si no quisieras tenerla cerca —le dijo Kate.

—Yo quería intentar ayudarla. Fue decisión de su padre enviarla fuera. Cuando nos casamos, se mostró implacable en su campaña por librarse de mí. Me escondía la medicación para la tensión. O salía y me dejaba las ventanillas del coche bajadas mientras llovía. Una vez se coló en mi armario y tiró la mitad de mi ropa en el basurero del final de la calle.

Kate se quedó perpleja. Blaire nunca le había contado nada de eso.

—Hizo muchas cosas por despecho —le dijo Enid—. La llevamos a varios especialistas, pero tenía solo doce años, así que no le diagnosticaron ningún trastorno de personalidad. Pero yo me di cuenta. Shaina era una narcisista con trastorno límite de la personalidad. Aunque no compartieran los mismos genes, fue ella quien educó a Blaire en sus primeros años.

—¿Qué dijeron los médicos que la evaluaron?

—Que debíamos hacer que se sintiera querida —respondió Enid encogiéndose de hombros—. Que tratáramos de reparar el daño causado por el abandono de su madre adoptiva. Nunca estuve de acuerdo con Ed con lo de mantener en secreto la adopción, pero no quiso ceder. Le daba miedo que nunca lo perdonara por haberle mentido. —Suspiró—. La llevamos a terapia durante más de un año y nunca quiso ir. No se abría al doctor. Tenía un agujero en el corazón demasiado grande para poder llenarlo.

—¿Cómo no me di cuenta? —le preguntó Kate—. Era mi mejor amiga. Incluso vivió con nosotros y creía que era feliz. Siempre fue muy divertida.

Enid la miró con tristeza.

—Lo disimula bien. Siempre tuvo un poco de actriz.

—No me di cuenta de lo mucho que necesitaba a mi familia.

—Cuando venía a casa, siempre decía que Lily y Harrison eran mucho mejores que su padre y yo. Ed estaba destrozado.

Kate pensó en la madre de Blaire. Cuando estaban en el instituto, le había preguntado a Blaire si iba a intentar encontrar a su madre, pero ella le dijo que no quería saber nada de Shaina.

—¿Sabes qué fue de su madre?

Enid asintió.

—Murió cuando Blaire estaba en el instituto. Una sobredosis. El padre de Blaire aún figuraba como su contacto de emergencia.

Kate digirió aquella noticia. ¿Por qué Blaire nunca se lo había contado?

—¿Qué dicen los médicos de aquí? ¿Cuál es su estado?

—Ha sufrido lo que denominan una disociación. Delira. Ha perdido el contacto con la realidad. Cree que es una gran estrella y que su marido es Seth Ackerman.

—No sé qué puedo decirle —comentó Kate.

—Da lo mismo —respondió Enid—. Sé amable y síguele la corriente. Dile que te encantó en su última película. Que crea que aún eres su amiga. No importará lo que digas. Solo importa que hayas venido.

Miró a Enid, la mujer a la que había creído una madrastra retorcida todos esos años, y sintió pena por ella y por Blaire. Quizá no fuese la clase de madre que Blaire anhelaba, pero se había preocupado por su hijastra. Y Blaire no había sido capaz de verlo. El abandono de Shaina la había marcado tanto que lo veía todo distorsionado.

Se levantó y se dirigió hacia el mostrador de la enfermera que había junto a la puerta cerrada con llave.

—La señorita Barrington está en la última habitación al final del pasillo —le dijo la mujer.

Notó un vuelco en el corazón cuando la puerta se abrió y la atravesó. Recorrió el pasillo despacio, respirando profundamente para intentar mantener la calma. Al llegar al final, la puerta estaba cerrada. Llamó.

—¿Quién es? —preguntó una voz desconfiada.

—Kate. Soy Kate —respondió con voz temblorosa.

—¡Katie! Estaba esperándote —dijo Blaire con alegría. La puerta se abrió y Kate entró.

AGRADECIMIENTOS

Hay muchas personas maravillosas sin las que este libro nunca habría llegado a hacerse realidad. En primer lugar, nuestra querida amiga y agente, Bernadette Baker-Baughman, gracias por apoyarnos y animarnos en todo este proceso. Eres nuestra guía y nuestra brújula, y somos afortunadas por trabajar contigo. Muchas gracias a Victoria Sanders por animarnos siempre y darnos sus consejos. Y todo nuestro agradecimiento a Jessica Spivey por su apoyo.

A nuestra primera editora, Gretchen Stelter, gracias por caminar a nuestro lado desde los primeros borradores y por ayudarnos a desarrollar la historia posteriormente hasta que estuvo terminada. A Emily Griffin, trabajadora milagrosa, que siempre nos desafía para dar lo mejor de nosotras, y después vuelve a desafiarnos hasta que verdaderamente está listo, gracias por tu dedicación y consejo. Muchas gracias a Julia Wisdom, nuestra editora de Reino Unido, por su ayuda y su buen ojo. Gracias a Jonathan Burnham, Doug Jones, Heather Drucker, Katie O'Callaghan, Mary Sasso, Virginia Stanley, Amber Oliver y el maravilloso equipo de Harper Estados Unidos. A los equipos de HarperCollins Global, muchas gracias por vuestro trabajo y vuestra dedicación. Y gracias de corazón a Dana Spector, de CAA.

Gracias a los expertos en sus respectivos campos por ayudarnos a verificar aspectos del argumento. Cualquier posible error es responsabilidad nuestra. Carmen Marcano, doctora, por ayudarnos siempre con nuestros perfiles psicológicos; al detective Allan D. Wong, de la Policía de Nueva York, por asegurarse de que nuestro detective conocía el procedimiento (y no violaba los derechos de nadie); al teniente Steven B. Tabling Tercero, retirado del Departamento de Policía de la ciudad de Baltimore, por compartir su experiencia y sus conocimientos sobre el Departamento de Policía de Baltimore; a nuestro hermano, Stanley J. Constantine, abogado, por descolgar siempre el teléfono cuando no entendíamos la ley; a Tracey Robinson, por ayudarnos con todo lo relacionado con los caballos; a Trevor Rees, por la información sobre colegios internados; y a Leah Rumbough, por sus consejos sobre protocolo.

Tenemos un grupo de lectores de prueba que nos ayuda a localizar cualquier incongruencia en la trama, partes confusas, y nos hace críticas. Muchas gracias a Amy Bike, Dee Campbell, Honey Constantine, Lynn Constantine, Leo Manta y Rick Openshaw.

Como siempre, gracias de corazón a nuestras familias por su apoyo y su amor.